# 短編伝説
## 愛を語れば

集英社文庫編集部 編



集英社文庫

短編伝説　愛を語れば ________ Contents

# 短編伝説　愛を語れば

本書に収録されている作品には、一部不適切と思われる表現が含まれているものがありますが、故人である作家独自の世界観や作品が発表された時代性を考慮し、原文のままといたしました。

（集英社　文庫編集部）

# ご は ん

江國 香織

**江國 香織**

えくに・かおり

1964年東京都生まれ。目白学園女子短期大学卒。87年「草之丞の話」で小さな童話大賞を、92年『きらきらひかる』で紫式部文学賞を、2002年『泳ぐのに、安全でも適切でもありません』で山本周五郎賞を、04年『号泣する準備はできていた』で直木賞を、07年『がらくた』で島清恋愛文学賞を、12年『犬とハモニカ』で川端康成文学賞を、15年『ヤモリ、カエル、シジミチョウ』で谷崎潤一郎賞をそれぞれ受賞。ほかに『すきまのおともだちたち』『左岸』『抱擁、あるいはライスには塩を』などがある。

しばらく一人旅をしていない。

そう思ったら、とても旅にでたくなった。

私は、こういうときだけ行動がはやい。手帖《てちょう》をひらき、仕事のスケジュールを考えて、旅行は九月ということに決めた。パスポートが切れていたので、その日、散歩のとちゅうで写真をとり、区役所から書類をもらってきて、翌日には申請した。

夜、会社から帰ってきた夫にまっさきに告げた。

「九月に旅行にいってくる」

背広やネクタイ、ワイシャツやズボンや靴下をそこらじゅうに脱ぎすてていた夫は、服を脱ぐ手をとめ、ぽかんとした顔で私をみてこう言った。

「じゃあ、ごはんは？」

今度は私が、ぽかんとする番だった。

ごはん？

何秒かのあいだ、どちらも黙っていたと思う。それからようやく私は言った。

「ごはん？　最初の言葉がそれなの？」

きょうこれからでかけるというのならともかく、何カ月も先の旅行の予定をきいてでてくる言葉が、どこにいくの、でもなく、何日くらいいくの、でもなく、ごはんは、だなんて。

私は、自分の存在の第一義がごはんであると言われたような気がしてかなしくなった。このてのことはしょっちゅうおこる。

ごはん
これはくせものだ。結婚して二、三カ月たつと、いやでもそのことに気がつく。会社から帰ってごはんを食べて眠る、という一連の行動にあまりにも無駄のない夫をみているとあの、書くも陳腐な新妻の疑問——このひとは、ごはんのためだけに私と結婚したんじゃないかしら——を心のなかから追い払うのは至難の業だ。

それで、ある日ごはんをつくらずにおいてみた。会社から帰った夫は、空っぽのテーブルや整然とした台所をみて不思議そうな顔をして、ごはんは？　と訊《き》いた。背広やネクタイ、ワイシャツやズボンや靴下を脱ぎ散らかしながら。

「ないの」

私はこたえた。

「どうして？」

「つくらなかったから」

私は夫の背広やズボンを拾いあつめながらこたえる。夫はしばらく黙ってから、妙に真剣な様子で、どうして、と、もう一度訊いた。

「つくりたくなかったから」

私はこたえ、おそばでもとりましょう、と提案した。

「おそば⁉」

夫は変な声をだした。

「そば屋なんてもうやってないよ」

十時半くらいだったと思う。結局、私たちはその日、夫の車でデニーズにいって夜ごはんを食べたのだった。

そして、そのことが逆効果になってしまった。毎日ごはんがあるとは限らない、と知った夫は、あの忌まわしいセリフ、「ごはんは？」を、しばしば玄関で発するようになったのだ。不安に駆られるのだろう。ドアをあけるやいなや、ごはんは？　と。

いうまでもなく、これは私をほんとうにかなしくさせた。これを読んだ人の多くは夫に同情するのかもしれないが、ドアをあけ、ひとの顔をみて最初に言う言葉が「ごはんは？」だなんて、途方もなく失礼な話だと私は思う。

もし私が、もう一生涯ごはんをつくらないと言ったら、あなた私と離婚する？

一度そう訊いてみたことがある。お風呂のなかで新聞を読んでいた夫は、しないよ、とこたえる程度には私の質問に対する「傾向と対策」を学習していたが、その返事を鵜《う》呑《の》みにしない程度には、私も彼というひとを学習してしまっている。

私は食べることが好きなので、料理そのものは苦にならない。でも、料理のために行動が制限されるというのは大いに苦になるのだ。

一方で、私は勿論《もちろん》夫と食べるごはんが大好きだ。我が家の小さなダイニングテーブルで食べる日々のごはんだけじゃなく、競技場でサッカーをみながらほおばるおむすびも、公園で食べるサンドイッチも、夜遊びのあとで啜《すす》る立ち食いそばも。

実際、私たちはかなりしばしば外食する。二人ともくいしんぼうであるせいと、私が良妻ではないせいだ。よく日のあたる近所の香港《ホンコン》料理屋さんとか、私の脂身嫌いをなおしてしまったとんかつ屋さんとか、土の匂いのワイルドなマッシュルームサラダが食べられる、青いひさしのテラスレストランとか。

気に入ったものは、ときどき真似《まね》をしてつくってみる。おいしくできるととても嬉《うれ》しい。いつもおなじひととごはんを食べるというのは素敵なことだ。ごはんの数だけ生活が積み重なっていく。

「九月の旅行、私の我儘《わがまま》なのは知ってるわ」

数日後に私は言った。ごく一般的にいって、結婚したら、みんなそうそう気軽に一人旅になどいかないものであるらしいことも知っていた。

「でも私はその我儘をなおすわけにはいかないの」

ほかに言い様がなかった。

「そのこと、ほんとうはわかっているんでしょう？」

夫はしぶしぶうなずいてそれを認めた。

「やっぱりね」

私の声は、自分の耳にさえ嬉しそうに響く。

「旅行中は外食してね。上野さんやたくろうさんと飲みにいったら？」

私は夫の友人の名前をあげた。

「旅行中、しょっちゅうあなたのことを考えるわ。約束する」

私が言うと、夫は一瞬疑わしそうな顔をしたけれど、不承不承、うん、と言ってうなずく。

「あなたも私のことを考えてね」

うん、と即座にこたえた夫の横顔をみながら、ほんとなの？　ごはんじゃなく私をよ、と、釘《くぎ》をさしたくなるのを辛《かろ》うじておさえた。

# いとしのローラ

森 絵都

**森 絵都**

もり・えと

1968年東京都生まれ。シナリオライターを経て、90年「リズム」で第31回講談社児童文学新人賞を受賞し、翌年作家デビュー。92年同作で椋鳩十児童文学賞を、95年『宇宙のみなしご』で野間児童文芸新人賞と産経児童出版文化賞ニッポン放送賞を、98年『アーモンド入りチョコレートのワルツ』で路傍の石文学賞、『つきのふね』で野間児童文芸賞を、99年『カラフル』で産経児童出版文化賞を、2003年『DIVE!!』で小学館児童出版文化賞を、06年『風に舞いあがるビニールシート』で直木賞を、17年『みかづき』で中央公論文芸賞をそれぞれ受賞。ほかに『ショート・トリップ』『屋久島ジュウソウ』などがある。

「ああ、もうダメだ……」

雪に埋もれた指先が氷柱《つらら》のように凍てついている。乱れ舞う吹雪が体に厚く降りつもる。薄れゆく意識の中でトミーは死神の微笑を垣間見《かいまみ》た。

真冬の雪山登山。無謀なる挑戦。命がけでこの冒険をやりとげたら、少しは自分に自信をつけて故郷へ帰れそうな気がした。長い旅を終えるきっかけがほしかった。が、まさかの遭難――。

「ぼくはもうダメだ……。ああローラ、許してくれ」

死神に愛された青年が最後に口にしたのは、故郷にいる恋人の名だった。

「ローラ、悪い……ぼくは帰れない……」

かわいいローラ。丸顔の、青い目の、豊かなブロンドの。絶えずちゃかちゃかと表情を変える元気な女の子。こみあげるいとしさにトミーが胸をつまらせたそのとき、ふと耳もとでローラのささやきが聞こえた。

「何を言ってるの、トミー。あきらめないで。さあ、立ちあがって、歩くのよ」

幻聴だ。が、それでもいい。トミーは最後の力をふりしぼって叫んだ。

「ああ、ローラ！　いとしのローラ！　最後に君の声が聞けて嬉《うれ》しいよ」

「最後だなんて、やめて。あなたはまだ生きられる。生きて私のもとに帰ってこなければならないのよ」

「すまない。でも、それはできそうにないよ」

「なぜ？　なぜあなたはすぐにあきらめてしまうの」

「寒いんだ、ローラ。ここはとても。雪はまだまだやみそうにない」

「そんなグチをこぼしたってしかたないわ」

「体は弱りきっている。とても動けない」

「立つのよ、トミー！」

「力が入らない。もうぼくはおしまいだ。すまん……」

「すまんですむなら警察はいらないわ。約束したでしょう、帰ってきたら私と結婚するって。もうバカな旅はやめるって誓ったじゃない。それがなんてザマよ！」

「頼む、そうキンキンと怒鳴らないでくれ。その声を聞くとぼくはまたどこか遠くへ行きたくなるんだ」

「また逃げるわけね。あなたはいつもそうよ。人生、逃げっぱなし！」

「なんだと！」

生気《せいき》をなくしていたトミーの瞳が鋭い光を放った。

「今にも死にそうな恋人になんてことを……。君はあいかわらず思いやりのかけらもない女だな」

「あなたこそ勇敢さのかけらもない男ね」

「くそ、へらず口の強情女め」

雪を払って立ちあがり、トミーはぶつぶつ言いながら歩きだした。

「だいたい君は小さい頃から出っ歯で……」

「あなたこそ水虫で……」

「それだけは言うなと言ってるだろう！」

わめきつづけるトミーの頭上で、雪はちらちらと小降りに変わりつつあった。

# あいびき

吉行 淳之介

吉行 淳之介

よしゆき・じゅんのすけ

1924年岡山県生まれ。94年逝去。東京大学中退。大衆雑誌記者を務めるかたわら小説を執筆する。54年「驟雨」その他で芥川賞を、65年『不意の出来事』で新潮社文学賞を、67年『星と月は天の穴』で芸術選奨を、70年『暗室』で谷崎潤一郎賞を、76年『鞄の中身』で読売文学賞を、78年『夕暮まで』で野間文芸賞をそれぞれ受賞。ほかに『原色の街』『娼婦の部屋』『砂の上の植物群』『子供の領分』などがある。

ホテルの部屋に入ると、女は両腕をうしろにまわして背中のファスナーを引下げながら、

「前にここにきたことあるの」

と、男にたずねた。

「ないよ、仮にあったとしても、ないと言うのがエチケットだろう。でも、どうして」

「ホテル『あいびき』なんて、へんに凝っているとおもわなくって。入りにくい名前だし」

「そんな名前だったかな。レストランのところに、なにか横文字を見たようだったが」

レストランの奥がホテルの建物につながっているスタイルが、当節しばしば見られる。

「レストランの奥からホテルへ抜ける廊下の突当りのドアに、書いてあったわ」

「それは、気が付かなかったが……」

ベッドに入って間もなく、女が高い声を上げた。

「あら」

「どうした」

「ひどく元気だわ」

「いつも、そうだろう」

「でも、今日は特別に」

「そういわれれば……」

「さっきの食事のせいかしら」

「さあ」

「それにしても、メンチボールしかメニューにないレストランて……」

「こういうホテルは、レストランは二の次だからね。手間をはぶいているんだろう。それより、一品だけしかないのに、わざわざメニューをつくってあることのほうが、へんな話さ」

「ほんと。でも、さっきのメンチボール、おいしかったわね」

「きみ」

　男は半ば笑いながら、

「メンチボールは、もうやめてほしいな。色気がないよ」

と、唇で女の唇を塞ぎ、その裸の軀《からだ》を両腕で抱いた。艶めかしい声が、女の口から洩《も》れはじめた。

「あ」

しばらくして、男の口から声が出た。これまでに味わったことのない強烈な快感に、男は襲われたからだ。子宮の入口の割れ目が大きく開いて、男根を吸い込んでゆくような感覚、それも具体的なものから与えられる濃密さである。

女の快感が昂《たか》まり切ると、子宮はしだいに下降してゆく。その状態になった子宮が、男根を根もとまで咥《くわ》え込み、さらに強烈な吸引力を加えてくる。万力《まんりき》で挟まれた男根が一気に引抜かれて、男の軀のその部分に開いた穴から数メートルの長さの腸が急速度で女の軀のなかに手繰《たぐ》りこまれ、さらに内臓がそっくり抜き取られてしまいそうだ。

異様な感覚にまきこまれている男は、頭の片隅で考えている。女の膣《ちつ》と子宮からできている空間には、それだけの余地はない。赤ん坊という小さい塊が収められるくらいのものではないか。

その瞬間、女は叫んだ。

「あ、どうしたの」

あとは言葉のかたちを成さず、快感の叫びから、苦痛の絶叫に変ってゆく。太い金属の棒に突然変化した男根がドリルのように回転しはじめ、表面が鉄の鑢《やすり》となって、女の内部を削《そ》ぎ取ってゆくところまで、二人は意識があった。

女は内側からけずり取られて下腹部の空間がたちまち広がってゆくが、子宮は鉄製のポンプのようになってその吸引力は衰えず、しだいに男を狭い入口から引きずりこんでゆく。一方、男は全身が巨大な研磨機となり、女を内側から粉砕してゆく。

「死ぬ」

という絶叫が建物の外までひびいた。丁度道路を下駄ばきで歩いていた一人の中年男は、一瞬立止って建物を見上げ、薄笑いを浮べて去って行った。

十数分後、ベッドのシーツの上には、骨までこなごなになった男と女の軀の入り混った合挽《あいび》きの肉塊が、堆《うずたか》く置かれていた。

部屋のドアのところで、合鍵を使う硬い音がした。白い服を着たボーイが、無表情のままベッドの傍《そば》に立ち、シーツを手荒く剝がし取った。その下には、ビニールの布が敷かれてある。

「うっ」

掛け声を立てて、ボーイはビニールとシーツで肉塊をくるみ、大きな袋にして背負うと部屋を出た。

先刻、男と女が並んで歩いてきた通路を逆に戻ってゆき、「ホテル・あいびき」という文字のあるドアを押して通り抜ける。すぐに右に曲って、もう一つのガラス戸を押した。そのガラスには、

「レストランＭＩＮＣＥ」という文字が書いてあり、その中は調理場である。

「できたよ」

台の上に、鈍い音をたてて、相変らず無表情のままその袋を置いた。そのとき、客の注文を告げるべつのボーイの声が、レストランからひびいてきた。

「メンチ、二人前」

# 日系二世へのサム・クェスチョン

景山 民夫

**景山 民夫**
かげやま・たみお

1947年東京都生まれ。98年逝去。武蔵野美術短期大学中退。放送作家を経て作家、エッセイストに。86年『ONE FINE MESS 世間はスラップスティック』で講談社エッセイ賞を、87年『虎口からの脱出』で吉川英治文学新人賞を、88年『遠い海から来たCOO』で直木賞をそれぞれ受賞。ほかに『普通の生活』『トラブル・バスター』などがある。

ジャクソン・ストリートは、フェリーの発着場のある埠頭《ふとう》から始って汽車の操車場をまたぐ形で東へ延び、急な坂道となってシアトル市街を見おろす山の上の貯水池まで続く長い通りである。

鉄道の線路を二本越えて、登り坂にさしかかるあたりで、海の方をふりかえると駅舎の高い時計塔が見えた。十月のシアトルは、ロサンジェルスからやって来た僕にとっては、ずいぶんと寒い気候で、ツイードのジャケットの衿《えり》を立てて、少しでも寒気を防ごうとしてみる。

山側を見上げると、そこには、あの本に描かれたとおりの、みすぼらしい寒々とした町があった。

五階建て程度の煉瓦《れんが》造りのビルが急勾配の道に並び、そのほとんどがここ十年来、清掃などしていないような汚れ方である。ビルの壁面にペンキで書かれた商店名も剝げかけたものが多く、かろうじて最近とりつけたばかりと思える中国語の看板のみが判読できる。

ビルとビルの間の、人一人通るのがやっとのような狭い路地をのぞいてみると、お定まりの鉄製の非常階段が、見事に錆《さ》びついているのが見える。東洋系の顔立ちをした、手足のやたらとヒョロ長い十歳ぐらいの少年が、二階の窓から飛び出して、その非常階段に飛び移り、両手を一杯にのばしてぶら下がってから地上にピョンと着地し、そのままビルの裏へ駆けこんで姿を消す。次の瞬間に、さっきの窓から少年の母親らしい太った女が顔を突き出して、広東語《カントンご》で、姿の見えない少年にむかって罵声をあびせかけた。

日系人の代りに中国系の人々が、多く住みつくようになっている点を除けば、ジャクソン・ストリートは、すべてが、あの本――ジョン・オカダの書いた『No-No Boy』の中の、1945年9月そのままのたたずまいであり、僕はそのことに感動していた。

一冊の小説に、ここまで入れこんで、その舞台となっている町を自分の目で見ようと、シアトルまで飛んだのは、小説の内容そのものは勿論《もちろん》のこと、この本が、アジア系アメリカ人の手になる、初めての刊行された小説であるという事実にもよるところが大きいだろう。

著者のジョン・オカダは日系二世であって、1923年にシアトルに生まれ、ワシントン州立大とコロンビア大に学んだ人物で、第二次大戦中はアメリカ陸軍に従軍し暗号解読などの任務についていたらしい。戦後通訳として日本にも数年間滞在している。この

『No-No Boy』の初版の発行が１９５７年だから、おそらくは、日本から帰国して数年後に書かれたものであろう。

しかし、この、アメリカの国籍を持つアジア人にとって歴史的な作品である筈《はず》の小説は、その当時は、全く見むきもされなかった。いや、それどころか、戦争が終って十二年たって、やっと真珠湾の汚名から解放されかけていた日系アメリカ人にとっては、古傷をつつきかえす、あまりに過激な書物として排斥すべき対象とされてしまったのである。

実際に、ジョン・オカダが書き上げたこの小説は、アメリカ国内の、どの出版社でも受け入れてもらえず、日本で英文の本を出版している、チャールズ・E・タトル商会によって出されているのだ。しかも、ハードカバーとペーパーバックが同時に出版されたこの初版は、数千部のみが印刷されただけで絶版になっている。

その十三年後に、ワシントン州立大アジア系アメリカ人問題研究所の中国系アメリカ人、ジェフ・チャンが、サンフランシスコのJタウンにある古本屋を偶然のぞかなかったら……、ジェフが『No-No Boy』という、戦時中の日系人強制収容所内で、アメリカ軍に従軍することを拒否した二世たちに冠せられた嘲りの呼び名を表題にしたペーパーバックに興味をひかれなかったら……、そしてアジア系アメリカ人問題研究所の、フランク・チン、ローソン・イナダ、デヴィッド・イシイといった人たちの再刊のための努力がなかったら、この本は永遠に埋もれ、忘れ去られたままであったろう。

僕が、初めてこの『No-No Boy』に出会ったのは1977年の夏で、ハワイ大学の東西文化研究センターの教授に「アメリカに住む日系人の精神構造に興味があるなら、是非、読みなさい」と勧められたからである。それは、1976年に、ワシントン州立大出版局から再発行されたペーパーバック版であったのだが、内容のあまりの凄《すご》さに、一晩眠らずに読破してしまったものだ。

同じ年に晶文社から日本語訳『ノーノー・ボーイ』が出て、これも一気に読んだ。原文の英語版の中の、主人公イチローと一世である両親との日本語による会話が、日本語版の中でも日本語で交されているあたりに（それは当然のことなのだが）、奇異な感じをうけながらも、読み切り、日系二世にとっては、英語が母国語なのだという、今さらながらの感想と認識を噛《か》みしめたものである。

本の内容を、いま、ここで述べることはやめよう。ただ、日本からアメリカに渡って、アメリカ人になりきろうとしていた人たちが、ある日、戦争の影響で、土地も家も財産も、すべて奪い去られ、強制収容所に集められ、自分が一体アメリカ人であるのか日本人であるのかという選択をつきつけられたという事実があったことだけは忘れてはなるまい。

アメリカ市民としての権利のすべてを剝奪された収容所の中で、「日本人の祖先を持つアメリカ市民の声明」と題する質問表を前にして、彼らは「NO－NO」という以外にどう答えればよかったというのだ。「NO－NO」という、二度繰り返す否定の言葉は、次の二つの質問に対してであった。

第二七問「あなたはアメリカの軍隊で、どこでも命じられた所での実戦任務によろこんでつきますか」

第二八問「あなたはアメリカに無条件で忠誠を誓い、外国あるいは国内の力によるいかなる攻撃からもアメリカを忠実に守りますか。またいかなる形でも、日本の天皇、あるいは外国の政府、権力、組織に対する忠誠あるいは服従を、誓って否認しますか」

一体、その当時の日系二世のうちの何人にとって、天皇が忠誠を尽すに値する対象だったというのだろう。

抱いたこともない忠誠心を否認するというのは、あきらかにナンセンスであり、この質問をつきつけられた二世の中に、質問の意味が理解出来ないとして「NO」と答えた者たちがいた。そして、彼らが「No-No Boy」なのである。

彼らは、軍隊のかわりに、強制収容所ではなく刑務所に送られ（つまりアメリカ市民としての権利をすべて奪われたにもかかわらずアメリカ市民としての義務を遂行しなかったという理由によってである）１９４５年9月に釈放されたのである。そして「No-No Boy」である主人公イチローが、刑務所からシアトルに戻ってきて、まず眺めたのが、このジャクソン・ストリートの日本人街というわけだ。

一体、日本人というのは何なのだろう。夕暮れせまってきた坂道で僕は、たぶんイチローもそうしたであろうように、もう一度、時計塔とそのむこうに見える海を眺めてからタクシーを拾った。裕福になった日本人たちは、とうに、このジャクソン・ストリートを捨てて別な通りに移り住み、坂の町は夕食の買い出しでいそがしい中国人たちでごったがえし始めていた。

僕は、市の中心部にあるパイオニア・スクェアの、デヴィッド・イシイの古本屋にむかった。ジョン・オカダと、ほぼ同年配である、この、日本語の全く喋《しゃべ》れない日系二世とは、既に電話で何度か話をしていた。

デヴィッドは、五分刈りにした頭をふりたてながら、分厚い近眼の眼鏡の奥から、人なつっこい光をたたえた目で僕を見つめ、ジョン・オカダ夫人のドロシーの家を訪れた時の話をしてくれた。

「ジョンが1970年に亡くなっていたというのを聞いた時は、ショックだった。ジェフがサンフランシスコで初版本を見つけ、すぐ消息をたずねて電話をしたら、一か月前に心臓病で死んだというのだからね。僕らはロサンジェルスのオカダの家まで車で飛ばした。そして、ドロシー夫人から、つい一週間前にジョンのライフワークだった、日系一世、二世に関するすべての資料と、ジョンの二作目の一世をテーマにした生原稿を燃やしたばかりだと告げられたんだからね。ＵＣＬＡの馬鹿どもが、寄贈を拒否したので、燃やしてしまったんだそうだよ」

僕は、棚に二冊だけ残っていた初版本の『No-No Boy』を買い求め、デヴィッドを夕食にさそった。

「テレビが見られる店にしよう。今夜8時から、カリフォルニアの三世たちが作った、日系人強制収容所をテーマにしたドキュメンタリーが放送されるんだ」

僕とデヴィッドは、ワシントン州立大近くの日本料理店で夕食をすませ、バーに陣どって、そのテレビを見た。

スタッフは、すべて日系三世か四世であり、ナレーションを日本人俳優のマコ岩松が担当していて、内容は記録フィルムとインタビューを組み合わせた構成であった。

カリフォルニア州中部にあった、一万人ほどの日系人を収容し、暴動があったことでも知られる、マンザナの強制収容所を中心にした取材内容であり、収容を前にして、鍋釜から土地までを、あきらめきった表情で投げ売りする日系人たちの表情までが、古いフィルムに映っていた。

バーのカウンターの隅にいた、デヴィッドと同年配の日系二世らしい男が、番組の終了と同時に、グラスを持ったままの手で、ドン！　とカウンターを叩《たた》いてつぶやいた。

「次にこういうことがあったら、俺は絶対に戦場へは行かんぞ！」

デヴィッドが小声で僕に語りかけ、僕は、その男が第四四二部隊でいくつもの勲章をもらった元兵士であることを知った。

# 理想の妻

坂東 眞砂子

**坂東 眞砂子**
ばんどう・まさこ

1958年高知県生まれ。2014年逝去。奈良女子大学卒。イタリアに留学し、インテリアデザインを学ぶ。児童向けファンタジー小説でデビューし、1983年毎日童話新人賞優秀賞を受賞。一般小説に転じ、94年『蟲』で日本ホラー小説大賞に佳作入選。96年『桜雨』で島清恋愛文学賞を、97年『山妣』で直木賞を、2002年『曼荼羅道』で柴田錬三郎賞をそれぞれ受賞。ほかに『狗神』『桃色浄土』『旅涯ての地』『眠る魚』などがある。

半円形のドームの下に広がるミラノ中央駅の構内に、ウィーンから来た列車が滑りこんでくるところだった。ホームをゆっくりと歩いていたわたしは、反対側の線路に止まっていた長い列車の車体に下がった表示板に気がついた。

——イスタンブール。

その文字が目に飛びこんできて、わたしは思わず立ち止まった。『ロンドン、パリ、ジュネーブ、ミラノ、ベニス、ザグレブ、ベオグラード、ソフィア、イスタンブール』と、列車の経由地が記されている。

イスタンブールに行くのか……。

表示板を眺めながら、懐かしい気分に襲われたが、すぐに、おや、と思った。

イスタンブールから旧ユーゴスラビア、イタリアを経由して、ロンドンまで行く国際特急は、ボスニア・ヘルツェゴビナの内戦とともに廃止されたのではなかったか。

内戦も終わり、それぞれの国に別れて独立した今、また復活したのだろうか。それでも、イスタンブールまで行くには、主要駅で乗り換えをして行かないといけない。以前のように、ひとつの列車で何日もかけて旅をするということはなくなったはずだ。

わたしはホームに止まっている列車を眺めた。寝台車だ。窓が開いて、イギリス人が中心らしい青少年たちがふざけあったり、騒がしく話したりしている。中に、教師らしい大人も混じっている。修学旅行か何かのチャーター列車のようだった。

それなら、納得がいく。

ホームに立って、青少年たちが賑《にぎ》やかな声を上げている特別列車を眺めながら、わたしはもう二十年も前のことを思い出していた。

間に合ったのは奇跡的だった。

走りだした列車の戸口で、わたしは乱れた髪を整えた。この列車を逃して、また寒いローザンヌの安ホテルで一晩過ごしたくはなかった。

一息つくと、空いている席を探しはじめた。イスタンブール発ロンドン行き国際特急はけっこう混んでいた。定員六人のコンパートメントは、どこも半分以上は埋まっている。わたしは先頭のほうの車両まで延々、バックパックを背負って歩いていった。

若い女の一人旅だ。車内で寝ることを考えると、あまり混んでいたり、危険そうな相客のいるところは避けたかった。

先頭の車両で、やっと客が二人だけのコンパートメントを見つけた。イスラム教徒の夫婦らしい。横に並んで座る二人とも、白くて丈の長い筒型の衣装を着ている。夫は頭にターバンを巻き、白い頭巾で頭をすっぽり覆った妻のほうは、顔の下半分も布で覆っていた。

身振りで、空いているかと聞くと、窓側にいた夫が頷《うなず》いた。頭上の網棚は夫婦の荷物らしいトランクやバッグでぎゅうぎゅうに詰まっていた。まるで、引っ越しでもするみたいだ。わたしはバックパックを座席に置くと、夫婦の向かいの窓側の席に座った。

夫は三十歳くらいだろうか。濃い眉に濃い鬚《ひげ》を生やしている。大柄の男だ。妻は、目《め》許《もと》しかわからないが、かなり若いようだった。衣装の裾から、運動靴の先が覗《のぞ》いているのはご愛敬《あいきよう》だ。まだ二十歳前なのかもしれなかった。

列車は、スイスの険しい山中を走っていく。眩《まぶ》しいほどに白い山頂の雪。外は寒々としていたが、コンパートメントの中は暖房がよく効いていて、コートを脱いでも暑いくらいだ。

わたしは眠気に誘われて、目を閉じた。

どのくらい経《た》っただろう。ぼそぼそという話し声で目が覚めた。夫が妻に、耳慣れない言葉で話しかけていた。トルコ語なのだろう。夫の独壇場だった。妻は一言も口を挟まない。夫は流れる川のように、話しつづけている。

コンパートメントの中は、むっとくるほど暑かった。わたしは二人に話しかけた。

「エクスキューズ・ミー」

「イエス?」

夫がわたしに顔を向けた。よかった、英語が通じるらしい。

「窓、少し空けてもいいですか」

夫は、どうぞ、といった。わたしは立ち上がって、窓を少しだけ引き上げた。冷たい風が吹きこんできて、妻の顔を隠している布地がはためいた。妻は慌てて布を抑えた。進行方向とは逆向きに座っているわたしは平気だが、二人に風は直接、吹きつけてくる。

「大丈夫ですか」

わたしは、顔の下で布地をひっぱっている妻に聞いた。

「大丈夫です。わたしも少し暑かったところですし」

夫が答えると、「どちらまでですか」と聞き返してきた。ロンドンまで、というと、夫は、自分たちもそうなのだといった。

「やっと、あと一晩になりましたよ。お尻が痛くなりそうだ。イスタンブールを出て、二日も列車に乗りつづけているんですから」

夫婦は、ロンドンの親戚を頼って行くところだということだった。イギリスで新しい暮らしをするのだと、夫は目を輝かせて語ってから、わたしのバックパックに目を遣《や》って、旅行かと聞いた。

「そうです。仕事を休んで、一ヶ月、一人旅をしているんです」

仕事といっても、ただのバイトだ。大学を卒業してから、お金を貯《た》めては、海外旅行をする日々を送っていた。

「お一人でですか」

夫はあきれたように、世の中も変わったものだと呟《つぶや》いた。その咎《とが》めるような口調に、少しむっとして、わたしは言い返した。

「今時、女性の一人旅は珍しくもないですよ」

「まあ、そうでしょうけど」と、夫は妻を見遣った。

「彼女のような女性もいます」

妻も英語がわかるのか、少し恥ずかし気にうつむいた。夫は目を細めて、そんな妻を眺めた。

「わたしの妻ならば、一人で旅に出るなどということはしませんよ。今はトルコでも、どんどん外に出ていく女性が増えていますが、妻は違います。それよりも家にいることが好きなんです」

「家で何をするんですか」

わたしはぶっきらぼうに聞いた。

「もちろん、わたしを待っているんです。わたしが帰ると、身の回りの世話をして、わたしの話を聞く。わたしの愚痴や泣き言、すべてを黙って聞き続けることが、妻の喜びなんです。ほんとに理想的な妻です」

男の都合のいい解釈だ。話を聞いているうちに、腹が立ってきた。しかし、妻のほうは目を伏せて、黙って座っているだけだ。布地の下の表情は計り知れない。

なんとか、いってやったらどうなのよ。

妻の肩を揺すって、そう怒鳴ってやりたい気がした。

夫は得々として続けた。

「イスラム教では四人まで妻を持っていいことになっています。しかし他の妻たちが、新しい妻を承認しないといけないので、現代の考えにかぶれた女たちは、なかなか認めなくなっています。しかし、わたしの妻は違う。他の妻の存在も喜んで認めてくれるでしょう、なぁ」

夫の呼びかけに、妻がこくりと頷いた。

「でも、そんなこと、納得できるのですか。嫉妬とかはないのかしら」

わたしは妻のほうに聞いた。しかし、今度も夫が引き取った。

「夫にも暮らしにも、充分に満足している女は、他の女には嫉妬なぞしないものですよ。

嫉妬というのは、欲求不満の女のすることですから」

まるで、わたしもその一人だといいたげな口振りだった。

「それでも、夫だけ複数の妻を持てるのは不公平ではないですか」

「いいえ、イスラム教というのは、驚くほど男女平等な宗教なのですよ。夫と死別した女性の財産権も、しっかりと保証されています。もともと、複数の妻というのも、昔、戦争で男性が大勢死んで、結婚できない女が大勢できたもので、その不均衡を正すために生まれたものなんですから」

それは過去の話だろう。戦争で男ばかり死ぬ時代が終っても、男にとって特権的な婚姻制度を続けていることを、男女平等というのは解せなかった。

わたしはぶすっとして、妻を見つめた。妻はただ黙ってうつむいているだけだ。

こんな男の与太話を、よくおとなしく聞きつづけていられるものだと思った。まるで台所のスポンジだ。夫のつまらない自慢話や愚痴を吸いあげるだけ。そのうち、いっぱいいっぱいになって、汚穢《おわい》のような自慢話や愚痴が、イスラムの衣装の裾からぽたぽたと滴り落ちるのではないかしら、と思った。

突然、列車の警笛の音が響いた。ブーッ、ブーッ、ブーッ。けたたましい音が鳴り響いている。

夫が窓をさらに少し引き上げて、身を乗り出して前方を見た。列車は両脇に崖の迫ったところを走っていた。

「おや、レールの上に何かあるぞ……岩みたいだ……」

夫の言葉が終わらないうちに、ギイイイッ、と急ブレーキの音が轟《とどろ》いた。次の瞬間、車両中に大きな衝撃が走った。わたしの体は前に投げだされた。ガガガガタガタッという音が響いて、車両が傾き、頭上から荷物が雪崩のように落ちてきた。頭に激しい衝撃があり、わたしは意識を失ってしまった。


ぼそぼそという話し声が聞こえる。あのトルコ人の男の声らしい。まだ妻に話しかけているのだ。

居眠りでもして、夢でも見たのかと思いながら、目を開いた。

夢ではなかった。

わたしは荷物の間に挟まり、斜めに倒れたコンパートメントの中にいた。廊下との間のドアはくにゃりと曲がり、窓ガラスは粉々に割れている。列車が脱線したのだ。

あちこちから乗客の叫びや呻《うめ》き声《ごえ》が聞こえてくる。

トルコ人の夫は、わたしのすぐ前にいた。大柄の体が、壊れた窓枠に挟まって動かなくなっていた。割れたガラスで、頭も首筋も背中も血だらけだ。夫は首を捻《ねじ》って、背後の妻に必死で何か喋っていた。妻は、落ちてきたバッグの間に挟まるようにして、座っている。衣類でも入っているのだろう、バッグは柔らかで、妻は無傷のようだった。まだ布地で顔の下半分を覆ったまま、夫の声を聞きつづけている。

二人に声をかけると、夫が、わたしを見て英語でいった。

「お、お願いだ、助けてくれ……」

声が震えている。出血多量で弱っているのだ。わたしは動こうとしたが、網棚の折れたパイプとトランクの間に挟まって動けない。無理に動こうとすると、手足に激痛が走った。骨が折れているのかもしれない。

わたしは男にかぶりを振った。

夫は絶望的な表情で、また妻にトルコ語で何かいった。妻は夫の横で、ただ素直に頷いている。

夫は呻いて、わたしにいった。

「だめだ、妻は、さっきから何をいっても、ただ聞いているだけだ……」

わたしは妻に声をかけた。

「助けてあげなくちゃ、死んでしまうわよ」

しかし妻は、顔を少し伏せたままだ。

夫は哀願するように、怒るように、妻にしきりに話しかけている。妻の白い頭巾に包まれた頭が、風になびく草のように頷きつづけている。

壊れた車両に、冷たい空気がどんどん入ってくる。助けはまだ来ない。夫の声はやがてとぎれがちになり、不意に消えた。男の首ががくりと落ちて、動かなくなった。

その時、妻のチャードルの下から、嗚咽《おえつ》が流れてきた。喉の奥から絞りだすような声だ。今さら泣いても遅い。なんにもしないで、聞いているだけだから、夫は死んでしまったのじゃないか。

わたしはそう叫んでやりたかった。

妻は小さな肩を震わせて泣きつづけている。

「うぅううぅっ」

声は少しずつ大きくなっていく。

「ううぅぅうふふふふふ」

声の調子が変わったことに気がついた。

「ふふふっ」

女は笑っていた。衣装の裾が翻り、運動靴の足が踊るように覗いた。その下には、ジーンズを穿《は》いていた。まだ若い女は、今や体を丸めて笑っている。まるで子供が悪戯《いたずら》をして、成功した時のように無邪気な明るい笑い声だ。

その姿を呆然《ぼうぜん》と眺めていたわたしの口許にも、いつか薄笑みが浮かんでいるのに気がついた。

ウィーンから着いた列車から降りてくる人混みの中に、わたしは待っていた相手を見つけて、手を振った。アタッシェケースを下げて、背広を着た日本人の男。わたしの夫だ。

ミラノにある日本企業の支店に勤めている。バイト先で知り合った時には、まさか海外転勤になるとは思わなかったが、憧れの外国暮らしができたので、わたしにしては、けっこういい選択をしたと思っている。

「どうだった、オーストリアは」

わたしは夫と並んで歩きながら聞いた。

「まあまあだよ。会議もうまくいったし」

夫は、ちらりと微笑《ほほえ》んでみせる。

「家政婦さんのアンナがね、クリスマス休暇をくれっていうのよ。家族でシチリアに戻るんだって。それも一ヶ月。アンドレアが、その間、代わりの人を紹介してくれるっていうんだけど、どんな人かもわからないでしょ。とりあえず面接してみることにしたけど。そうそう、それから、うちの猫、ちょっと変なのよ、みゃあみゃあ、やたら鳴いて、さかりにでもなったのかしら……」

頭に浮かんだことを夫に喋りかけつつ、改札口を出て、タクシーのある一階に続く広い階段を降りていく。夫は、うんうん、と頷いて、黙って聞いてくれている。
夫は、妻のお喋りを黙って聞いているのが一番。
あの時以来、ずっとそう思っている。

# 飛行機で眠るのは難しい

小川 洋子

小川 洋子

おがわ・ようこ

1962年岡山県生まれ。早稲田大学卒。88年「揚羽蝶が壊れる時」で海燕新人文学賞を受賞しデビュー。91年『妊娠カレンダー』で芥川賞を、2004年『博士の愛した数式』で読売文学賞、本屋大賞を、『ブラフマンの埋葬』で泉鏡花文学賞を、06年『ミーナの行進』で谷崎潤一郎賞を、12年『ことり』で芸術選奨文部科学大臣賞をそれぞれ受賞。ほかに『犬のしっぽを撫でながら』『不時着する流星たち』『原稿零枚日記』などがある。

「飛行機で眠るのは難しい。そう思いませんか、お嬢さん？」

隣の男が話し掛けてきた時、わたしは嫌な予感がした。お嬢さんなどと気安く呼ばれたのが気に入らなかったし、それに見知らぬ人と話をするには、疲れすぎていたからだ。

仕事のけりがなかなかつかず、昨夜は結局徹夜になってしまった。原稿を二本仕上げ、真夜中過ぎにファックスされてきたインタビュー記事のゲラをチェックし、それから今回の取材旅行に必要な資料をまとめていたら、いつのまにか夜が明けていた。大慌《おおあわ》てでスーツケースに荷物を詰め込み、恋人に電話をする暇もなく家を飛び出した。ささいなことで喧嘩《けんか》をし、彼とは二週間も連絡を取り合っていなかった。出発の前に仲直りするつもりだったのに、もう時間切れだった。空港に着いたのは、搭乗手続きが締め切られる寸前だった。

「ウィーンへはご旅行で？」

「仕事です」

素っ気なくわたしは答えた。

「そうですか……」

男は身体《からだ》をもぞもぞさせて腰の位置をずらした。

わたしたちは同じようにシートの背を倒し、毛布にくるまっていた。スチュワーデスが窓のシェードを下ろして歩いていた。照明が消され、機内は暗くなった。

「僕はあちらへ、古書を仕入れに行くんです。そういう商売をしているものですから」

こちらが尋ねもしないのに、男は勝手に話を続けた。

「ウィーンはまだまだ寒さが残っているでしょうねえ。僕は念のために外套《がいとう》を持ってきました。アルプスから吹きつける風は、特別に冷たい」

歳《とし》は三十代の後半に見えた。きちんとアイロンのかかったワイシャツに、シックな柄のネクタイを締めていた。座席の下に脱ぎ揃《そろ》えられた靴は上等な革製で、手入れがよく行き届いていた。

「どんなに切羽詰まっていても、飛行機の中では仕事をしない主義なんです。言ってみれば、ここは時間の迷路ですからね。書類やら資料やら、そんな地上の現実になど惑わされず、出口にたどり着くまでじっと目を閉じる。眠りの世界に身体を浸す。それが大事だと思うんです」

「はあ……」

わたしはあいまいにうなずいた。うなずきながら、男のお喋《しゃべ》りに対し、自分がさほど不愉快を感じていないことに戸惑っていた。

「飛行機の中でうまく眠れた時、僕はたとえようのない幸福を感じるんです。おかしいでしょ？　生暖かい沼の底を漂うような、緑の匂いに満ちた森の空気に包まれるような、そんな気分です。誰にも邪魔されず、ひとりぼっちで、なのに淋《さび》しくも怖くもなく……。飛行機の眠りでしか味わえない感触です」

横顔は特徴のない、平板な印象だった。しかし声には不思議な魅力があった。押しつけがましいわけではないのになぜか鼓膜を引き寄せ、しっとりとした響きを持ち、二人の間の狭い空間から決してはみ出さなかった。

男の言うとおり、わたしには睡眠が必要だった。徹夜明けで疲れているはずなのに、脳細胞のどこかがどうしようもなく凝り固まり、神経を高ぶらせていた。恋人のことが引っ掛かっているのかもしれない。それに、向こうに着いてすぐカメラマンとコーディネーターに合流し、オペラ座の取材をする予定になっていた。どうしてもわたしはここで眠っておかなければいけなかった。

「飛行機で気持ち良く眠れたためしなどありません」

適当にあしらっておけばいいのに、気がつくとわたしは自分の方から口を開いていた。

「何度海外へ出ても、そのたびにひどい時差ボケです。少しも慣れません」

そして自分の声が男の声とうまくなじむのを知り、安堵《あんど》した。

所々オレンジ色の読書灯がともっていた。どこかで小さな笑いや、咳払《せきばら》いや、トイレへ立つ人の足音が聞こえた。けれどわたしたちの会話を邪魔するほどではなかった。不意に機体がガタガタと揺れ、シートベルトのサインが点滅したが、やがておさまった。

「とにかく目を閉じることです。暗闇の中に閉じこもるんです」

男は足を組み替え、毛布の皺《しわ》を撫《な》でつけた。わたしの方は見ないで、薄暗い宙の一点を見つめて喋った。

「そしてその暗闇に、眠りへ導いてくれる物語を映し出すんです」

「物語？」

わたしは聞き返した。

「はい、そうです」

男は答えた。

「誰でもその人固有の、眠りの物語を持っているはずです。怯《おび》えないで、緊張しないで、さあどうぞ、と言いながら眠りの世界へ導いてくれる、案内役をね」

わたしは身体を心持ち彼の方へ傾け、枕の位置を直し、もっとよく声が聞こえるようにした。

そこから、男の奇妙な話が始まった。

十五年近く前です。僕は父の元で、古書の売買の仕事を勉強中でした。我家は曽祖父《そうそふ》の代からこの商売を受け継いでいるのです。

もっとも父は商売を大きくすることには無関心で、むしろ店の構えは小さくし、そのぶん自分のためのコレクションを充実させるのに熱心でした。顧客を少数の、しかし本物のマニアだけに絞り、高価な希少本のみを扱っていました。その傾向は僕の代になってますます強まっているのですが……。

さて、古書の仕入れのため、僕が初めてヨーロッパを訪れた時のことです。目的地は今と同じ、ウィーンでした。

飛行機の中で、ある老女と隣り合わせになりました。最初から気に掛かるお婆《ばあ》さんでした。長旅をするには歳を取りすぎているように思えましたし、全体の雰囲気が、服装や身体付きや顔の作りが、妙にアンバランスに見えたからです。うまく口では言えないのですが、どことなくこちらを不安にさせる――決して不愉快というのじゃありません――漠然とした危うさを感じさせる、独特の雰囲気を漂わせていました。

「あなたは海老《えび》なの？」

老女が最初に話し掛けてきた言葉です。あまりの唐突さに僕はたじろぎましたが、すぐに機内食のメニューのことを言っているのだと気づきました。多少、ドイツ語を勉強していましたから。

「私は鶏。ひどい海老アレルギーなの。一口でも飲み込んだらもう大騒ぎ。耳の奥が猛烈に痒《かゆ》くなって、冷汗が出て、息が苦しくなるの」

彼女は目を白黒させながら、胸をかきむしる真似《まね》をし、悪戯《いたずら》っぽく笑いました。こちらがどれくらい言葉を理解しているかなど、気にする様子もありません。つられて僕も愛想笑いを浮かべました。しかし内心では、困った成り行きだと警戒していました。あの頃の僕は、お喋りなお婆さんの相手をするには未熟すぎたのです。

「日本は素晴らしかったわ。もっともっと居たかったのに、名残り惜しいわ。カマクラ、ハコネ、ナラ、キョウト、ナガサキ。どこも美しかった。どこもかしこもよ」

「なぜはるばる日本へ？」

「三十年も文通していた日本人のペンフレンドが亡くなったの。彼のお墓参りをしようと思ってね。ハンサムで、頭が良くて、上品なペンフレンドだったの。ずっと憧れてたの。ウィーンから外へ出たことがなかったのに、人生の最後に一大決心をして旅したっていうわけ」

今度は夢見るように目を見開き、両手を胸の前で組みました。

表情豊かに動く目でした。深く刻まれた皺の間に半ば埋もれていましたが、カールした長い睫毛《まつげ》や、淡いブルーの瞳はよく見えました。

「でもね、実際訪れてみると、彼が手紙に書いていたことの半分以上は嘘《うそ》だって分かったの。大学で免疫学を教えてるって言ってたけど、本当は研究室の用務員さんだったし、奥さんはピアノの先生なんかじゃなかったし、おまけに部屋に飾ってあった写真は、私が送ってもらったのとは別人だった。まあ、よくある話よね」

老女は切り分けたチキンにホワイトソースをたっぷりとまぶし、口に運びました。

「それは、がっかりでしたね」

「とんでもない」

チキンを頬張ったまま、彼女は首を横に振りました。

「私は三十年間、手紙の送り主に恋をしていたの。真実がどうであれ、その事実は変わらないわ。そうでしょ？　九百五十六通の手紙の中に、二人だけの真実があったんだから、それで構わないの。奥さんの話だと、彼も私からの手紙をいつも楽しみにしていたそうよ。研究室の大学院生に翻訳してもらってね。郵便受けにエアメールが入っていると、まるで天使が訪問してきたみたいに、大事にそっと取り出したんですって。錆《さび》だらけの、古びた郵便受けだった。そこに私の手紙が横たわっている姿を想像してみたわ。きっと、キラキラ輝いていたんじゃないかしら」

慣れないドイツ語を聞き取るのは骨が折れましたが、できるだけ誠意を持って相づちを打ちました。冷たくあしらう度胸はありませんでしたし、彼女の発する危うさの正体に、次第に好奇心をそそられていったからなのです。

日本人の女性と比べてもかなり小柄でした。狭い座席に、人形のようにちょこんと坐《すわ》っていました。指も足も唇も耳も、はっとするほど小さいんです。十二歳の骨格を老女の皮膚で覆《おお》ったかのようでした。もしかしたら、そういう病気だったのかもしれません。もっとも病的なか弱さは感じませんでした。

ただ奇妙だったのは、老女が何かに触れると、その品物もまた小さく見えてしまうということでした。ナイフとフォーク、紙ナプキン、ミネラルウォーターのビン、角砂糖、雑誌、櫛《くし》、鏡。とにかくどんなものでも、ひとたび掌《てのひら》におさまると、彼女にふさわしいサイズに縮小するのでした。

僕は自分と彼女のナイフを見比べてみました。間違いなく同じナイフでした。特別彼女にだけ子供用が配られているわけではありません。なのにそれは、とても小さいのです。

双眼鏡を逆さまからのぞいているような気分でした。もしかしたらこの人は、もっとずっと遠くの方に坐っているんじゃないだろうかと、思わず手をのばしそうになったほどです。

彼女は自分について話すのと同じくらい、僕についても知りたがりました。日本のどこに住んでいるか。家族はいるか。どんな仕事をしているか。趣味は？　好きな映画スターは？　愛読書は？……とにかく好奇心一杯でした。僕の答え一つ一つに大げさにうなずき、つまらないことに感心したり驚いたりしました。

　僕は自分が他人から求められていると感じました。彼女が何を欲しているのか、自分が何を差し出せるのか、さっぱり分かりませんでしたが、とにかく求められたのです。初対面の、名前も知らない、この小さな老女に。それは悪くない感じでした。

　なかでも彼女が興味を示したのは、僕の商売についてです。偽物をつかまされて大損したいくつかのエピソードが、特に気に入られました。彼女は老いた風貌には似付かわしくない、可愛《かわい》らしい声で笑いました。

　もともと僕はそんなに話し上手というわけじゃありません。日頃は黴臭《かびくさ》い書物ばかりを相手にしているのですから。しかも不自由なドイツ語です。なのにどうしてそんなに笑ってもらえるのか、最初は不思議でしたが、そのうちだんだん気持ち良くなってきました。自分が急に、才能豊かな人間になったような錯覚に陥ったのです。

「ええ、ええ。商売の難しさなら、多少なりとも分かるわ。私も長年、フロイト博物館の裏手で店をやっていますからね」

「何のお店ですか」

「布地屋なのよ」

　食事のプレートは下げられ、僕たちは水割りを飲んでいました。彼女の掌の中で、やはりグラスも氷もままごとの道具のようでした。

「一階に布地を置いて、そうねえ、常時三百種類くらいは揃えているかしら。二階では仕立てもやっているの。お針子を十人ばかり雇ってね。最近は既製服が多くなっちゃったけど、おかげさまでうちはお金持ちの奥様やお嬢さんがひいきにしてくれるから、私一人生活する分には困らないの」

「お一人なんですか」

「そう。この歳までずっと独身。一人暮らし。インスブルックに姪《めい》が住んでいるんだけど、当てにはしてないの。結局、一度も結婚しなかった。チャンスは何度かあったわよ。でも、どういうわけだかうまくいかなくて。戦争もあったし、病気もしたしね。だから余計、ペンフレンドにロマンティックな想像をかきたてられたのかしら。不可能な愛が一番美しいって、昔から言うじゃない?」

老女は、ふっ、ふっと笑いました。

布地屋兼仕立屋にしては、身なりはみすぼらしいものでした。くるぶしまで隠れるチェックのスカートと、黄色いバラの模様のブラウスは、素人から見てもあまりお洒落《しゃれ》な組合わせとは言えませんでした。洗濯のしすぎでスカートはごわごわし、ブラウスの袖口はすり切れ、ソックスは毛玉だらけでした。

ただ見事な銀髪が彼女を救っていました。思わず両手で包みたくなるような、今まで目にしたなかで一番美しいと思えるような銀色なのです。それは彼女の頭を輝かしく覆っていました。

氷を溶かしながら、ゆっくりと彼女は水割りを飲みました。酔いが回ってきたのか、歳のせいなのか、手が震えて時折唇の端からウイスキーがこぼれ、ブラウスに染みを作りました。そのたびに彼女は紙ナプキンをこすりつけましたが、染みは大きくなるばかりでした。

「あっ、そうだ。あなたにも彼の写真を見てもらいましょう」

座席の下の黒い鞄《かばん》を彼女は引っ張り出しました。元の形が分からないくらい、荷物が詰め込まれていました。洋服同様、それもかなりくたびれていました。

写真は変色し、縁が反り返っていましたが、だからこそ長い間大事にされてきたものなのだろうと思いました。写っているのは、有名な俳優のSでした。

「これは俳優ですよ」

「あら、そうなの？　どうりでハンサムだと思った。奥さんに遺影を見せてもらった時、あまりに顔が違うのでびっくりしたのよ。いくら歳を取ったからって、こんなに人の顔が変わるものかしらと、しげしげ眺めたわ。でもね、俳優の写真なんか送ってよこさなくても、本物の彼はなかなか味のあるいい顔してたのよ。顎が力強くて、目が優しくて。本物の写真を送ってもらっていたとしても、やっぱり私は恋をしたと思うわ」

恋などという気恥ずかしい言葉も、彼女が口にするといじらしい響きに聞こえました。

「ペンフレンドの家をおいとまして、あとはお金の続くかぎり気ままに日本中を旅したの。綺麗《きれい》な着物の生地をたくさん買ったわ。お店に並べるのが今から楽しみよ」

言葉も分からず、案内人もなく、たった一人で電車に乗ったり、お土産を買ったり、温泉に入ったりする老女の姿を、僕は思い浮かべてみました。みんな親切にしてくれただろうか。みじめな思いはしなかっただろうか。気がつくと僕はそんな心配をしていました。

写真に続いて彼女はさまざまなものを鞄から取り出し、見せてくれました。どうしてこんなものを、と思うような品物が、次々とテーブルの上に並びました。しかしいくら取り出しても、相変わらず鞄は張り裂けるほどに膨れたままでした。

虫除《むしよ》けスプレー、ハッカ入りのガム、足のむくみを取るクリーム、皺だらけのスカーフ、お土産に買った匂い袋と塗りの箸と扇子、占いの本、ほつれた手袋、爪楊枝《つまようじ》、虫眼鏡、懐紙にくるまれた羊羹《ようかん》の切れ端……。

僕を最も驚かせたのは、キャンディーの缶に入ったヤモリのミイラでした。

「何です？　それ」

ぎょっとして僕は手を引っ込めました。キャンディーの粉がうっすら残っている缶の底に、それはおとなしくうずくまっていました。頭は平たく、背中は皺だらけで、尻尾は格好よく丸まったまま乾燥していました。

「お守りなの」

老女はそれを大事そうにつまみ上げました。

「夏になると毎日、うちの店のウインドーに張りついていたヤモリよ。気味が悪くて追い払おうとしたんだけど、ペンフレンドが日本ではヤモリは家を守ってくれる神様の使いだって教えてくれて、それで死んだあともこうして大切に持ち歩いてるの」

老女の指とミイラは、うまく調和が取れていました。じっと見つめているうち、骨張った指と干涸《ひから》びた尻尾の区別が、だんだんつかなくなってくるほどでした。

スチュワーデスがワゴンにカナッペとチョコレートを載せて運んできました。老女はミイラを缶に戻し、カナッペを一つ取って口に運んでから、蓋をきつく閉め直しました。僕はしばらく彼女の手から目が離せませんでした。そこにまだヤモリが隠れている気がしたからです。

男は目をつぶっていた。眠りに落ちてしまったかのように、まぶたは静かに閉じられていた。しかし確かに、声は流れ続けていた。それは真っすぐにわたしの元へ届いてきた。

一本めの映画の上映が終わり、スクリーンが白くなった。周りの乗客は皆、じっと身体を休めていた。誰もわたしたちに気を止める人はいなかった。男がまぶたの裏の暗闇に映し出している物語を、感じ取っているのはわたし一人きりだった。

少し眠ることにしました。彼女はテーブルの品々を鞄にしまい、スリッパにはき替え、毛布を几帳面《きちょうめん》に二つ折りにして寝床を整えました。

「あなたとお話できて、楽しかったわ」

毛布から顔だけのぞかせ、老女は言いました。

「僕もです」

「目が覚めたらウィーンね」

「ええ」

「いい夢を見ましょう」

「お休みなさい」

異変が起こったのは、うとうとしかけてすぐのことです。急に彼女が苦しみだしたのです。

「大丈夫ですか」

僕は彼女の肩を揺すり、叫びました。そして自分でもびっくりするくらい大きな声で、スチュワーデスを呼んだのです。

それからあとのことは、順序よく正確に思い出すことはできません。とにかく多くの人間の声が僕たちの頭上を飛び交い、さまざまな手が伸びて僕たちに触れようとしました。

身体は硬直し、手足は痙攣《けいれん》を起こし、口からは泡を吹いていました。いくら呼び掛けても、苦しげな唸《うな》り声《ごえ》が漏れてくるばかりです。どうしたらいいのか、なぜこんなになってしまったのか、僕は不安で一杯でした。生涯感じたことのない、あまりにも大きくて圧倒的な不安です。

「さあ、とにかくこちらへ」

スチュワーデスたちは通路にマットレスと毛布を敷き、急ごしらえのベッドにしていました。僕は老女を抱き上げました。両腕の中にすっぽりとおさまりました。スカートが下に垂れ下り、僕の膝を撫でました。こんなにも小さいのに、確かな重みがありました。

「どうしたっていうんだ」

「心臓発作かしら」

「まあ、見て。顔が土気色」

「何かお手伝いできることはない？」

乗客たちも集まって、あたりは騒然としてきました。日本語とドイツ語と英語で、医者を捜す放送が繰り返しなされましたが、信じられないことに、医者はおろか看護婦も薬剤師も獣医さえも、その飛行機には乗っていなかったのです。

「そうだ、海老かもしれない」

突然僕は思い出しました。

「海老アレルギーなんです。カナッペ……さっきのカナッペ、あれは何です?」

「海老の、ペーストです……」

スチュワーデスの一人が答えました。声がかすれていました。

「薬があるかもしれない。ちょっとどいて……」

人だかりをかき分け、例の黒い鞄を開き、中身を床にぶちまけました。さっき見せてもらった品々の他にも、訳の分からない紙袋やらポーチやらがたくさん出てきました。最後にキャンディーの缶が肘掛けの縁にぶつかり、ころころと転がってゆきました。その拍子に蓋が開いて、ヤモリが再び姿を現わしましたが、それに気づいた人は誰もいません。ヤモリは黙って老女を見つめていました。

そうしている間も、彼女の様子はどんどん悪くなってゆきました。ただならぬ状態だと分かりました。痙攣はますます激しくなり、身体はすっかり温《ぬく》もりを失い、あんなに溌剌《はつらつ》と輝いていた瞳は、あらぬ方に向いたままぴくりとも動きません。僕は彼女に呼び掛けくまなく探しましたが、薬らしきものは見つかりませんでした。

ようとしました。そうして、名前を知らないことに気づきました。取り返しのつかないしくじりを犯してしまったと、僕は自分を責めました。

ベテランのスチュワーデスが人工呼吸をはじめました。よく訓練されているらしく、冷静できびきびしていました。僕も何かしないではいられなくて、老女のふくらはぎや、腰や、お腹《なか》や、手をさすりました。どこもかしこも、掌ですくい上げてしまえるくらいに華奢《きゃしゃ》でした。そのことが余計僕を不安にしました。

老女が死んだ時、あたりは沈黙に満たされました。ただエンジンの音だけがその静けさの底を絶え間なく流れてゆきました。もう誰も口を開こうとはしませんでした。

僕は老女を膝に抱き、まぶたを下ろしました。するとたちまち苦しみの表情は消え、安らかな眠りが彼女を包みました。髪に触れるとそれは柔らかく、滑らかで、まだそこだけは命が失われていないかのようでした。

どこかで啜《すす》り泣く声が聞こえました。僕の腕の中にいる見知らぬ老女のために、みんなが祈りました。僕はいっそう強く、彼女を抱き締めました。

語り終えた男は一つ長い息を吐いた。機内は一段と暗さが増し、横顔の輪郭はぼやけていた。

「それから、どうなったんですか」

男の声の余韻を邪魔しないよう、慎重にわたしは尋ねた。

「僕には分かりません」

男は目を開き、視線だけこちらに向けた。後ろの方で、赤ん坊が泣いていた。スクリーンには世界地図と飛行機の現在地が映し出されていた。ウィーンまではまだ遠かった。

「飛行機の中で人が死んだ場合、どんなふうに処置されるのか、しかもその人に連れも身寄りもないとなると……。もちろん航空会社には、きちんとしたマニュアルがあるのでしょうが」

「飛行機がウィーンに着くまで、あなたが付き添っていらしたんですか」

「はい。不思議なことに、彼女が死んだとたん、僕の恐怖は消え去っていました。発作が起こった時は、あんなにも不安だったのに。自分の腕の中で人が死んでゆくなんて、生まれて初めての経験だったのに」

「お婆さんにとっては、幸せだったんじゃないかしら。たとえ名前も知らない他人だとしても、最期《さいご》の時にあなたにそばにいてもらえて」

「あんなにも深く、人の死と関わることはこれから先二度とないでしょう。僕の手の中に、彼女の死はあったのです。僕はあの時のすべての情景を覚えています。毛布の色、スチュワーデスのスカーフの模様、しぼんでしまった黒い鞄、ヤモリの表情、髪の感触、まぶたの形、か細い手首、ブラウスについたウイスキーの染み、冷たい肩の骨……。何もかも、すべてをです」

男は視線を元に戻し、ゆっくりと瞬《まばた》きをした。わたしは男の姿をもっとよく見ようと目を凝らしたが、うまくいかなかった。

「ウィーンでの仕事を全部終えた日、僕は彼女の布地屋を訪ねてみようと思い立ちました。途中でささやかな花束を買いました。名前は知りませんが、薄紫色の可憐《かれん》な花です。手がかりはフロイト博物館の裏ということだけです。すれ違う人すれ違う人、みんなに聞いてみましたが誰もそんな布地屋は知りません。あきらめて帰ろうとした時、八百屋とドラッグストアに挟まれた路地が視界に入りました。じめじめとした陰気な路地です。人影はなく、ただ黄色いゴミ箱の下に痩せた猫が一匹寝そべっているだけです。僕はそこへ足を踏み入れました。靴音が両側の石の壁にぶつかりながら、奥へ響いてゆきました。猫は迷惑そうな顔で僕を見上げ、欠伸《あくび》をしました。そして路地の突き当たりに、老女の布地屋を発見したのです。

『勝手ながら四月八日まで休業させていただきます。店主』

そう書かれたドアのはり紙で分かりました。ウインドーには両肩からオーガンジーと絹の布地を垂らしたマネキンが二体、飾ってありました。布地の柄は時代遅れで、マネキンの顔は埃《ほこり》をかぶり、鼻の先が欠けていました。そのウインドーにヤモリが張りついている様を思い浮かべてみました。夏の夜、月明かりを受け、ヤモリの背中はぬめっと光っていたことでしょう。店をのぞくと、筒状に巻いた布地が壁ぎわに積み上げられています。中央のテーブルには、ハサミやメージャーや糸くずや包装紙が散らばっています。彼女はそこにいないのに、やはりそれらの物も小さく見えました。けれどももしかしたら、中が薄暗かったせいかもしれません。微《かす》かにどこかで人の気配がしました。視線を上げると、二階の窓枠に吊《つ》り下げられた看板が見えました。そこはチェス・ルームのようでした。駒《こま》を動かす人の横顔が、窓に映っていました。かなりの老人でした。若いお針子には見えませんでした。お金持ちの婦人がドレスの注文に訪れそうな気配もありませんでした。僕は花束をウインドーの下にそっと置きました。そこにだけ光が射《さ》したような気がしました。花びらが微かに揺れました。もう一度僕は、一人きりで彼女の死を悲しみました」

男の話は終わったのだと気づいた。彼は両手を毛布の中にしまい、深呼吸をした。

「いい夢を見ましょう」

彼は言った。

「おやすみなさい」

わたしは目を閉じた。向こうに着いたら一番に恋人に電話しよう。日本が真夜中だろうが、オペラ座の取材に遅刻しようが構わない。そう思った。

暗闇にヤモリの影が映っていた。キャンディーの缶や、映画俳優の写真や、銀色の髪や、海老のカナッペや、薄紫の花束が映っていた。わたしの手の中には、小さな死の塊があった。その塊がわたしを眠りへ導こうとしていた。

# おねえちゃんの電話

氷室 冴子

**氷室 冴子**
ひむろ・さえこ

1957年北海道生まれ。2008年逝去。藤女子大学卒。「さようならアルルカン」で雑誌「小説ジュニア」の青春小説新人賞に佳作入選しデビュー。〈なんて素敵にジャパネスク〉シリーズなどのヒットにより少女小説ブームの立役者となる。ほかに『雑居時代』『海がきこえる』『ホンの幸せ』などがある。

電話が鳴ると、とびつくように受話器をとるのがチヅルで、そのためチヅルは家族から、「うちの電話番」と呼ばれていた。

チヅルの家に電話がついたのは去年のことで、出面《でめん》さんの仕事の打ち合わせで、農家の人と連絡をするのに必要だからとのことだった。

近所には、電話がある家はめったにないから、電話だけはチヅルの大大大自慢だった。

あのけたたましい電話の呼びだし音が鳴ると、チヅルはお便所にいても、家の前で石蹴りをしていても、すぐに茶の間にとびこんで、受話器をとる。

とりこぼしは五回に一回くらいで、オトーサンが家にいるときが多かった。オトーサンは電話の音がきらいなので、チヅルがとるのを待ってくれずに、さっさと自分でとってしまうのだった。

電話のうち、半分以上は近所の人の呼びだし電話で、

「近所の近藤さん、お願いします」

と頼まれると、チヅルは意気揚々とスキップしながら近藤さんの家までゆき、

「おばさァん、電話だよ」

と声をかける。その瞬間が、チヅルは好きだった。

そうすると、大人のオバサンがすまなそうに、

「まあまあチヅルちゃん、悪いわねえ」

と愛想笑いを浮かべながら出てきて、遠慮がちにチヅルの家まできて、ぼそぼそと電話で話す。そうして帰るときは、オトーサンが家にいれば、オトーサンに、

「いつも、すいませんねえ」

といい、チヅル以外に誰もいないときはチヅルに、

「チヅルちゃん、これ、ガムでも買ってちょうだい。お母さんに、いつもすいませんねえっていってね」

と十円玉をくれるのだった。

チヅルはそういうとき、ちゃんと心得ていて、

「いいよォ。おかあさんに叱られるしィ」

くねくねと身をよじりながら、かわいこぶって辞退してみせるのだが、それで引っ込むオバサンたちはいないから、安心して辞退できるのだった。

そうやって、もう一年あまりチヅルの支配下にあった電話に異変が起こったのは、おねえちゃんの歌子が中学生になってからで、月に一度くらいのわりで、中学の友だちから歌子あてに電話がくるようになった。

電話がくるときは、学校で前もって、打ち合わせをしているらしく、電話が鳴るやいなや、歌子が二階から駆けおりてきて、

「チヅル、とらなくていいから。あたしだよ、あたし！」

といって、すました顔で受話器をとる。

たいした用事はないようで、予習がどうしたの掃除当番がどうしたのという話しかしないのだが、そばで聞いているチヅルは、

（自分あてに電話がくるのは、いい気分だろうなあ。すっかり大人だもんなあ）

と、どきどきして頰が熱くなってくるほどだった。

歌子に電話がくるたびに、チヅルは外に遊びにゆくのはよしにして、電話がおわるまで歌子の周りをうろうろしながら、いつか自分も中学生になって、友だちに電話したり、もらったりするんだと覚悟をきめては、うっとりした。

チヅルは歌子のすることがぜんぶ、すごく羨ましくてたまらないのだった。

「あたし、こんど、生徒会の書記に立候補することになったよ」

とおねえちゃんの歌子がいい出したのは、夏休みがおわり、学校が始まってすぐのことだった。

お盆がおわると同時に、みじかい夏休みもおわってしまうのだが、チヅルはまだ夏休みボケで、学校にいってもボーッとしていることが多かったから、歌子が書記に立候補すると聞いて、

(中学校は、休みがおわったらすぐに選挙なんかするのか。いそがしいなァ)

とびっくりしてしまった。

「そうか。書記か。そういうのは、一年生が出ていいのかい」

オトーサンが嬉《うれ》しそうにいい、ご飯をよそっていた母の清子も、

「一年生のうちから、あんまり目立つことすると、まずいんじゃないの」

と面倒臭そうにいいながら、顔はすっかり、にこにこと笑っているのだった。

そういうのは、もうまったく、歌子が小学校の卒業式で答辞を読むことになったときとおなじ態度だった。

「あしたから、推薦人や選挙対策本部の人たち、ウチに集まることになったから」

と歌子はなんでもないことのようにいい、とたんにチヅルはわくわくした。

選挙タイサク本部というのがいかにも本式の感じがして、やっぱり中学校はちがうと

すっかり感心させられてしまった。

翌日、チヅルは掃除当番をおえるなり、家にとんで帰った。

いつものようにハイシャ車庫や材木置き場で遊ぶどころではなくて、なんとしても選挙タイサク本部というのを見てみたいのだった。

家に帰ってみると、歌子のほうが先に帰ってきていた。

二階の部屋を掃除しているらしく、何度も階段を上りおりしては、忙しそうにしていて、チヅルなんか目に入っていないようだった。

なんとか歌子の興味をひきたくて、茶の間のソファに寝そべったり、でんぐり返りをしたり、逆立ちをしたりしてもてんでダメで、そのうち歌子がカルピスをつくり出したので、チヅルは思いあまって、台所と茶の間をしきるガラス引き戸によりかかって、

「おねえちゃん、チヅルのもつくって」

と甘ったれた声でいった。

カルピスが欲しいのはほんとだったが、それよりも歌子にかまってほしいのだった。

「なに、ほしいの？　自分でつくんなさいよ。あたし、忙しいんだから」

歌子はあっさりといって、お盆にカルピスのはいったコップをのっけて二階にいってしまった。

悔しくてブスふくれていると、ふと台所の茶ダンスの中に、うす焼きセンベイがお菓

子鉢にはいっているのが見えた。

いつもだったら、食べていいといわれてないお菓子は食べないのだけれど、なんとなく、おもしろくない気分だったので、チヅルは思いきってガラス戸をあけて、うす焼きセンベイを五、六枚つかんで、やけっぱちのようにぼりぼりと食べた。

二階からおりてきた歌子は、茶ダンスの前にすわりこんでセンベイを食べているチヅルを見て、

「チヅル、あたしが買ってきたお菓子、かってに食べちゃダメじゃない！」

とどなった。

「きてくれるみんなのために買ったのに。お母さんにいいつけるよ」

歌子はうわずった声でいって、チヅルを押しのけて、茶ダンスの中のお菓子鉢を取りだし、さっさと二階にもっていこうとする。

階段を五、六段のぼったところで、

「チヅル、外に遊びにいっといでよ。友だちがきても、浮かれあがって、話に入ってきたらダメだよ。みんな、だいじな用事でくるんだから」

きびきびといって駆けあがっていった。

チヅルはぽかんと見上げていたが、ふいに目じりに涙が浮かんできた。

(おねえちゃんは、チヅルより選挙のほうがだいじなんだ)

と思うと、熱いお湯をのんだように、喉から胸にかけてのあたりが、カッと焼けるようだった。

母の清子は、小さなことでもキンキン怒るのだけれど、そういうときは、せいぜいツネッたり、ゲンコツで叩《たた》いたりするくらいなのに、黙ってお菓子を食べるのと、お客さんがきているときにふざけるののふたつには、鬼のように怒りだすのだった。

小学校に上がってすぐのころ、学校から帰ったチヅルは、神棚にお菓子箱がのっているのをめざとく見つけて、イスにのぼってお菓子箱をとった。包み紙を破って、フタを開けると、中にぎっしりとモナカが入っていた。

清子が、そんなリッパなよそゆきのお菓子を買うはずはないから、お客さんが持ってきたのに違いなかった。

清子は買物に出ているらしくて、食べていいかどうか聞けなかったのと、どうしても、すぐに食べたかったのとで、チヅルは五つも食べてしまった。

ほんとは、ひとつかふたつにしておこうと思ったのだけど、食べてみたらおいしいので、ついつい五つも食べてしまったのだった。

買物から帰ってきた清子は、すぐに気がついて、

「チヅルは泥棒になった。口のいやしい子は、気持ちもいやしいんだ。泥棒したんだから、警察につれていくよ。お父さんが帰ってきたら、警察につれてってもらう」

とすごく怒り、チヅルは両手をしばられて、奥の座敷の柱に縛りつけられてしまった。

「もう、しないよォ。もう、だまって食べないよォ。ごめんなさい。もう、しないよォ。いやしいこと、しないよォォ。ケイサツに連れていかないでェェ」

と泣きじゃくりながら謝っても、清子はぜんぜん許してくれずに、知らん顔で夕ご飯をつくっていた。

このまま夜になっても縛られているんじゃないか、オバケが出てきても逃げられない、それにケイサツにつれていかれたら、すごくイジめられるかもしれないと次から次へと妄想がわいてきて、ますます泣けてきた。そのうち泣くのをやめようとしても、しゃっくりが止まらなくなり、息が苦しくなってくるほどだった。

あたりはすっかり薄暗くなり、チヅルも泣きすぎて体が熱くなってきたころ、外に遊びに出ていたおねえちゃんの歌子が、そっと座敷にはいってきて、紐《ひも》をほどいてくれた。

「お母さんが、ほどいていいっていったんだよ。あのお菓子、よそに持ってくんで買ってあったヤツなんだって。チヅル、いやしんぼしたから、怒られたんだよ。ちゃんと謝っておいでよ」

歌子はひそひそ声でいった。

チヅルは泣きすぎて、ぐったりしていて立ち上がることもできないほどだったので、膝でいざりながら台所までいって、きちんと正座して謝って、ようやく許してもらった。

その夜は、ご飯を食べても吐きそうなほど気分が悪くて、すぐに寝てしまったけれど、目がさえてぜんぜん寝つかれないでいると、隣の布団で寝ていた歌子が、ごそごそとチヅルの布団に入ってきて、

「お母さんはきっと、ムシのいどころが悪かったんだよ。あんなに怒るのは、ひどいよね。おねえちゃんは、チヅルの味方だからね」

耳元に息を吹きかけるように小声でささやいて、そうっと手を握ってくれた。

泣き疲れて、すこし発熱しはじめていたチヅルには、ひんやりしたおねえちゃんの掌《てのひら》はふわふわと気持ちよくて、たかぶっていた気分がすうっと鎮まってゆくようだった。

チヅルはおねえちゃんが前から好きだったけれど、そういうことがあって、ますます好きになっていて、それからは清子に叱られても、おねえちゃんが味方だと思うと、あんまり悲しくなくなり、泣かなくなっていたのだった。

（なのに、おセンベ食べたくらいで、おかあさんにいいつけるっていった）

チヅルは見捨てられたような惨めな気持ちになり、息がとまりそうだった。

おねえちゃんは中学生になってから、二階に部屋をもらって、ただでさえ、かまってくれなくなっていたのに、今はかまうどころか、チヅルが嫌いになったんだとしか思え

なかった。

（いいんだ。チヅルだって、おねえちゃんなんかきらいだ！）

チヅルは茶の間のソファにとびのって、ソファの背にしがみつくようにして、涙をこらえた。


歌子の友だちがきたときも、チヅルはソファに寝そべったままでいて、背を向けていた。友だちは四、五人で、ぺちゃぺちゃしゃべりながら茶の間をぬけて、二階に上がっていった。

「一年で立候補するの、ウチの植野と、四組の桑田だけだからさ。男子はたいてい二年生のほうが票とるから。植野のほうが有利だぞ」

という男子の声もして、チヅルは寝たふりをしていたにもかかわらず、あやうく寝返りを打って、のぞき見をするところだった。

立候補するのがおねえちゃんで、選挙タイサク本部に男子がいるというのがチヅルにはびっくりものので、それだけ、おねえちゃんがエラいのかもしれないが、いつもだったら得意に思うそんなことも、今日ばかりは腹が立ってきてしょうがなかった。

けれど、腹は立つのだけれども、なにを話しているのかが、やっぱり気になって、チヅルは歯をくいしばって肩で息をしながら、こっそりと階段をのぼっていった。

階段をのぼりきったどんづまりに、障子戸があって、その向こうからは楽しげな笑い声がきこえてきた。

選挙タイサク本部のわりに、みんながしゃべっているのは普通のことで、

「こんど、テープレコーダー買ってもらうんだ、おれ。英語の勉強だっていったら、親が買ってくれるってさ」

「ねえねえ、あれ、ほんとに声がおんなじなの？」

「うっちゃん、このプレーヤー使えるの？　ソノシート持ってきてるんだけど、聞かない？」

といったようなことを、笑いながらいっているのだった。

そのうち、だれかがチヅルのことをしゃべってくれないかと耳をすませてみたが、だれも、ソファで依怙地《いこじ》になって寝ていたチヅルには気がつかなかったようで、チヅルはますます悔しくなり、足音をしのばせて階段をおりた。

笑い声があんまり大きいので、

（いったい、何人きてるんだ。あたしん家《ち》なのに）

とやにわに腹が立ってきて、玄関にいってみると、靴は五人分あって、男子の靴はふたり分だった。

その五人分の靴を見ているうちに、たまらなく憎たらしくなってきた。おねえちゃんもおねえちゃんの友だちも、中学生だと思っていばっていて、小学生のチヅルをバカにしているに違いないと思えてくるのだった。

チヅルはぎゅっと歯をくいしばってから、五人の靴をそれぞれ、靴箱や、外の石炭小屋や裏口に運んで隠してしまった。

そうして外に出て、自転車で学校をめざした。カヨコかミユキを誘って遊んでもよかったのだけれど、なぜか、人と遊ぶ気にはなれずに、ひとりでいたいような気がしたのだった。

学校のグラウンドはもうひっそりとしていて、教室の窓もぜんぶ閉まり、生徒はみんな帰ったようだった。

チヅルはブランコに乗ったり、百葉箱をあけて温度計を見たり、川っぷちをたがやしてイモやナスビを植えてある生徒菜園のほうに降りていって、葉っぱを点検したりして時間をつぶした。

だんだん日が落ちてきて、グラウンドも校舎もしんと静まり、人の気配というものがなくなっていた。

動いていないとこわいので、チヅルはもう一度ブランコにのり、勢いをつけてこいでいたが、そのうち、ふいにグラウンドのはしっこにある外灯に明りがついた。

外灯に明りがつくのは、六時すぎに違いなく、六時すぎといえば清子が帰ってくる時間で、これ以上、家に帰るのが遅れると叱られてしまうので、チヅルはしぶしぶ、また自転車をこいで家に帰った。

もう、悔しい気分はすっかり消えて、歌子が怒っているのではないかと、そればかりが気になっていた。

家に帰ってみると、電気がついておらず、まだ清子も帰っていないようで、それはホッとしたが、歌子もいないようで、わけがわからなかった。

電気をつけて、ぼんやりと茶の間のソファにすわっていると、カタンと物音がして、二階から歌子がおりてきた。歌子の目は真っ赤で、今まで泣いていたようだった。

てっきり叱られると思って身構えていたチヅルはびっくりして、上目づかいに歌子を睨《にら》んでいると、

「チヅル、折田くんの靴、どこにやったのさ。折田くんのだけ見つからなくて、折田くん、上靴はいて帰ったんだよ」

というなり、歌子は茶の間にすわりこんで、わっと泣きだしてしまった。

チヅルはあっけにとられてしまったが、すぐに我にかえって、あわてて家をとびだし、裏の畑のトマトの木の下につっこんであった男子の運動靴をひっぱりだした。

内心では、やっぱり、ここのは見つからなかったかと得意な気持ちも少しはあったが、

それよりも歌子が泣いているのが驚きで、とてものことに、ザマァミロとは思えなくなってしまっていた。歌子が泣いているのをみるのは、チヅルは初めてだったのだ。

「おねえちゃん、これ……」

まだすすり泣いている歌子に、おずおずと靴をさしだすと、歌子は何度も手の甲で頬をこすってから、出窓においてある電話機の受話器をとった。

メモもなにも見ずに、歌子はダイヤルをまわして、どこかに電話をかけた。

「折田くん、うん、あたし、植野。靴みつかったから。明日、学校にもってくから。うん。他の靴、あるの？　うん。ごめんね」

歌子は何度も何度もごめんねといい、最後には涙声になって、電話のむこうの折田くんになだめられているようだった。

チヅルはふと、月に一度くらい電話をかけてきていたのは、この折田くんではないかという気がしてきた。

今までは、友だちが電話をかけてくるというゼータクにびっくりして、まさか相手が男子だとは想像もしていなくて、当然、クラスの女子だろうと思いこんでいたのだけれど、この時ふいに、きっと、電話は折田くんに違いないと思えてきたのだった。

「おねえちゃん、おかあさんにいってもいいよ」

歌子が電話をきってから、謝るつもりでそういうと、

「いいよ、もう」

歌子は怒っているふうでもなく、ただ気が抜けたようにいって、のっそりと二階に上がっていった。ただもう、折田くんの靴がみつかったことにホッとして、ほかのことはなにも考えられないみたいだった。

今日は、歌子がお米をとぐ当番だったのだが、台所の流し場をみると、お米がといでなかった。

チヅルはおわびのつもりで、歌子の代わりにとぐことにして、米櫃《こめびつ》からお米を三合もってきて、シャッシャッと慣れた手つきでお米をときながら、ふと、

（おねえちゃんは、折田くんが好きなのかもしれない。チヅルよりも、好きなのかな）

と思った。

そのとたん、どうしようもない淋《さび》しさがどうっと風のように押しよせてきて、チヅルはわけもなく大声をあげたくなった。

そんな荒々しい気持ちは初めてで、胸が苦しくなって、涙が浮かんでくるほどだった。

（おねえちゃんなんか、きらいだ。折田もきらいだ！）

チヅルは歯をくいしばり、足を踏んばって、いつまでもいつまでも力をこめて、お米をとぎ続けた。

# エンドレス・リング

群 ようこ

**群 ようこ**
むれ・ようこ

1954年東京都生まれ。日本大学芸術学部卒業。広告代理店、商品企画会社を経て、「本の雑誌社」勤務の傍ら、エッセイ『午前零時の玄米パン』を発表、注目を集める。エッセイに『無印良女』『トラちゃん』『鞄に本だけつめこんで』『衣もろもろ』『衣にちにち』など、小説に『姉の結婚』『でも女』『働く女』『かもめ食堂』『小福歳時記』『母のはなし』など著書多数。

高校時代から仲よくしているグループは、私を含めて女四人、男三人である。今はみんな二十九歳という年齢になってしまったが、当時からのつき合いが、ずっと続いているのだ。

最初はイズミちゃん、カズコちゃん、ユリコちゃんと仲よくなった。私を含めて四人で、映画を見にいったり、放課後、喫茶店でお茶を飲んだりしていたのだが、

「女ばっかりでつるんで遊んでいるよりも、男の子がいたほうが面白いよね」

などといっていたら、イズミちゃんがヤマダくんを連れてきた。

「人畜無害だから」

というのが彼を仲間にいれようとした理由であった。彼は私たちのクラスの学級委員長であった。高校生くらいになると、たとえば文化祭で何かやるとなると、だいたい一致団結することはない。必ず、

「はあい」

と手を挙げて、文句をいう奴《やつ》がでてくる。するとヤマダくんは、本当に心底、困った顔をして、

「そうか……。困ったなあ。でもきみのいうこともよくわかるよ」

と真剣に悩むのだ。やりとりを見ていた私たちは、

（適当にあしらっときゃ、話は早いのに）

と思っていたのだが、ヤマダくんは違った。なかには、建設的な意見ではなく、単に嫌味をいうだけの奴もいた。しかし彼はそんな嫌味な奴に対しても、

「そうかあ、そんなふうに思うのか」

と真顔で相手をしていた。だからホームルームはやたらと時間がかかり、私たちはいつも、

「何でもいいから、早く決めて！」

といいたくなった。そして結局は、彼があまりに真剣に悩んでいるのを見て、文句をいった奴らが根負けして、自分のいい分をひっこめるのが常だったのである。

彼の態度は女の子に対しても同じだった。クラスの男の子のなかには、女の子を見下して、何かというと「お前」よばわりする奴がいた。そういうのに限って、美人の女の子に対しては敬語で話し、彼女が歩く後ろを、キャイン、キャインと尻尾を振ってついていったりした。その点、ヤマダくんは同性、異性、関係なく、同じ態度で接した。危

険な、胸がぞくぞくするようなタイプでは全くなく、女の子たちからは、

「世界でいちばん安全な男」

といわれていたのである。

彼は、イズミちゃん以外、特別、美人揃《びじんぞろ》いでもない私たちと、遊びにいくという話に、大喜びで参加してきた。ところが次の日、

「友だちも一緒に行きたいっていうんだけど……」

と遠慮がちにいった。女の子四人と自分とで映画にいくのがうれしくて、友だちについ話したら、

「そんなずるいことをして、平気なのか」

となじられ、

「悪いと思ったら、ぼくも一緒に連れていってくれ」

と頼まれたというのだ。

「いいよねえ」

私がそういってみんなの顔をみると、黙ってうなずいた。ヤマダくんは、ほっとした顔をして、

「あっ、いいの。悪いねえ。きみたちに相談もしないでこんなことになっちゃって……」

と頭をかきながら、しきりにあやまっていた。

私たちがああだこうだと話していると、イシカワくんとコバヤシくんがやってきた。

「おい、いいってさ」

「おお、そうか、そうか」

彼らはにこにこしている。

「何だ、あなたたちだったの」

ヤマダくんは隣のクラスの、ハンサムな男の子と仲がよくて、私は彼がくればいいなと期待していたのだが、やってきたのは同じクラスの、私たちがおとぼけくんと呼んでいた男の子たちだった。勉強もスポーツも中くらいで目立たない。とにかくよくいえばおっとりとしていて、悪くいえばぼーっとしている。善良そのものを絵に描いたような男の子たちではあったが、刺激を求める女子高校生には、いまひとつインパクトに欠けるタイプだった。

私たちは彼らと一緒に、七人でぞろぞろと映画を見にいった。私たちは、男の子たちがトロトロしていると、

「あんたたち、とっとと歩かないと、蹴っとばすよ」

と檄《げき》をとばし、尻を蹴る真似《まね》をした。たまに蹴りが尻の割れ目に命中し、

「ひ、ひどい……」

とコバヤシくんが涙目になったこともある。またあるときは、映画の帰りにバーゲン

に遭遇し、男の子たちをそっちのけにして、Tシャツを買いあさった。

「ねえー、もういいじゃない、ねえ」

彼らは殺気だっている私たちにむかって、小声でいった。

「だめ。待ってるのが嫌だったら、先に帰れば」

そういい捨てて、私たちはワゴンの山をあさった。安い服を前にしたら、もう男の子のことなど完璧に忘れ去っていた。三十分ほど服の山をひっくり返し、納得できる戦利品を手に、

「さあ、帰ろう」

といって、ふと後ろを見ると、まだ男の子たちはぬぼーっと立っていた。

「あーら、帰らなかったの」

声を揃えていった私たちにむかって、彼らは、

「全く、もう、うちの母親とおなじだよ」

とぶつくさいいながら、それでも後をついてきた。ちょっと怒っているみたいではあったが、

「荷物を持つよ」

とぶっきらぼうにいったりして、いちおう私たちに気を遣ってくれているらしかった。

そんな彼らを見て、

「そんなに私たちと一緒にいたいのかしら」

といって、くすくす笑ったこともあったのだった。

一緒にピクニックにもいった。いちおうパターンとして、女性陣がお弁当を作っていったのだが、誰かの作ったものに問題があったらしく、翌日、ほとんどの子がお腹《なか》を下して学校を休んだ。ところが私だけはピーゴロにもならず、二日後に登校してきたみんなに、

「信じられない。あんたがいちばん食べていたのに」

「あんなひどい下痢をしたことなんか、なかったんだぞ」

「いったい誰が、作ったんだ」

と罵られた。

結局、ああいうものを日頃、食べている奴がピーゴロにはならないなどといわれ、私は下痢のもとを作った女と、あとあとまで恨まれたのである。

高校を卒業するまで、私たちはこんな調子で遊んでいた。女性陣は別々の短大に進学し、イシカワくんとコバヤシくんは、現役で大学に入学し、ヤマダくんは医大を受験して、見事にすべった。私たちはそれぞれの新しい生活がはじまったわけだが、それでも年に何度か、集まっては遊んでいた。私には彼ができたが、彼らとは会っていた。いちおう外見は男であったが、イシカワくんも、ヤマダくんも、コバヤシくんも、女友だち

と同じようなものだった。そういうと、彼らは、

「やめてくれよ。そんなこといわれたら、立場がないじゃないかよ」

と嫌がったが、私は彼らには、全くといっていいほど異性を感じなかったのである。

私は短大を卒業後、社員が八人の零細企業に就職した。好きこのんでこの会社に入社したわけではなく、試験を受けた会社にことごとく断られ、父の知り合いの紹介で、仕方なく入ったのだ。会社といっても政府関係の仕事をしているために、会社にいる人はほとんどやる気がなかった。

「やってもやらなくても、同じ」

という雰囲気が漂っていて活気がない。社員もみなおやじばっかりで、女性は私一人。

「ひひひ」

といいながらすり寄ってくるような、ひひじじいではなく、みな節度も良識もあるおやじたちばかりというのは救いだった。が、話題といったら、囲碁と釣りしかない彼らのなかで過ごすのは、のんびりはしているものの、苦痛だった。とにかく会社全体が、茶色く染まっているような感じだったのである。それでも私は、結婚相手は学生のときに確保していたし、

「結婚まで辛抱すればいいや」

と適当にさぼって適当に仕事をした。服装や化粧を張り合う、同僚のＯＬがいない、

平凡な毎日を送っていたのである。

短大の英文科を卒業したイズミちゃんは、美貌と能力をかわれて、大きな会社の重役秘書になった。私は彼女が秘書になったという話を聞いて、とても興奮した。

「これでイズミちゃんの将来は決まったわね。社内の重役御推薦の男性と結婚して、一生、安泰に暮らすのよ、きっと」

そうカズコちゃんとユリコちゃんに話をした。そのときはイズミちゃんは欠席。男連中も抜きだった。私の頭のなかには、玉川高島屋がすぐそばにある、一戸建の家に住んで、カット・ソーのお洒落《しやれ》な普段着かなんかを着て、花壇の花に水をやっている彼女の姿が浮かんだりした。そして子供が生まれてしばらくすると、旦那に海外赴任の辞令がおりて、家族で海外生活を送る。彼女は得意の英語を活《い》かして、地元の金髪主婦ともすぐなじみ、違和感のない生活を送る。そしてますます洗練されて日本に帰ってきた彼女は、旦那の出世に伴い、雑誌に素敵なミセスとして紹介されたりする。

「きっと、そうなるに違いないわ」

想像するだけで、胸がときめく。これこそ現代の女の幸せ物語である。

「イズミちゃんが秘書になったっていうだけで、よくもそこまで想像できるわねえ」

「この人、こういうことに限って、頭がよく働くのよ」

カズコちゃんもユリコちゃんも、呆《あき》れかえっていた。

「だって、あの人だったら、そうなってもおかしくないもん」

「まあ、それはそうだけどさあ」

彼女たちにいわれても、頭のなかから彼女の姿が消えることはなかった。

「そうなったらさ、私たち、重役夫人と友だちなのよ。『お茶を飲みにいらして』なんていわれちゃったりして。あたし、英語教えてもらおう」

「今、教えてもらえばいいじゃない」

「だめ、秘書じゃなくて、重役夫人に教えてもらうっていうのがいいのよ」

「あんたはそのころ、頭の働きが鈍くなって、英語なんか覚えられないと思うわ」

そういったユリコちゃんは、おもちゃ会社の企画室に勤めていた。新しいキャラクターものの、ファンシーグッズを企画する仕事である。彼女の会社のヒット商品に、「カニちゃんとタコくん」というキャラクターものがあり、上司から、

「それを凌《しの》ぐような、新しいキャラクターを考えろ」

と責められていると嘆いていた。

「カニとタコに匹敵するような、キャラクターってあるかしら」

彼女は会うたびに、カニとタコが印刷された、便箋や封筒をはじめ、ハンカチ、化粧ポーチ、ボールペン、スリッパ、バスタオルを持ってきた。

「そうねえ……」

私たちは真剣に考えた。

「やっぱりカニとタコに匹敵するのは、ナマコかウミウシじゃないの」

「えーっ、やだー。気持ち悪いよ」

「そんなことないわよ。気持ちが悪いものを、かわいいキャラクターにするのが、あなたの仕事じゃないの」

「でも、ナマコやウミウシなんて……」

「じゃ、タラコ」

「やだー、タラコも気持ちが悪いよ」

「うーん、まあ、見ようによってはちょっと卑猥《ひわい》よね」

「子供向きなんだからね、子供向き！」

「じゃあ、フジツボ。三角でかわいいよ」

「………」

それ以来、ユリコちゃんは私たちに、相談することはなくなった。

カズコちゃんは美術系の短大を卒業した後、好きな編み物を続けたいといって、あるニットデザイナーのアシスタントになった。彼女は短大に通いながら、編み物の専門学校にも通っていたから、楽勝で仕事をやっているのかと思ったら、

「単に好きだからやっているのとは、違うわねえ」

と嘆いていた。編み子さんに指示をださなければならないときもある。もちろん人手が足りないときは、自分も編まなきゃならない。

「この間なんか、編み物の本を作るので、私、十日で三枚のセーターを編めっていわれたのよ。もう一日、二十時間くらい編み物をしたんじゃないかしら」

それで一気に目が悪くなったと彼女は浮かない顔をしていた。女四人はそれぞれ、社会人となって、はりきったりがっくりしたりしていたのだった。

男性陣抜きで会ったという話がどこからもれたのか、ヤマダくんから、

「もうぼくたちは、呼んでもらえないの」

という、おびえた電話があった。

「だって、あなた、まだ大学に入ってないじゃない。そんな暇あるの」

私たちが就職したというのに、彼はまだ医大の門をくぐっていなかった。

「学校は何とかなるんだよ。ぼくたちを仲間はずれにしないでよ」

彼はすがってきた。女性陣と連絡をとり、

「男の子たちがひがんでいるから、また一緒に会おうよ」

と招集をかけると、彼らはにこにこしてやってきた。相変わらず立派なおとぼけくんたちであった。

「そうか、女の子たちは大人になったんだなあ。社会人かあ。給料ももらえるんだよな、

いいな。おれたちはあと二年、学校にいかなきゃならないんだな」

コバヤシくんがそういうと、

「まだいいよ。先が見えているんだから。ぼくなんか、まだ学校にすら入ってないんだぜ」

と、ヤマダくんはため息をついた。

「話が暗いわねえ。ぱっとした話はないの、こう、ぱあっとした話は」

私がそういうと彼らはお互いに顔を見合わせて、

「そんなの、ないよ。なあ」

とイシカワくんが小声でいった。

「おれたちの顔を見ればわかるだろう」

そのとおりだった。彼らは別に不潔でも何でもなく、ごくごく普通の大学生だったが、女の子が町中で出会っても、風景と同化してしまって、決して目をひくタイプでないのは、間違いなかった。

「いいんだ、もう。おれは無理しないことにした」

「おれも」

「ぼくは無理をしないと大学に入れない」

三人は私たちの前でぐちってばかりいた。女性陣は、「ふんふん」とか「そんなこと

いったって、しょうがないじゃないよ」と、彼らのぐちを聞いてやった。そして別れ際に彼らは、

「また、誘ってね」

といって去っていったのであった。

イシカワくんとコバヤシくんが大学を卒業した年に、私は学生時代からつき合っていた彼と結婚した。レース編みのウエディング・ドレスは、カズコちゃんに編んでもらったものだ。もちろんみんなも来てくれて、一生懸命に練習したというわりには音程のあわない『いとしのエリー』を合唱して、出席者の笑いをとってくれた。ヤマダくんもやっと地方の医大に入った。

「これからみんな、どうなるんだろうねえ」

彼らはそういいながら、二次会で飲んだくれていた。私がのちの重役夫人として期待していたイズミちゃんは、結婚する気配は全くなかった。お母さんにいわれるままに、三高の男性ばかりと何度も見合いをしたのだが、彼女は結婚する気がないという。

「どうして。いい人がいたら結婚したら」

「そうなんだけど」

彼女の歯切れは悪かった。好きな人がいるのかとたずねても、いないというし、私は、

「女の気持ちには波があるからね」

といいつつ、まだ重役夫人の友だちの夢は捨てていなかった。

私たちが二十五歳のとき、イシカワくんが会社をやめて、家業の文房具店を継いだ。そこそこの会社に勤めていたのに、あっさりとやめてしまったので、特に女性陣はびっくりした。

「おれは会社勤めにはむかないってわかったんだ。小さい店だけど、近所の子供相手に細々とやっていくさ」

二十五歳でこんなことでいいのかしらと心配したが、コバヤシくんは、

「それもいいよなあ」

とうらやましそうだった。その直後、コバヤシくんは結婚した。相手の女性が結婚式も披露宴もばかばかしいといってしなかったので、連絡だけもらったが、半年後に離婚した。あまりの早さに面とむかって、理由を聞けず、女性陣は、

「もしかしたら、コバヤシくんって、女性にとって堪え難い性癖を持ってるのかもよ」

などといって、陰で笑ったりした。

「あーあ、私もどうなるのかしら」

ついに二十九歳になって、眼鏡をかけるようになったカズコちゃんは、首をぐるぐるまわしながら、ひとりごとのようにいった。

「毎日、毎日、女性ばっかりのなかで生活してるじゃない。最近は世の中に、男性とい

う人々がいることすら忘れてるわ」

「でもあなたの仕事は、結婚してもできるからいいじゃない」

「まあねえ、でも神経が疲れるから、なかなかきついわねえ。独身だったらコーヒーを飲みながら、明け方まで仕事ができるけど、結婚していたら、どうだかねえ。趣味で編み物をしてるのと違うから」

　彼女にも春は遠いようであった。

　ユリコちゃんは永い間、ヒット商品が出なくて苦しんでいた。私たちが提案したナマコやウミウシを無視したからだと、いじめてやったのだが、やっと「スイカちゃん」というキャラクターを作り、なんとか社内での面目が立ったと喜んでいた。

「あっちのほうは、どうなの」

「あっちって？」

「男関係」

「あー、もう全然だめ。今はスイカちゃんグッズのことで頭がいっぱいよ。素材選びとか、もう大変なのよ」

　彼女にも春は遠いようであった。

　私はグループの男女三人ずつが、うまくカップルになってくれないかしらと考えていた。そのために何か策略を練るわけではなかったが、あれこれ想像するのがとても楽しい。まず、ヤマダくんには無事に国家試験にも合格して、ちゃんとした医者になってもらわなければならない。そうなると伴侶としてふさわしいのは、イズミちゃんである。彼女だったらどこに出しても恥ずかしくない。重役夫人がだめなら、医師夫人として私を喜ばせてもらいたいのだ。次はコバヤシくんである。ちょっと神経質なところもある彼には、淡々としている、カズコちゃんがいい。疲れて帰ってきても、神経をとがらすような言動はしない彼女とだったら、きっとうまくやっていけるだろう。

「はい、あなたのセーターができたわよ」

などといわれたら、きっと彼は有頂天になってしまうと思う。となるとイシカワくんとユリコちゃんのカップルである。彼女が考えたファンシーグッズを、彼の店で小学生に売れれば、一石二鳥ではないか。スイカちゃんグッズも、売るときに、

「これ、おじさんの奥さんが考えたんだよ」

といったら、子供たちにも、

「へえ、すごいね」

といわれて、お店の株も上がる。子供が友だちを連れてきて店は大繁盛する。そうなったらファンシーグッズのチェーン店も夢ではない。最高ではないか。

「もう、これしかないわ」

私は彼らや彼女たちが、お互いにどう感じているかが知りたくてしょうがなかった。

うちの旦那に、

「どうかなあ」

とたずねたが、

「とってもいい人たちだとは思ったけど、誰が誰のことを好きかなんて、わからないよ」

といわれてしまった。

「いいな、いいな、こうなったらいいな」

ひとりで騒いでいる私を横目に見ながら、夫は呆れ果てているようであった。

早速、私はイズミちゃんの家に電話をした。お母上が電話にでた。

「あなたは結婚なさってよかったわねえ。うちのイズミは、いい方とお見合いしても、首を縦に振らないんですの。外務省の方とか、商社の方とか、大学の助教授の方とか、立派な方とお会いしたんですけど。先方は気にいって下さるんですけど、本人がねえ」

「はあ、そうですか」

私はこのお母上は苦手であった。イズミちゃんは幼いときから、

「お父さんみたいな、サラリーマンとは結婚しちゃいけません」

といわれていたのだそうだ。しかしお母さんよりも、お父さんのほうが、よっぽど人がよかった。イズミちゃんは賢い人だから、ちゃんと人を見て、今までのお見合いも断

ってきたのだと思う。

ひとしきりお母上のぐちを聞かされたあと、やっと彼女が電話にでた。

「ごめんね」

「ああ、いいのよ、別に」

そういいはしたが、疲れるお母上である。お互いの近況を報告したあと、私は、

「ねえ、誰か好きな人はいないの」

と聞いてみた。

「えっ、母に聞くようにいわれたの」

彼女のガードは固い。

「違う、違う。それとは全然、別なのよ」

私は最高のカップル三組の話をした。

「ふふふ」

彼女はふくみ笑いをしていた。

「ね、いいでしょう」

「よく、そんなこと考えるわね」

「ところで、どう？　その気にならない？」

私は彼女のこたえを待った。

「ヤマダくんとはそのつもりはないわね」

ちょっとがっかりしたが、これはヤマダくんとはその気がないが、別の人とだったらその気があるということではないか。

「誰だったらいいの、ねえ、ねえ」

しつこくしつこく聞いて、やっと、誰にもいわない約束で、名前を教えてもらえることになった。

「あのねえ、イシカワくんなの」

「えーっ！」

全くの予想外であった。たしかに彼はいい人である。男性三人のなかでいちばんのおとぼけくんでもある。しかしあのイズミちゃんが、イシカワくんを好きだったとは……。

「じゃあ、彼だったら結婚してもいいわけね」

「うん」

「じゃあ、私が間に入ってあげるわよ」

「だめなのよ」

「どうして」

「だって、彼は好きな人がいるみたいなんだもん」

「あなたに好きだっていわれて、断る男なんかいないわよ」

「そんなことないのよ」

彼女は黙ってしまった。私はこのことは絶対、誰にも話さないとまた約束して、電話を切った。

次の瞬間、私はヤマダくんの家の電話番号をプッシュしていた。彼は地方でひとり暮らしをしているので、親と同居をしている他の二人よりも、電話がかけやすいのだ。

「はあい」

妙に明るい彼の声がした。ふだんは酒を飲まないのだが、久々に飲んで酔っ払ってしまったと彼は笑っている。私はこのときとばかり、

「ねえ、あなたもそうだけど、男の人たちに好きな人はいないの」

とかまをかけてみると、酔っ払っている彼は、やたらとぺらぺらしゃべった。彼は医者にはむかないかもしれない。

「はっきり聞いたわけじゃないけどね、コバヤシはイズミちゃんが好きだよ。そしてイシカワはカズコちゃんと結婚したいっていってたな。ぼくはユリコちゃん」

彼が教えてくれた女性の名前のなかに、私の名前がなかったので、ちょっとむっとしたが、残念ながらイズミちゃんの恋心がむくわれないことは判明した。あとはカズコちゃんとユリコちゃんの気持ちである。ここでうまくいけば、失恋者は二人でるが、二組のカップルはできあがる。私は、

「あのねえ、それでねえ」

とぐだぐだと話を続けようとするヤマダくんを無視して一方的に電話を切り、カズコちゃんとユリコちゃんに電話をして、様子をさぐった。二人とも最初は口が固かったが、

「絶対に人にはいわないで」

という条件つきで教えてくれた。私はメモで、イシカワとカズコ、ヤマダとユリコと書いておいた。名前を聞く段になると、胸がどきどきした。うちの旦那にプロポーズされたときも、こんなにどきどきしなかった。カズコちゃんは、

「私、ずっとヤマダくんが好き」

といった。どっひゃーであった。ユリコちゃんは、

「私はコバヤシくん」

といった。これまたどひゃーであった。みんな同じグループの人が好きなのに、誰ひとりとして両思いになっていない。

「ああ、そうだったの。うまくいくといいけどねえ」

私は二人に同じようにそういって、電話を切った。この状態を紙に書いてみた。

「ヤマダ↓ユリコ↓コバヤシ↓イズミ↓イシカワ↓カズコ↓ヤマダ……」

永遠につながっている輪っか状態だ。

私は紙を眺めながらため息をついた。知っている限り、彼らはいろいろな人とつき合

ったあげく、身近にいる異性の名前をあげたようには思えなかった。となると、彼らはずっと前から好きだったのに、それが口に出せなかったのではないだろうか。イズミちゃんがいったみたいに、自分の好きな人に好きな人がいる。それが自分の友だちだということを、うすうす感じていたのかもしれない。自分が行動を起こすと、友人関係に支障をきたす。それがわかっているから、みんなひと固まりになっていたのだ。ところがそんな部分から少しはずれていた私は、それに気がつかずに、

「この人とこの人がくっつけばいいんだわ」

と能天気に考えていたのだ。

誰にもいわないという約束どおり、私はこのことは黙っていた。それからしばらくして、イシカワくんの家に集まった。みんなの気持ちを知っている私は、今までのように、楽しめなかった。つい口からでたひとことが、大きな問題になりそうだったので、ものすごく気を遣った。それでも彼らは、これまでと変わらず、楽しく騒いでいた。

（みんな、ずーっとこのままでいるつもりなのかしら）

人のことなんか考えないで、好きな人にぶつかっていけばいいのに、そんなことをする人はいなかった。みんなで仲よくしている。高校生のときから全く変わっていない、私たちの姿だった。私は、

「友情よりも、恋愛を取れえ」

と叫びたかったが、好きな相手と少しでも永くつき合うんだったら、このままのほうがいいような気もしてきた。が、永遠につながっている輪っか状態で、このままじいさんばあさんになるのだろうか。このような三すくみ状態で、彼らに春は訪れるのだろうか。二十九歳にもなって、高校生のときと同じように、ぞろぞろとつながって歩いている彼らを見て、私は、美しい友情を見たような、どよーんとしたため息の固まりを見たような、複雑な思いがこみあげてきたのだった。

# 華　燭

舟橋 聖一

**舟橋 聖一**
ふなはし・せいいち

1904年東京生まれ。76年逝去。東京帝国大学文学部卒業。戦後『雪夫人絵図』をはじめとする風俗小説で人気に。53年に発表した『花の生涯』はNHK大河ドラマの第一作となった。64年に『ある女の遠景』で毎日芸術賞を、67年に『好きな女の胸飾り』で野間文芸賞をそれぞれ受賞。ほかに『木石』『芸者小夏』『新・忠臣蔵』『滝壺』『モンローのような女』『白の波間』『太閤秀吉』などがある。

（須本一橋両家結婚披露宴は、今やデザートコースに入った。媒妁人《ばいしゃくにん》H博士が立上って、型通りの仲人挨拶をやった。次に、新郎の前に席を占めた来賓B氏、O氏、K氏らの祝辞があり、次いでボーイ長らしいのが、私の椅子のうしろに近づき、肩をつくようにして、どうぞ、といった。私はナプキンをおき、椅子から立った）

只今《ただいま》、御指名に預かりました日態でありますが、本夕《ほんせき》は名だたる朝野の名士が、ずらりと並んでおいでになる真ン中で、私のような末輩者《まっぱいもの》が立上って何かお話を致すということは、まことに僭越《せんえつ》きわまることと存ずるのでありまして、ひらに御容赦を願いましたるところ、司会者においてはお許しがなく是非とも、何か祝辞をいえということでございますので、お祝いごとに、無躾《ぶしつけ》な御辞退も却《かえ》っていかがと考えまして、非礼をはばからず、ここに立上りましたような次第でありまして、あらためて、満堂の各位の御《ご》諒解《りょうかい》を得たいと存ずるのであります。ヘン（ト軽く咳払《せきばら》いをする）

ただ今、媒妁人のお話を承りまして、このような御良縁はまたとないことを、確信いたしたのでありますが、思いきって、ぶちまけて申上げますと、本夕の花婿花嫁を、一番正確に知っておりますのは、私を措《お》いて他にないと考えるのであります。こんなことを申上げては、大変、お耳障りかは存じませんが、この席にお集まりの皆さま方にしても、花婿側の方は、花婿を知っておいでになっても、花嫁のことを御存知ない。また、花嫁のことには詳しいお方でも、お婿さんのことは、まるで知らないという風に、一方的な知識しかお持合せがないのではないか。そこで、媒妁人が、御両家並びに新郎新婦の御紹介をして、皆さまにお近づきを願おうという趣旨が、本夕の御披露の宴と相成ったものと考えるのでありますが、その御両家、御両人の両方に通じている点が、私ごときをしてこの席に立上らせる光栄を担うことの出来た所以《ゆえん》ではないか。強いてそうでも考えませんことには、このような盛大な華燭《かしょく》の典にあたり、一言でも二言でも、テーブルスピーチをするというような、晴れがましいことは、到底、私の任に非《あら》ざることが、明白なのでございます。エヘン（ト、もういちど、咳払いが出る）

新郎、須本浪夫君は、私とは、学校友達、いや、古くからの親友であるのであります。ごらんの通りの美青年でありまするが、性情は直情径行と申しますか、竹を割ったようなところがありまして、従って、妥協のない、ごまかしのきらいな、思ったことは、ドシドシ実行に移すといったところのある、強い性格が、この美しい花嫁を獲得された根本の理由ではないか。どうも、お話が脱線して行きそうでありますが、今暫《しばら》く御清聴

下さい。（末席の方で、誰やら、しっかりやれと、掛声をかける者あり）

さて、須本君は、そういう性格の男でありますから、女沙汰などは微塵《みじん》もなかったことを、私は証明いたしましょう。むしろ、いうならば、女ぎらいといった方が、適切であるかもしれない。そして、かく申す私もまた、女ぎらいであるのであります。（末席から、再び、嘘《うそ》をつけなど叫ぶ者あり、宴はたけなわ、早くも美酒に酔う者あって、半畳でも入れたくなったと見える）そこで、女ぎらい同士の間には、特に強い友情が炎《も》え上ったわけでありまして、当時、クラスメートの中には、盛んに、新宿や洲崎《すさき》へ通ったり、五反田や大塚へんの花柳界に足を運ぶ者が多かったのでありますが、須本君は断然、これに反対でありまして、私と盟約を結び、あくまで、正しい童貞を守りつづけようと頑張ったのであります。本夕の宴にあって、その昔の友愛の純情を想《おも》えば、そぞろに、万感の走るのを感ずる次第であるのであります。（シンと水をうったように静かである）

二人は、その頃、よく旅行を致しました。須本君は、画才に恵まれていて、至るところスケッチブックに山川草木《さんせんそうもく》を写生して歩くのが得意でありましたが、なかなかどうして、素人ばなれのした手腕をもっているのでありました。私は、至って平凡な能なしでありますから、いわば、須本君のお供をして歩いたようなものであります。一番よく出かけたのが、信州、上州、それから伊豆方面でありまして、殊に、浅間山の周辺をグルグル歩き廻《まわ》っていると、月日のたつのも忘れるくらいで、山田、万座、法師、発哺《ほっぽ》、熊の湯などと、あまり人の行かない温泉を選んで泊り、次第には、上信越の国境をこえて、越後《えちご》の方まで、歩をのばしたものでありますが、そういう生活の中でも、須本君は、あくまで女ぎらいを押し通して参ったのであります。実に、潔癖そのものであります。私も、むろん、それに負けず劣らずでありまして、自然、須本君と私の間で、どっちが先に、この禁断を破るかということが、一ツの興味ある宿題となったのであります。エッヘン。ところで、新婦の一橋季子《すえこ》さん——もとへ——すでに本日の黄道吉日《こうどうきちにち》を卜《ぼく》して、大神宮の御前で厳粛なる婚礼の御儀を取り結んだのでありますから、須本季子さんと申上げなければならんのでありましょう。季子さんの美貌については、これまた、満堂の各位の認められるところでありまして、美男美女好一対の、洵《まこと》にお目出たい御祝儀でございます。さて、私と季子さんとは、幼なじみであるのであります。季子さんが須本君と相知る半年前から、私とは知合っておったのであります。それは、東京へ戻る須本君と別れてすぐ信州沓掛《くつかけ》から、追分《おいわけ》の方へ向う中仙道《なかせんどう》の途中でありました。季子さんは、自転車に乗って、背《うし》ろから疾走し来たって、私にぶつかりそうになり、ベルを鳴らしながら、ハンドルを右へ切ったのですが、生憎《あいにく》、私も右へ身体《からだ》をよけたので、タイヤは私の足にぶつかり、撞《どう》とそのまま、畑の方へ二人とも、ぶっ倒れてしまったのであります。打ちどこが悪かったか、季子さんは、一瞬、気を失った様子で、豆畑へ首をつッこんだまんま、足は自転車の下敷になっております。私のズボンも、横にえらく鉤裂《かぎざ》きが出来ております。そのとき季子さんは、忘れもしないナチュラルグレーのカーデガンに、濃い紅のスカートをはいていて、ノーストッキング。倒れた拍子に、腕輪の紐《ひも》がきれたと見えて、彫りのある小さい鉱石の玉が、路傍に四散しているけしきが、今なお、ありありと、この目に見えるようであります。私は、少しびっこを曳《ひ》きながら立上り、季子さんの腰の上に乗っている自転車を引きおこしました。すると、季子さんの、ノーストッキングの白い脛《はぎ》に真赤な血が垂れているではありませんか。これは大変だと思いました。取りあえず自転車を反対側の道へ片づけ、季子さんを抱きおこそうと致しますと、気を失った季子さんは、きれいな瞳をパッと見ひらいて、(ごめんなさい)と、あやまるのでありました。私は、そのとき、こんな清らかな、澄み切った瞳は、曽《かつ》て見たことがない。世間では、宝石や玉を、美しいといって珍重するが、それは、もとより、死物であって、美しい女の瞳にくらべたら、比較にも何にもなるものでない。女の瞳の美しさを知らないものが、ダイヤモンドや真珠を有難がるにすぎず、このような美しいものが、人間の身体の中にある以上、何を好んで、ダイヤモンドや真珠の価値をとやかくいうのでありましょうか。(突然、ヒヤヒヤというものあり)

そのことがあって、私はすぐ、東京の須本君のところへ、手紙を書きました。その手紙を書いたのは、軽井沢の小さいバンガロオでありました。紅《あか》いホヤのスタンドをつけると、窓のすぐ前に、大きな栗《くり》の木があって、その白い花が、まるで雪かと思わせるほど、白く硝子《ガラス》にうつりました。

私は、こんな風に書き出したのであります。

須本君。君に、ぜひとも、見せたいものがあるのだ。唐突に、こんな云《い》い方をしては、君を面喰《めんくら》わせるかもしれないが、君が見たらそれを何というかは、興味深い問題なのだ。何だと思うか。カンのいい君は、早くも僕の胸の底まで見抜いてしまったような気がする。というのは、一人の美しい女性の出現さ。君が苦々しい顔をするのが目に浮ぶようだ。ところが、これだけはぜひ見て貰《もら》いたい。その女性に出会って以来、僕は、実は宗旨を変えた。その女性の美しい瞳を見たら、今までの宗旨を変えずばならなかった。今まで、君も知る通り、女の美しさなんて、まやかしものだと思っていた。そんなものに心を乱し、胸の波をかき立てるようなことは、男として、見識の低いことと、あくまで己れを持していたつもりだが、今日、はからずもあった一人の女性に、僕はまんまと、虜《とりこ》となってしまったのだ。もっとも、僕はまだ、彼女を恋したとまでは、云わないつもりだ。ただ、彼女の美しさに魂をゆすぶられてしまったのだ。こんな美しい瞳があるのに、人はなぜ、ダイヤモンドや真珠のような死物を宝といって、愛するのだろうと、大いに疑問を生じたほどだ。須本君よ。許せ。今や、女ぎらいをもって任じることの不見識を自ら嗤《わら》わずにはいられなくなったのだ。いつか、君と僕は、歌舞伎十八番「鳴《なる》神《かみ》」という芝居を見たことがあった。あのとき、君は舞台をさして、女という女は、みな、あの雲《くも》の絶間姫《たえまひめ》のように、化生《けしよう》である。あんなに用心深くしていても、男は結局、馬鹿を見る。君も自分も、鳴神上人《しようにん》にはなりたくないものだと、語った。僕は今、あの舞台面を思い出すのだ。果して彼女が雲の絶間姫であるか否か。君の鑑定を待ちたい。請う君、一日も早く、碓氷《うすい》の峠を越して光来し給え——。

そんな風に書き綴《つづ》ったのであります。（このとき、ボーイ長がやってきて、時間がないから、早目に切り上げるようにと書いた紙片をわたした）

エヘン。時間がないという司会者からの注意であります。なるべく、早く、本筋に入りたいと存ずるのでありますが、話の全貌を適確に知って戴《いただ》くためには、こんな風に、花道から叙述いたしませぬことには、真意のところが、申上げにくいのであります。

（つづけてやれ！　と叫ぶ声もあり）

ところで、折返し、須本君からの返事があったのでありますが、その手紙は、一言一句、激しい批難に充満しているのでありまして、須本君は、私の改宗を、世にも憎むべき裏切として、徹頭徹尾、攻撃の矢を放って参ったのであります。私は軽井沢のバンガロオで、大いに流涕《りゆうてい》しつつ、その手紙を幾回となく読みかえし、須本君の友情には、満腔《まんこう》の感謝をよせるとともに、如何《いかん》せん、この友とも、別るる時の来たことを悟らずにはいられなかったのであります。（このとき、また、ボーイ長来たり、肩を引く。宴会場も、何となく、騒然たる感あれども、そのまま、スピーチをつづける）

私は、押し返し、再び須本君のもとへ、手紙を書いたのであります。世の中の女を悉《ことごと》く、雲の絶間姫と見る君の見解は、もはや、偏見ではないか。彼女の、曇りなき瞳には、かの魔女のもつ心の濁りはあり得ない。一歩をゆずってかの女を、仮に雲の絶間姫なりと致しても、それに共鳴し、それに傾倒して、自ら破戒し、女を抱いて、壇よりすべり落ちる鳴神上人自身は、世にも幸福な男ではないであろうか、(突然、つまみ出せと呶鳴《どな》るものあって、場内はいよいよ、騒然とし来たり、H博士は、薬缶頭《やかんあたま》より湯気を立てて、退場する様子であったが、私は一段と声をはりあげて)満堂の淑女並びに紳士各位。御清聴、御清聴。私のスピーチは、これからいよいよ、佳境に入らんとするのであります。(ト、背《う》ろむきのまま、見得を切ったが、再び、演説口調に戻った)

各位は、鳴神のことを嗤うことは、出来ないのであるのであります。彼は、とっくに、雲の絶間姫が、化生の女であることを見破っていたのであります。知らずして、彼女の誘惑に引っかかったと見るのは、浅薄な見方であるのでありまして、とっくの昔に、彼女が魔女であることは、上人のカンに、アッピールしないわけがないのであります。上人は、それを知っていたが、それでも、彼女を避けることが不可能であったんだと、私は存ずるのであります。人間は、しまった、しまったと思いながら、進んで深みへはまるものであります。雲の絶間姫にしてやられることを、重々、存じておりながら、その誘惑に克《か》てない。そして、自分から、それに、まんまと、引っかかって行ったのであります。

芝居で演じますと、雲の絶間姫は、上人の前で、ことさらに裾をまくって見せ、赤い蹴出《けだ》しから、抜けるように白い脛を見せたり、上人の前で癪《しゃく》をおこして、上人にかかえられて、乳房からお臍《へそ》の下まで、触らせたりするのであります。いかに道心堅固《どうしんけんご》の上人でも、女のお乳やお臍やまたそのお臍の下の方まで、触っているうちには、一念勃起して、道徳心を放擲《ほうてき》するに至るのは当然のことであるのでありまして、それでもなおかつ、冷静たりうる者があるとすれば、それはすでに、あの世の人である仏様でありましょう。この世の人間には、上人であろうが、何であろうが、絶対に我慢の出来ることではない。エッヘン。ここに列席しておられる各位にしても、男も女も――鳴神を女で見せる趣向の狂言に「女鳴神」があることは、各位の御存知の通りでありまして、これはアベコベに鳴神尼に対するに美男雲の絶間之助をもって、なやましき煩悩の情理をつくした狂言であります。すなわち、早く申せばどんな淑女でも紳士でも、煩悩にはうち克ち難いのでありまして、私の場合、今様《いまよう》雲の絶間姫ならぬ一橋季子さんの、白い脛に、赤い血の走る光景を見た瞬間、この世のものとも思えぬ美しさと観じたのは洵に無理からぬことなのであります。(ボーイ長来たり、私の肩を執って、席より放たんとするが如《ごと》し。私もまた、強硬に、彼の胸を小突いた)

さて、それより、数カ月後、私は須本君に、会って、直接にこの話をうちあけました。

須本君も、手紙の時とは、うって変って、熱心にきいてくれたものであります。話が半ばすぎる頃から、須本君の心が少しずつ、動いたようにも見えたのであります。エヘン、エヘン。

「そんなに美しいのか」

「実に、美しいのだ。君だって、一目で恋をしてしまうだろう」

「とんでもないことだ。女は、化粧しているからこそ、美しいといわれる。女から、口紅と白粉《おしろい》を除いたら、どうなるというンだ」

「そんなことを、云い合っても、埒《らち》があかない。一度でいいから会ってくれ。君は、きっと認めてくれるだろう。なるほど美しいといって、目を瞠《みは》るだろう。僕は君に、参ったといわせたいのだ」

「会わなくたって、大体、わかるよ。君の好きなタイプは――」

「タイプなンてものじゃないンだ」

「そんなに君が、いうのなら、会って見てもいい。その前に、一ツ君にきいておきたいことがある」

「何だ、須本君――」

「最初の手紙に拠《よ》ると、君はまだ、彼女に恋をしているのではない。ただ、その美貌に、一驚したという風に書いてあったね」

「その通りだ」

「君の恋人として、きまってしまったものなら、僕が会って、とやかく、云ったところで始まらん。そうでなく、君と僕とが同じ立場から、彼女が美しいか否か、検討したいという客観的な問題であるなら、会ってみてもよろしいと思う」

「それで結構なのだ」と、私は、心弱くも、そう答えたのであります。では、会おうということに、相成りました。(三人ほどの暴漢が、私を場外へつれ去らんとした。然《しか》し、私は怯《ひる》まなかった。ここまでいった以上最後のしめくくりをつけないことには、テーブルスピーチとして、体裁をなさないではないか)

　エッヘン。そこで、須本君は、季子さんにはじめて会いました。自転車事故のあった約半年後でありました。季節は冬でありました。もっと正確にいいますと、クリスマスイブでありました。場所は、季子さんが卒業した志田女子学園のバザー。この日、寒さにもめげず季子さんは、何と、ナチュラルグレーのカーデガンに、紅のスカート、首飾り、腕輪とも、かの沓掛から追分に向う、落葉松《からまつ》と百合《ゆり》の咲く中仙道を、ピカピカの自転車で疾走した時と、同じ服装をして、余興の舞台効果係をやっていたのであります。

　私は、もっと、奢侈《しゃし》なコスチュームに着飾った季子さんを想像していたので、しまったと思いました。これでは、須本君が感心するはずはない。女ぎらいなどという条、案外、女に目の肥えている須本君のことですから、よっぽど、堂々と、豪奢な恰好《かっこう》をしていないと、いい点はくれないだろう。ところがこともあろうに、ナチュラルグレーのカーデガンでは、軽井沢風景である。それも、舞台裏で、引玉かなンぞを、ドドドド——と引く役なので、顔には埃《ほこり》を浴びているらしい。白粉もつけないようで、髪なども、パサパサしておったのであります。

「あれだよ——あの人だよ」

と、私は、舞台の奥を指さしました。須本君は、

「へエ、あれ？」

といったきり、何ともいわず、ジッと瞳を凝らしている風でありましたが、やがて私と一緒に、余興場のベンチに靠《もた》れて、

「平凡じゃないか」

と、一語、いいましたので、私は返す言葉もなく、ただ、悪いところを見せてしまったと思ったのであります。

「落第かい」と、いいますと、

「あの女のどこに惹《ひ》かれたンだ」と、ききますので、

「どこといわれても、返事が出来ないよ。僕は、あの人なら愛せると思うのだ」

「愛せるということなら、誰だって、愛せるよ。このバザーへ集まってくる女は、それぞれに愛せる女だ。愛せないなンていうのは、なかなか、いない」

と、須本君は、彼一流の云い方を致したのであります。

「愛せるとか、愛さないとかいうことではなくして、女の客観的価値だ。その点で、非凡な女は殆《ほとん》どいない」

と、須本君は云いました。エッヘン。

やがてバザーがすみ、それから三人は、ときどき、会うようになったのであります。男二人が、彼女の部屋をおとずれることもあれば、季子さんが私のところへやってきて、一緒に須本君の家へも行けば、また、銀座とか新宿とかで、三人が落合うこともあったンであります。（ト、いつのまにか、私の立っている眼前に、花婿も花嫁も、その姿を消していた。そればかりか、新郎新婦の前に飾られた美しい盛花が、みな、首をたれ、勢いなげに、枯れてしまったのには、些《いささ》かギョッとした。これで見ると何か私のテーブルスピーチには、卓の盛花を枯らすような毒素があるのであろうか。いや、いやそんなはずは、絶対に、あるべくもない。私は素直に、この祝典を喜び、新郎新婦の辿《たど》ったコースを、偽らずに発表して、二人の婚礼を意義づけようと努力しているのだから）

エッヘン。次の年の夏、私達三人は、再び軽井沢へ出かけたのであります。テニスコートのある小道を、三丁ほど行った青い林の中のバンガロオを、私の名義で借受け、共同生活をはじめたのであります。

このような生活を、満堂の各位は、何と解されるでありましょうか。失礼ないい方で申せば、何か私どもが、変態的興味によって、女を真ン中にした三角恋愛的生活をしたのではないかと想像する方もないとは云えないでありましょう。女が中で、男が二人というのは、これを字の上でいえば、嬲《なぶ》るという字に該当するのであります。女一人を、二人の男がなぶるというのは、まことに怪《け》しからんことであります。女が一人で、男二人に嬲られては、たまったものではないでありましょう。世にいわゆる嬲り殺しなどといいますのも、一人の女を、二人の男が、よってたかって、いたずらをして殺したのが、言葉のおこりではないでありましょうか。

ところが、豈図《あにはか》らんや。私ども三人の軽井沢生活は、神聖冒す可《べ》からざるものであったンであります。すべて、生活の規準は、当番制に拠りました。下がロビー風の洋間、といっても、つまり板の間でありまして、畳敷は、二階の、六畳と三畳、別に、アトリエにもなるベッドルームがありまして、三人の共同生活としては広すぎるくらいでしたから、それぞれ、各自の部屋をもち、ロビーで食事をする時は、めいめい、持寄りでありました。また、読書の時間には、私が教授格で、本夕の新郎新婦は、生徒となりまして、フランス語などを勉強したのであります。二人のうち、どちらが季子さんに親切だったかというと、非常に難かしい問題でありまして、私と須本君とでは、女に対する親切の気質を異《こと》にしているようでありました。

或《あ》る日、季子さんが熱を出しました。このときの看護ぶりは、まさに兄たり難く、弟たり難くでありました。氷嚢《ひょうのう》を取りかえる役は、須本君でありましたが、氷をかくのは、私の役でありました。また、街へ氷を買いに行くのも私の役でありました。その代り、湯たんぽがないので、私ども二人は、かわるがわる、手を焚火《たきび》にあたためては、季子さんの小ちゃい足を、あたため、湯たんぽ代りをしたンですが、そのときの季子さんのやわらかいかかとからくるぶしのあたりの感覚を、私は今に忘れることが出来ないような次第であります。

その夜、アスピリンをのんだら、季子さんは急に発汗しました。すると、そのままにしておいては毒なので汗をふいて、寝巻を取りかえなければなりません。この役を、二人のどっちがやるかということは、いわば、微妙で、決定的な問題であったようでありますが、季子さんは、二人に一緒にやって貰うのはいやだと云ったのでありまして、これは、もっともな話ではないでありましょうか。エッヘン。

私と、須本君は、トランプを切りました。さきに、ハートのAをめくった者が、季子さんの肌を拭くことを許されるのでありました。テーブルの上に、トランプが積んであります。まず、どちらが先にめくるかをきめました。私が先発でした。めくりました。スペードの6。幸先《さいさき》が悪い。須本君がめくりました。ダイヤの9。次、私、ハートの2。ハッと胸がとどろくではありませんか。次、須本君、ハートの5、それから私、クラブのクイン、須本君、ダイヤのキング、私、スペードのA、須本君、スペードのクイン、私、ダイヤのジャック、須本君、ハートの10、私、クラブの8——どうもなかなか、出ないものであります。やっと四十二枚目に、ハートのAが出たときは、私は、全身、汗びっしょり、見ると、須本君も、玉の汗であったンであります。偶数の目でしたから、これは、否応《いやおう》なし、須本君の勝利でありました。須本君は、私に対し、炎《も》える瞳をかがやかしつつ、

「ゴウ・アウェイ」

と、叫んだものであります。私は、スゴスゴと、扉の外へ出て行きました。泣いていました。私は、もう、全身をゆすぶるようにして、泣かずにはいられなかったンであります。扉は閉ざされました。あとは、シンとして、何もきこえないのであります。ああああ。

今や、季子さんは、裸になったのではないか。汗に濡《ぬ》れて、グッショリ濡れたパジャマをぬがして貰い、乾いたタウルで、彼女の美しい背や胸を拭いているのではないか。着がえをする以上は、ズボンもぬぎ、パンティスも取り、ブラジェアーもはずしてしまったことでありましょう。しかも、それは、アスピリンによる発汗であるのでありますから、何ら、神聖を害すべき事柄ではない。彼女が全裸となり、たとえ急所を見せたからとて、いわゆるワイセツではない。然し、須本君は、果して、この時、平静たり得たでありましょうか。それとも、動悸顛倒《どうきてんとう》して、鳴神上人の如く、秘行の壇場から、まろ

び落ちたものでありましょうか。季子さんは、予言の如く、やっぱり雲の絶間姫であったのでありましょうか。

ああ、若《も》し、ハートのAが、一枚その位置を変えていたなら、このすばらしい大役は、私の身の上に廻ってきて、明暗、処《ところ》を異にしたわけであります。私と致しまするか、やはり冷静なる態度をもって、先《ま》ず、上衣《うわぎ》をぬがせ、上半身の汗をとるときは、乳や腋《わきの》下《した》にも、触れぬわけにはいきますまい。それから、徐々に下へ。胸から腹、臍の周り、つづいて、ズボンを取り、丹念に、股間を拭く間、好色心などはあってはならず、ひたすら真剣にすべて汗の出そうな部分は、乾いた布で、吸い取らねばなりますまい。私は、それでもう、この世に思いのこすことは何にもないと、大悟徹底《たいごてってい》することが出来たでありましょうに、思えば、恨めしいのは、ハートのAでありました。掌中の珠玉は、この時を契機として、みンごと、私の手より飛び去りまして、須本君の手中に移されたのではないでしょうか。

然しややあって、扉があき、須本君が出てきたときは、日頃より却って柔和な表情であり、女の急所などを見たあとのような顔ではありませんでした。実に、二人とも何気ない風でありまして、私を迎え入れ、こんどは、その汗になったものを洗濯するためのトランプになりました。更に私の眼の色は変っていたに違いありません。こんどは、JOKERにしようと、須本君は云いました。OKであります。私は心をこめてトランプを切り、こんどこそは、負けられないぞと思いました。季子さんの汗を拭くのは、須本君にゆずりましたが、またしても洗濯の方まで負けてはいられないではありませんか。

幸いにして、JOKERは、十五枚目で、私の手に入りました。それでビッショリ濡れた肌着を、洗籠に取り、私は、裏の洗濯場へ急ぐのでありました。折から、栗の木に風が立ち、ふしぎな鳥が啼《な》いて飛去ったのです。私は、腕をまくって洗濯をはじめました。何たる悲哀、何たる憂愁。あんなにも悲しく、そしてこんなにも、泪《なみだ》が出るものでありましょうか。白い季子さんのパジャマに、私の泪の落ち流れるのが、よくわかりました。想うにバザーのその日から、須本君は季子さんを愛し出し、季子さんも、段々に、須本君に惹きよせられ、二人は、とっくに、断ち切ることの出来ない愛情をもち合っていたのですが、二人はまた、私というものに、いろいろと、義理を立てていてくれたのです。ウウウウウ（ト泣く）

然し、義理だけでは、愛の心を偽ることは遂《つい》に出来ないのであります。鳴神の如何《いか》なる呪法も、雲の絶間姫を愛する心には敵しないように、私の方が季子さんを知ることが先だったという一片の義理人情は、この強烈な愛の炎の前には、ペラペラと、焼けて、黒焦《くろこげ》になり、天津《あまつ》み空へ飛び散ってしまったのでありましょう。

神よ。神より美しきは、女の瞳の美しさでありますぞ。

エッヘン（ト声をはり上げ）ここに新郎と新婦は、世にも神聖なる愛に生き、めでたくも、偕老同穴《かいろうどうけつ》の契りを結ぶことに相成りましたる所以を、喋々《ちょうちょう》として御披露に及び、幾久しく、寿《ことほ》ぎ奉りて、私の拙き祝辞を、結ぼうと存ずる次第でありまして、併せて来場各位におかせられましては長々と御清聴を煩わしましたる点につき、心から御宥恕《ごゆうじょ》を請う者でありまする。(卜この時、私は流汗淋漓《りゅうかんりんり》拭いもやらず着席したが、時に会場は暗然として人なく、さしも皎々《こうこう》たりしシャンデリヤの華燭もあますところなく消え落ちていた)

# 祝　辞

乃南 アサ

**乃南 アサ**

のなみ・あさ

1960年東京都生まれ。早稲田大学中退。広告代理店勤務などを経て、88年『幸福な朝食』で日本推理サスペンス大賞を受賞してデビュー。96年『凍える牙』で直木賞を、2011年『地のはてから』で中央公論文芸賞をそれぞれ受賞。ほかに『6月19日の花嫁』『チカラビトの国』『水曜日の凱歌』『美麗島紀行』などがある。

# 1

親よりも、姉妹よりも大切な存在なのだと言われて、彼女がいなければ今の自分は違う人間になっていたかも知れないとまで説明され、二人の過去にあった色々な話を、それこそ嫌というほど聞かされていたから、敦行《あつゆき》は、長坂朋子《ながさかともこ》という女性に対して、既にそれなりのイメージを抱いていた。

「あれ、あっくん、緊張してるでしょう」

待ち合わせの場所に駆けてくるなり、摩美《まみ》は敦行にしがみつき、遅刻の詫《わ》びよりも前にそう言って、悪戯《いたずら》っぽい顔で笑った。

「お昼休みにね、朋子に電話して確認しておいた。ちゃんと来るって」

甘えん坊の摩美は、敦行と一緒にいる時には必ず手をつなぐか腕を組みたがる。今日も、彼女はすぐに敦行の腕に白い手を回してきた。その途端に、敦行は約束の時間から三十分近く待たされたことも忘れてしまった。十日ぶりに会う彼女は、本人のお気に入りで、以前に敦行も褒めたことのある、サーモン・ピンクのチェックのパンツに、白いふわふわとしたニットを着ていた。輝くばかりの笑顔で、スキップさえしそうなほどにはしゃいで、彼女は敦行に「朋子もね、何だか緊張してるみたいだった」と言った。敦行は、自分も目を細めながら、遠からず自分の妻になる日の摩美のことを想像していた。白の似合う彼女は、ウエディング・ドレスを着たら、まさしく白雪姫みたいに見えるに違いない。

「俺の方が緊張してるさ。何ていったって、摩美のお目付け役と会うんだもんな、嫌われたら困る」

腕を取られたまま歩き始め、敦行が正直に答えると、摩美はピンク色に塗られた小さな口元にわずかに力を入れ、内緒話をする子どものような顔で笑った。ちょっと下がり気味の摩美の目は、こんな笑顔になると、本当にとろけそうに見えた。

「朋子はねえ、恐《こわ》いよぉ。人を見る目は確かだし、頭の回転は速いし。彼女の眼鏡にかなわなかったら、次の難関なんか、絶対に突破出来ないから」

「嫌だなあ、結局、俺を値踏みするんだろう？　君にふさわしいか、君の両親に会いに行くのにふさわしい男か」

敦行は、未《いま》だに童話の中のお姫さまに憧れているような部分のある摩美に、艱難辛苦《かんなんしんく》を乗り越えて愛を打ち明けようとする王子さまになったような気分になっていた。お姫さまというものは、男が自分のために苦労しているのを案外澄ました顔で見守り、彼が何とか自分の元へたどりつくと、ようやくにっこり笑うものだ。

「もしも、俺じゃ失格だって彼女に言われたら、どうする？」

日毎《ひごと》に秋が深まり、つい一カ月前までは汗をかきながらふうふう言って歩いたはずの道には、乾いた風が吹き抜けていた。敦行はふと、昨年の今ごろのことを思い出していた。昨年の今ごろ、摩美は既に今と同じように敦行の隣を歩いていたはずだ。けれど、お互いにまだぎこちなくて、腕を組むどころか互いを名字で呼びあっていたはずだ。敦行にしても、あの頃はまだどうやって彼女に近付いたら良いものか、迷っていたと思う。摩美は、敦行と同じ会社に勤めていたが、いつもぱたぱたと走り回っているという印象の、不思議な感じの子だった。あまりに無防備ですれたところがなく、それが芝居なのか、本物なのかも判別出来なかった。

「あの人は駄目だから、別れた方がいいとか、言われたらさ」

「え――そんなこと、言わないわよ」

「分からないぞ。そうしたら、あっさり、彼女の言うことを聞いて諦めるか？」

「ああん、もうっ。意地悪。そんなこと、ないったら」

摩美はわずかに唇を噛《か》んで、拗《す》ねたような顔で敦行を見る。敦行よりも四歳年下の、二十四歳の摩美は、こうして見ると去年とどこも変わらないどころか、幼い少女のままに見えた。だが、たった一年の間に、摩美は確実に変わったはずだった。現に、敦行との結婚に踏み切ろうとしているのだから、その変化の大きさといったら、大変なものだ。

「でも、そんなになったら、どうしよう。私、悲しくなっちゃうだろうな」

敦行にとっても、この一年間というものは本当に貴重だったと思う。すべての季節が新鮮に見え、すべての風が心に染み渡るような一年だった。大きな喧嘩《けんか》が二回と、小さな喧嘩がたくさん、笑ってばかりいた季節の所々にちりばめられて、それすらも輝いていたような気がする一年だった。そして、その喧嘩の度に摩美の愚痴を聞き、力になってくれていたのが、これから会う朋子だというのだ。

「朋子はね、はっきりした性格だから、第一印象で決めちゃったら、多分顔に出すと思うな」

「余計に憂鬱になるよな。俺の悪口なんかも、たっぷり聞かされてるんだろう？」

「そんなこと、ないってば」

摩美は、くすくすと笑いながら「あっくんらしくない」と言った。

「私はね、二人は案外気が合うんじゃないかと思ってるの。仲良くなってくれると嬉《うれ》しいんだけどな」

敦行は、果たしてそうなれるものだろうかと思いながら、「俺の方は、そのつもりだけどね」と答えておいた。本当は、朋子という娘《こ》と自分とは、摩美を挟んでのライバルみたいな関係になりはしないか、という気がしている。女の友情というのがどんなものだか知らないけれど、朋子という女性にとっては、自分は親友を奪ってしまう憎い男になるのではないか、ちょっとした恋敵に近い存在になるのではないだろうかという心配があった。

「まだ、来てないみたい」

待ち合わせをした店の中をくまなく見回した後で、摩美は、少しほっとした顔で敦行を見た。やはり彼女も多少は緊張しているらしい。敦行は、本音を言えばこのまま二人だけでずっと過ごしたいのにと思いながらビールを注文し、まずは二人だけで乾杯をした。

「時間には正確な子なんだけど」

摩美だけは、時計を見ながらそわそわしているけれど、敦行は彼女が先に到着していなかったことに感謝していた。これで、こっちの緊張は多少なりともほぐれることになる。後から来た方が分が悪いに決まっているのだ、などと、取引相手と会う時みたいなことを考えた。さすがに料理まで注文してしまうのははばかられたから、ビールだけをちびちびと飲んでいると、やがて摩美が、「あ、来た来た」と言って店の入り口の方を見た。その瞬間、敦行はようやくリラックスした気持ちがいっぺんに引き締まってしまうのを感じた。

「すみません、遅くなっちゃって」

紺色のシンプルなスーツに、淡い色調のスカーフをあしらい、大きな黒いバッグを持った娘が、緊張した笑顔で近付いてきた。敦行は慌てて席から立ち上がって、その娘を迎えた。

ショートカットに、よく日焼けした引き締まった顔つきの彼女は「長坂朋子です」と言って、きっちりと頭を下げる。敦行も習慣的に手が背広の内ポケットに伸びてしまって、つい名刺を出しながら挨拶をすることになった。「近藤です」と挨拶をすると、朋子は恭しい手つきで名刺を受け取り、丁寧にそれを見つめた。一人で席に座ったままの摩美は、目をきょろきょろさせて敦行と朋子を見比べていたが「とにかく、座ろうよ」と、手をひらひらとさせた。

「商談じゃないんだから。そんなに堅苦しい挨拶すること、ないのに」

くすくすと笑いながら摩美が言う。敦行もぎこちなく笑うと、やはり硬い笑みを浮かべている朋子が座るのを待って自分も腰をおろした。

改めて乾杯をし、テーブルに料理が並び始める頃には、ようやく落ち着きを取り戻すことが出来た。会話の大半は摩美と朋子の間で交わされていたから、敦行は時折は相づちを打ったり、適当なところで多少発言をするくらいで、その間に朋子を観察することにした。

いかにもキャリア・ウーマンらしく見える朋子は、確かに摩美の姉さん格だというのも納得出来る雰囲気を持っていた。同級生だったのだから年齢は同じはずなのだが、朋子と比べてしまうと、摩美はずっと幼く、頼りなく見える。物腰も口調も表情も、少女の雰囲気が抜けきっていない摩美に比べて、朋子は既にすっかり落ち着いた大人の女という感じだった。敦行は、朋子を摩美と同じような雰囲気の娘とばかり想像していたから、この組み合わせは意外にも新鮮にも感じられた。

「ところで、どう？」

やがて、料理の大半が平らげられた頃に、摩美は悪戯っぽい表情でちらりと敦行を見たあと、視線を朋子に移した。敦行は、再び緊張がぶり返してきて、グラスを持つ手を宙に浮かせたまま、摩美と朋子とを見比べた。

それまでは時折声を出して笑いながら、くつろいだ表情を見せていた朋子が、摩美に「判定は」と促された途端にすっと真顔に戻った。

「近藤さん」

薄い唇をきりっと結び、ビールにもまったく酔っていない様子で正面から見据えられて、敦行は慌てて自分もグラスをテーブルに戻した。

「摩美のこと、よろしくお願いします」

次の瞬間、朋子は、深々と頭を下げていた。敦行は、胸の奥が熱くなるのを感じないわけにいかなかった。

「この子、甘えん坊で我儘《わがまま》で、手がかかって大変だと思いますけれど、本当に可愛《かわい》い子ですから」

「——はい」

「幸せにしてあげて下さい」

一人だけビールで顔を赤くしていた摩美が、涙ぐみそうになっている。敦行も、何だか本当の身内に挨拶されているような気分になった。

「ああ、よかった。これで、私は肩の荷が下りたわ」

一瞬、周囲を支配した、神妙で湿っぽい雰囲気を、朋子自身が壊してくれた。敦行は、感動と呼んでさしつかえのない熱いものを感じたまま、恥ずかしそうに笑っている摩美と朋子とを眺めていた。彼女たちは、敦行よりもずっと長い歴史を共有している。本当に強い絆《きずな》で結ばれてきたのだろう。そう思うと、敦行は摩美のためにも、朋子とは親しくならなければと思った。

「何しろ、摩美は昔から、小さなことにも大騒ぎして、弱虫のくせに短気と来てるから、本当に手がかかって大変だったんです。今度からは、その面倒を見るのは近藤さんの役目ですからね。ポメラニアンみたいに、きゃんきゃん、言われますよ」

ポメラニアンという表現が的を射ていて、敦行は声を出して笑った。摩美は「ひどぉい」と言いながら、半分膨れっ面で自分も笑っている。

「さすが、親友だな。よく分かってるじゃないか」

とん、と指先で摩美の額を押すと、摩美は「もう」と言って、それでも嬉しそうな顔をしていた。

「あんまり吠《ほ》えられたら、たまには掩護《えんご》射撃をして下さいよ」

「あ、駄目よ。朋子は私の味方なんだからね」

「駄目だよ。公平に見てもらわなきゃ」

敦行と摩美がかわるがわるに言うと、朋子はくすくすと笑いながら「犬も食わない喧嘩に巻き込まれるのなんか、真っ平よ」と澄ました顔をした。摩美が、はしゃいだ声を上げて明るく笑う。このところ仕事の疲れがたまっていた上に、ようやく緊張が解けて、敦行は急にアルコールが体内を駆け巡り始めるのを感じた。

「第一関門、突破ね」

摩美は嬉しそうに敦行と朋子を見比べ、この上なく幸せそうに、満足して見えた。敦行も、賑《にぎ》やかな女性の笑い声に包まれて、いつになくうまい酒を飲んだ。

朋子は理知的な雰囲気を身にまとい、話術が巧みで、摩美とはまた違った魅力を持った娘だった。敦行は、グラスを重ねるうちに、まるで男同士で酒を酌み交わしているような爽快感を覚え始めた。

「そういうこと、摩美にももっと教えてやって下さいよ」

朋子が意外なほど幅広いらしい知識の一端を垣間見《かいまみ》せる度に、敦行は内心で驚きながらそう言った。すると、朋子は柔らかい笑顔で摩美を見て、摩美は拗ねた表情になる。確かに、これは良いコンビに違いない、と敦行は思った。もしも、摩美と所帯を持った後も、朋子ならばいつでも歓迎出来るだろう。さして努力する必要もなく、回を追うごとに、自然に親しくなれるに違いない。

「しっかりした子だなあ」

朋子と手を振って別れた後、再び腕に絡み付いてきた摩美に、敦行はさっそく感想を言った。摩美は嬉しそうに「そうでしょう」と言って、「私の自慢なの」とつけ加えた。

「朋子ちゃん、彼氏は？」

「今は、いないんじゃないかなあ。夏にね、別れちゃったの」

「まあ、あの子にかなう男は、あんまりいないかも知れないよな」

人気《ひとけ》のない街を、夜風に吹かれてのんびりと歩きながら、敦行はふうっとため息をついた。心地良い酔いが多少のだるさをともなって、全身をぼんやりと包んでいる。

「でも、心配してないのよ。あの子、モテるんだから」

「そうだろう。分かる気がするよ」

「あっくん――」

ふいに摩美の手に微《かす》かに力がこもって、敦行は腕を引かれて立ち止まった。外苑《がいえん》前の道には人影は少なく、赤い空車のランプを点《とも》したタクシーが、猛スピードで流れていく。

「朋子みたいなタイプの方が好き？」

街灯の明かりに瞳を輝かせて、摩美は心配そうな顔で敦行を見上げている。敦行は、思わず笑いながら、摩美の肩を抱き寄せた。

「俺はね、この子がいいんだ。この子の友達だから、あの子もいいっていうだけ」

「この子がいなかったら？　あの子と付き合いたい？」

「この子はね、いなくならないの。俺の嫁さんになるんだから」

敦行が囁《ささや》くと、摩美はわずかに体重を預けてきて、小さく「よかった」と呟《つぶや》いた。敦行は、何気なく周囲を見回して、人通りが絶えていることを確認すると、素早く摩美にキスをした。いつの間に口に放り込んでいたのか、摩美はミント・キャンディーの味がした。

## 2

次のデートの時に、敦行は摩美から意外な話を聞かされた。つい数日前に会ったばかりの朋子が身体《からだ》の具合を悪くしているらしいというのだ。

「どこが悪いんだって？」

その日は休日だったから、敦行は車に摩美を乗せ、久しぶりに少し遠出をするつもりだった。助手席の摩美は、口を尖《とが》らせて「さあ」と小さくため息をつく。

「他の友達から連絡をもらったの。急に『朋子、どうしちゃったの』って言われて、びっくりしちゃった」

「摩美には連絡くれなかったの」

「その友達もね、偶然電話して分かったんだって」

敦行は、ハンドルを握りながら、先日の朋子の表情を思い起こしていた。それほど病弱という雰囲気でもなかったし、むしろ丈夫で健康そうな娘だったという印象が強いのに、持病でもあるのだろうかと思った。

「だから、私も電話してみたの——そしたらねえ」

摩美は憂鬱そうな声で、膝の上に抱いている小さな縫いぐるみを弄《もてあそ》びながら首を傾《かし》げている。

「具合は悪くないって、言うのよね」

「何なんだよ、それ」

「その、言葉がね――」

隣から、小さなため息が聞こえてきた。前方の信号が赤に変わり、敦行はゆっくりとブレーキを踏みながら摩美を見た。

「――何となく上手に喋《しゃべ》れなくなってるみたいなの。言葉がつかえて、発音もおかしい感じでね」

車を停止させると、敦行は改めて摩美を見た。摩美は、わけが分からないという表情で、困ったように敦行を見つめている。

「『いつから、そんなになったの?』って聞いたんだけど、説明もままならない感じでね、私のことを呼ぶのに、すごい時間がかかったわ。こっちが『私、摩美よ』って言うと『ら、いじょ、ぶ。ひって、る』っていう感じ。とにかく、急に喋れなくなっちゃったんだって」

敦行は思わず眉をひそめて小さく舌打ちをした。どういうことなのだろう。あの朋子に、そんな言葉遣いはまるで似合わない。

「脳の疾患かな。でも、急に倒れたっていうわけでもないんだろう?」

信号が青に変わった。敦行はアクセルを踏み込んだ。摩美は浮かない表情のままで「どうしちゃったのかなあ」「本当に、もう」などと連発している。敦行にしてみれば、本当なら「心配だね」で済むことではあったけれど、つい数日前に会ったばかりの摩美の親友がそんなことになったと聞けば、心配しないわけにもいかなかった。遠出のドライブも、急につまらないものに思えてきた。

「見舞いに行ってやったら。何だったら、これからでも」

敦行は、高速道路の入り口を示す緑色の標識を見ながら、車線を変えずに言った。

「心配なんだろう？　すぐに行ってあげろよ」

摩美は不安そうな顔で敦行を見ると、少し考えるような素振りの後で「ありがとう」と言った。いつも笑顔でいて欲しいと思う摩美に、そんな顔をされていたのでは、とてもドライブなどする気分ではなかった。

「とにかく、どんな状態なのか分からないから、余計に心配なの。この間はあんなに元気そうだったんだものね」

敦行は小さくため息をつきながら摩美に頷《うなず》いて見せ、それから朋子の家があるという方向に向かって、さて、どういう道順をたどろうかと考え始めた。自分と会った直後に具合が悪くなったと聞けば、敦行自身もあまり寝ざめの良い感じはしない。

たどり着いた朋子の家の近所で摩美を下ろすと、敦行はそれから一人でカー用品の店やオーディオの専門店などを回り、予想外にのんびりとした休日を過ごすことになった。

夕方になって、約束をした通りに朋子の家の近くにある郊外レストランに再び戻る。店には、摩美がもう来ていて、おまけにあと二人の女の子と同席していた。敦行を認めると、摩美は急いで手を振り、二人の友人を紹介した。

「実はね、あれから三十分くらいで、すぐにお暇《いとま》しちゃったの。それから一人でいられなくて、電話して、来てもらったってわけ」

敦行は、名前だけは聞いたことのある摩美の友人に愛想の良い挨拶をすると、自分も箱型の椅子に滑り込んだ。女子大時代に、朋子も含めてグループで仲良しだったという二人の娘は、敦行を紹介されて、少しだけ興味深げな、何か聞きたそうな顔をしたが、はっと思い直したように神妙な表情に戻った。

「――ひどいの、朋子じゃないみたいだったの」

摩美が、ぽつりと呟いた。敦行は、摩美の横顔を見て、それから正面の二人も見た。三人が三人とも、憂鬱そうな重苦しい表情になっている。

「見た目はね、変わらないのよ。案外元気そうにも見えたし、少しは笑ったりもするの。でも、口も舌も、痺《しび》れたみたいに動かないらしくて、とにかくまともに喋れないの――私たちと会った次の日から、急にそんなになっちゃったんだって」

摩美は言いながら涙ぐみそうになっている。二人の友人も暗い表情でうつむいてしまっていた。あのきりっとした顔立ちの朋子が、口元を痺れさせ、話すことすら出来ないという姿など、容易に想像がつかなかった。それだけに、直接会ってきた摩美にしてみれば、衝撃も大きかったのに違いないと敦行は考えた。

「そんな状態だったら食事も出来ないの？　こっちの言うことは？」

「食事は大丈夫ですって。お家の人もね、最初は冗談かと思ったらしいのよ。黙ってたら、いつもの朋子とどこも変わらないんだもの。それに、耳の方だって何ともないから、こっちの言うことは、よく分かってるし。ただ、返事しようとしても、言葉がつかえたり、発音がおかしくなったりで――昨日辺りからはほとんど話せなくなっちゃったんですって。お母さん、泣いてらしたわ」

「脳には、異常はみられないみたいですって」

運ばれてきたコーヒーをすすっていると、林と紹介された娘が初めて口を開いた。敦行は眉を上下させるだけで応えてから、深々とため息をついてカップを戻した。つまりは、精神的なものが原因ということだ。ついこの間、披露宴では是非とも彼女にスピーチを頼みたいという摩美の申し出に、笑顔で承諾してくれていたのに、そんな状態ではスピーチどころではないに違いない。

「あの――」

今度は摩美の前に座っていた、竹内という娘が、思いきったように口を開いた。

「朋子、よっぽどショックだったんじゃないかしら――つまり、失語症っていうことでしょう？　ヒステリーみたいなもの、なんでしょう？」

彼女は、ちらりと敦行を見た後で、少し気まずそうに視線をそらした。

「ショックって？」

「だから――摩美が結婚するっていうことが」

「そんなぁ。すごく喜んでくれたのよ、朋子。にこにこ笑って、三人で楽しくお喋りして――」

摩美は頬を紅潮させて、今にも泣き出しそうな声を出している。けれど敦行は、竹内の言うことは、当たっているのかも知れないと、ふと思った。敦行たちと会った翌朝からそんな症状が出たというのなら、しかも、器質的な異常ではないというのならば、それは偶然かも知れないけれど、敦行たちに原因があると考えるのが自然だという気もする。

「朋子って、いっつも摩美のお姉さんみたいな感じでいたじゃない？　自分が傍《そば》にいなきゃ摩美は何も出来ない子だって、そう思ってたところ、あると思うのよね。その摩美に先を越されちゃうっていうことが、ショックだったんじゃない？」

「――そうかも知れない。世話を焼く相手がいなくなって、おまけに自分より先にさっさと結婚しちゃうっていうのが」

林という娘もしきりに頷きながら身を乗り出してきた。

「だって――じゃあ、私がいけないの？　私が、朋子をあんなふうにしちゃったっていうこと？」

摩美は、相当にショックを受けているらしく、打ちのめされたような表情になり、語尾が微かに震えていた。敦行は黙って腕組みをしたまま、あの日の朋子のことを考えていた。あの日、朋子は「肩の荷が下りる」と言っていた。夫婦喧嘩の仲裁など真っ平だとも言っていた。彼女は、心から摩美の幸福を祝ってくれているように見えた。姉さん格らしく、親友らしく――。

「だとすると、無意識なんだろうな――心の底の、彼女自身にも意識されてない部分で、ショックだったのかも知れない」

ゆっくりと呟くと、摩美は噛みつきそうな顔で敦行を睨《にら》んだ。その目にみるみる涙が盛り上がっていく。敦行は内心で慌てながら、前の二人の目をはばかって、テーブルの下で摩美の手を握った。

「摩美の責任っていうわけじゃないよ。誰が悪いとかっていう問題じゃないんだ。とにかく、あんまり刺激しちゃまずいんだろうけど、出来るだけ今まで通りに、普通に接してあげる方がいいんだろうと思うよ。気持ちの整理がつけば、自然に治るかも知れないんだから」

きっと大丈夫さ、と根拠のない気休めを口にしながら、だが敦行は、摩美の気持ちを思うと自分も憂鬱にならざるを得なかった。あの日、笑顔で祝福しておきながら、翌日には口がきけなくなるという症状で、まさしく無言で摩美の幸福を妬む朋子が、哀れにもそら恐ろしくも思えてならなかった。

「結婚したって、私たちはずっと親友なのに。朋子ったら——可哀想《かわいそう》な朋子」

摩美は、ハンカチで目元を押さえながら、何度も繰り返した。自分を嫉妬するあまりに口がきけなくなってしまったらしいというのに、摩美はそれでも朋子を親友と思っているらしかった。敦行は、朋子と摩美の気持ちが逆でなかったことを感謝しながら、摩美の華奢《きゃしゃ》な手を握りしめていた。

3

朋子の症状は、敦行たちが想像した通り、やはり心理的な要因から生まれたものと診断されたということだった。いつ治るとも分からないことから、結局、彼女は会社を辞め、自宅で静養することになった。最初は、自分が原因で朋子が話せなくなってしまったのではないかと考え、ひどいショックを受けて情緒不安定になっていた摩美も、時の経過と共に少しずつ落ち着いていて、やがて、彼女の精神状態と、そんな症状のために仕事まで失うことになった哀れな現実を、摩美なりに前向きに受け入れようとし始めた。支えられる部分は支えてやりたい、孤独にさせず、変わらない友情を与え続けたい、ということだ。その間にも、敦行の方は摩美の両親に挨拶に行き、逆に週末を利用して摩美を自分の故郷に連れて行き、仲人も決めて、着々と挙式に向かって動いていた。

「朋子ね、笑う時には、時々声を出すの」

摩美は、敦行と会う度に朋子のことを報告した。一日中家にこもりっ放しで、他にすることもないし、話せないのでは電話でのやりとりすら出来ないからと、摩美は出来る限り時間を作って朋子の家に通っているらしかった。

「お母さんの話では、彼女がどういうことにショックを受けたにしろ、朋子自身も意識していない部分でのことだから、心の底の強迫観念みたいなものを取り除けないと、駄目だろうって、お医者さんに言われたんですって」

「ちゃんと病院には通ってるの」

「すごく嫌がるらしいんだけどね。筆談で『放っておいて』って言うんですって」

摩美は、時には心配そうに、時には淡々と朋子のことを話した。敦行は、自分たちが遊びに行く時には、出来るだけ朋子も誘ってやることにしようと提案した。朋子のためというのではなく、摩美の気持ちを少しでも軽くしてやりたくて、言い出したことだった。

「でも、僕らのことが原因だとすると、あんまりよくないことかな」

「そんなこと、ないわよ。朋子自身の無意識の世界でのことなんだもの。誘ってあげたら、きっと喜ぶわ」

　摩美は嬉しそうに言った。街にはクリスマスのイルミネーションが溢《あふ》れる季節になっていた。

　それ以来、敦行と摩美は、デートの半分くらいは朋子を誘うようになった。初めて会って以来、久しぶりで再会した時には、前回とは違う意味で緊張したものだが、朋子は見た感じは以前とちっとも変わらなくて、むしろ前よりも柔らかい雰囲気になっていた。会話には直接加われなくても、彼女は豊かな表情で敦行たちの会話に反応を示し、必要な時には筆談で何か訴えてきた。敦行は、彼女はそのうち手話を習い始めなければならないのではないかなどと思いながら、何かと朋子の世話を焼こうとしている摩美を好ましく見ていた。そうなれば、きっと摩美も一緒に手話を勉強し始めることだろう。

「正月休みにさ、皆で旅行しないか」

　暮れも近づいたある日、敦行は摩美と朋子に向かって提案した。摩美は「うん！」とすぐに瞳を輝かせたが、朋子は少し淋《さび》しそうな顔になった。

「うちの常務が別荘を貸してくれるそうなんだ。もちろん朋子ちゃんも、それから林さんたちも誘って、俺も友達に声かけるから、大勢で行こうよ」

朋子は、少し考える顔になったが、摩美からも「行こうよ、気分転換になるよ」と言われて、やがてこっくりと頷いた。敦行は、これで朋子が敦行の友人の誰かと付き合うようなことにでもなってくれれば、それで摩美の気持ちも軽くなるし、朋子自身の症状も良くなるのではないかと考えていた。

「スキーも出来るし、温泉もあるらしい。暖炉が使えるらしいよ」

敦行の説明に摩美はますます表情を輝かせ、それから何人くらいで行かれる場所なのか、誰々を誘うか、などということに話題はすすんだ。途中で、朋子は最近手放せなくなったメモ帳を取り出すと、読みやすい綺麗《きれい》な文字でさらさらと自分の意見を書いた。

——でも敦行さんのお友達は、私のことは知らないんでしょう？　迷惑になりませんか？

差し出されたメモを読んで、敦行は急いで「まさか！」と大げさなくらいに手を振って見せた。

「関係ないよ。友達には俺から説明しておくし、誰も、たとえば朋子ちゃんにカラオケさせようなんて無理なことを言う奴《やつ》はいないから。リラックスして、のんびりすればいいんだよ」

敦行は一生懸命に説明した。朋子は、唇をきつく結んで、真《ま》っ直《す》ぐに敦行を見ていたが、やがて深々と頭を下げた。

――ありがとう。

ひらがなの五文字を読みとると、朋子の隣にいた摩美は、「変なこと、気にしないの。親友じゃない」と言って、朋子にもたれて笑いかけた。朋子もはにかんだように笑っている。寄り添って笑いあっている二人の姿は、見ていて微笑《ほほえ》ましいものがあった。敦行はふと、朋子はどんな声をしていたのだったろうかと考えた。たった一度しか聞いていないから、もう忘れてしまっている。

年の瀬には、摩美との挙式の日取りが決まった。来年の三月末の吉日に向かって、敦行は仕事と同時に披露宴や引き出物のことまで考えなければならなくなり、いよいよ忙しくなっていった。

「春までに、もっとお料理の腕を上げなきゃ」

「腹を壊さない程度のものなら、俺は我慢出来るよ」

「ひどぉい。そんなもの、作らないわよ」

いつしか朋子が一緒にいることにも慣れてしまって、敦行と摩美は三人でいる時にも、そんな会話を交わすようになっていた。その度に、朋子はおかしそうに笑った。摩美は彼女の家に行くたびに、料理が得意らしい朋子からあれこれと教わっている様子だった。

「朋子ちゃんに教わってるんなら、確かだろうとは思うけどね。問題は料理のセンスだよな」

「あ、私のセンスを信じてないのね」

――摩美のお料理のセンスはびっくりするくらい、斬新よ。

すると朋子は、実に良いタイミングでそんなメモを寄越《よこ》す。敦行たちは声を揃《そろ》えて笑った。朋子の洗練された話術は、今もまったく衰えていなかった。

「その斬新さが、恐いんだ」

敦行の言葉に、朋子は肩をすくめて笑っている。そうして何度も会っているうち、敦行は朋子の声が出なくなった原因とは、自分や摩美とは無関係のことなのではないかと思い始めるようになった。朋子の表情はいつも自然だったし、摩美に対しても、敦行に対しても、心の底から打ち解けて見えるからだ。何も、自分たちが妙な責任を感じることではないかも知れない。摩美さえ知らされていない他の要因が、彼女を苦しめているに過ぎないのかも知れない、そう考えると、罪ほろぼしにも似た意識はやがて薄らぎ、代わりに、自分たちが友情にあつい、善意の人のような気分になっていった。

「春までに、きっと治るから。そうしたら、絶対にスピーチしてね」

摩美は、時々普段以上に明るい笑顔で、朋子にそんなことも言った。朋子はその度に少し淋しそうな顔になって、小さくため息をついた。

いちばん辛《つら》いのは朋子自身に違いない。口がきけないという他は、知能の点でも、何の問題もないのだ。表情は静かなままだが、もしもこのまま、二度と言葉を発することが出来なかったらどうしようかと、彼女は毎日おびえているに違いない。そう考えると、声を出さずに笑っている朋子が痛々しく見えて仕方がなかった。

「私、朋子が治るためだったら、どんな協力だってするからね」

摩美は必死で朋子に話しかける。不思議なもので、相手の聴力には何の問題もないはずなのに、何も話してくれないとなると、なぜだかこちらの口調はゆっくりになるものらしかった。

——普通に話していいのよ。全部、ちゃんと分かってるから。

朋子に筆談で言われる時、敦行は逆に気遣われている気分にさえなった。摩美のためにも、早く治ってもらいたいものだと祈らずにいられなかった。

瞬く間にクリスマスを迎え、仕事納めが済んで、暮れの三十日に、敦行たちは男女四人ずつの総勢八人で三台の車に分乗して、長野へ向かった。敦行は、あらかじめ三人の友人には朋子のことをよく説明しておいた。彼らは一様に細かいことにはこだわらないタイプだったから、「静かな方がいいくらいだ」と言って、さっぱりとしたものだった。摩美をはじめ四人の娘たちは、信じられないくらいに沢山の荷物を持って、学生みたいにきゃあきゃあとはしゃいでいた。朋子も、声こそは出なかったけれど晴れやかな顔をしていた。

その別荘は、敦行と摩美の仲人を引き受けてくれた常務の持ち物だった。家は使わないと傷むからと、常務は快く別荘の鍵を敦行に預けてくれた。夏は頻繁に使うらしいが、子どもたちがそれぞれ大きくなったり家庭を持ったりして、おまけに奥さんが神経痛を病んでから、冬場に使うことはほとんどなくなってしまったという話だった。

「着いたら、すぐに滑ろうね。もう、ずっと滑りっ放しでいようよ」

「そう遊んでばかりもいられないよ。ちゃんと点検をして、空気の入れ換えもしなきゃいけないんだから」

敦行は、隣でいつにも増してはしゃいでいる摩美を見ては、笑っていた。まるで、初めて車に乗った子どもみたいに、彼女は人一倍はしゃぎ、山を見ても川を見ても歓声を上げた。

ふと、来年の今ごろは、どうしているだろうと思う。隣の摩美のことを、照れもせずに「うちのカミサン」などと呼べるようになっているだろうか。摩美は、結婚してからも敦行のことを「あっくん」と呼び続けるつもりだろうか。来年の今ごろ、自分たちはどこで年の瀬を過ごしているだろう。ひょっとしたら、その時には、家族が増えているかも知れない。

ハンドルを握りながら、敦行は上機嫌で色々なことに思いを馳《は》せた。もしも、快適な別荘だったら、これからだって貸してもらえるようにしたいものだ。何しろ相手は仲人だ。そう出来たら、子どもが生まれた後でも、さぞかし楽しい思い出を作れるだろう。

次から次へと想像が膨らんで、敦行は時折バック・ミラーで後からついてくる友達の車を確認することさえ忘れそうだった。

「わあ、素敵じゃない！」

「何だか日本じゃないみたい」

途中で食材をたっぷり買い込み、夕方になって別荘に着くと、友人の間からは歓声が上がった。それは、想像していた以上に立派な、西洋風の造りの別荘で、食料さえ用意すれば、何日でも暮らせるだけのものが完璧に揃っていた。二階には部屋数も多く、夏の日の賑わいを思い起こさせるだけの寝具も揃っている。

「お金持ちになった気分ね」

摩美は、何を見ても歓声を上げ、荷物運びなどはほとんど手伝わずに、朋子の手を取るとまずは家中の探検に行ってしまった。寝室の部屋割りをすることになったのは、荷物の整理も済んで、二人が探検から戻ってのことだ。

「おまえ、摩美さんと一緒じゃなくていいのかよ」

「何、言ってるんだよ。いいんだよ」

「あ、敦行さん、赤くなってる」

周囲に散々からかわれながら、だが、今回はあらかじめ、なるべくべたべたしないようにしようと摩美と相談してあったから、敦行は他の友達と二人で一つの部屋を使うことにした。摩美は、朋子と同じ部屋に寝起きすることになった。

女の子たちがベッドに寝具を分配し、夕食の支度にとりかかる間に、男たちは暖炉に火をおこし、風呂を沸かして、薪《まき》割りと周囲の点検を行った。

「独身最後の旅行に乾杯！」

「常務に感謝、感謝！」

周囲がすっかり暗くなった頃、雪が降り始めた。燃え盛る暖炉の炎で暖まった居間で、敦行たちは乾杯をした。よく冷えたワインは、心地よく喉を滑り降りていった。

それからの五日間、敦行たちは昼間はスキーに明け暮れ、午後からは温泉に行ったり買い物をしたりして、贅沢《ぜいたく》な新年を迎えた。夜は必ずパーティーになり、話題は尽きることがなく、笑い声が絶えず八人を包んでいた。朋子も、すべての行動を皆と共にし、特にスキーの腕前がすばらしいことで皆の称讃《しようさん》の的となり、敦行の友人の間にもすぐにとけ込んでいった。

敦行と摩美は、時折二人だけになると、残り六人の男女の、誰と誰が引き合いそうか、などと話し合って笑った。

「島田さんって、朋子に関心があるみたい」

「ああ、何となくそんな感じだな」

「恋愛が、一番の治療法かも知れないものね。うまくいくといいわ」

摩美は、敦行に寄り添って、嬉しそうにそんなことも言った。敦行も、朋子には出来るだけ注意を払うようにしていたから、彼女が楽しそうにしているのを見て安心した。摩美の言葉通り、敦行の友人の中でも、特に島田という男が朋子にさりげなく近付こうとしていることは、すぐに分かった。

「あっくん、島田さんに聞いてみれば？」

「いいよ、子どもじゃないんだから」

「でも、今の朋子は、あんなだし――」

「それは島田だって分かってることなんだから。摩美、少し過保護だぞ」

すると摩美は「そうかなあ」と言って、小さく頰を膨らませる。敦行は、そんな摩美を誇らしくさえ感じ、その一方では不安にもなった。摩美は、あくまでも自分一人で朋子を守ろうとしているように見えた。確かに以前までは、摩美の方が朋子に頼るという構図で、二人の関係は続いていたのかも知れない。だが今、敦行が見た限りでは、そのバランスは逆転しているように思われる。何くれとなく世話を焼いているのは摩美の方で、朋子はいつもおとなしくそれを受け入れるばかりだ。その、力関係の逆転が、果たして喜ぶべきことなのかどうか分からない。何しろ、朋子はプライドの高い女性に違いない。そんな彼女が、精神のバランスを崩した上、自分よりも幼く、頼りなく見えていたはずの摩美に世話になることを、本心から潔しとしているかどうか、疑問だという気がした。

「私、朋子に聞いてみようかな」

「やめろって。自然にさせてあげろよ」

わざと眉をしかめてみせると、摩美は慌てて「あ、自然にね、そうそう」と答え、わずかに媚《こ》びるように、そっと敦行に寄りかかってくる。雪の降らない晩には、頭上には満天の星空が広がり、その数の多さと澄んだ輝きには、息を凍らせながらも目をみはらせるものがあった。

「私はね、早く、元気になって欲しいだけ」

「それは分かっているけど、押しつけがましいことはしない方がいいって」

「分かってる。分かってるから」

えへへ、と笑う摩美は、やはりこの上もなく愛《いと》おしい。世界で一番可愛い存在に違いなかった。敦行は、彼女の肩を抱きながら、こうして並んで星空を眺められる幸福を噛みしめていた。

八人という大人数にもかかわらず、どこかで気まずい雰囲気が生まれるということも、トラブルが生じるということもなく、瞬く間に三が日が過ぎて、明日は東京に戻るという晩になった。

買い込み過ぎた食料をすべて使って打ち上げをしようということになって、暖炉の火が燃える広々とした居間で、八人は残っていたワインを抜き、女の子たちが作った料理を並べて騒いだ。次々に話題が飛び、あちこちで笑いが起きて、気が付いたときには、敦行はだいぶワインを飲んでしまったらしかった。

「何だか、眠くなっちゃったな」

頭が重くなって、目もとろとろと焦点が合いにくくなり、敦行はソファーにもたれて呟いた。摩美が少し心配そうな顔で「休んでくる？」とこちらを見ているのが、半分、夢を見ているように感じられる。

「情けない奴だな、酔ったのか？」

「摩美さんは置いていけよ」

「また起きてこいよ。まだノルマが残ってるんだからな」

「そうよ。これ、全部食べるんだからね」

口々に声をかけられ、敦行は笑って手を振りながら、ゆっくりと起き上がり「少しだけ、休むよ」と言い残して、二階への階段を上がった。適度な肉体の疲労と、今回の旅が成功に終わりそうだという満足感で、確かにいつもより飲み過ぎたようだ。階下からは賑やかな笑い声が波のように上ってくる。敦行は、多少おぼつかなくなってきた足どりで寝室に戻ると、そのままベッドに倒れ込んでしまった。

どのくらい時間が過ぎたのか、ふいに息苦しさを覚えて、ぼんやりと意識を取り戻した。階下からは、まだ人の話し声と笑い声が聞こえている。目を閉じたまま、意識をはっきりさせようとしているうち、どうやら誰かが自分の上に乗っているらしいのが分かった。

「こら、駄目だよ」

敦行はうっとりとした声で囁いた。手が、敦行のセーターの裾から入ってきて、敦行の胸をさすり、シャツのボタンを外そうとしている。敦行は腰の下に重みを感じながら、鼻を鳴らして笑った。

「駄目だって。悪戯っ子だな」

この部屋は男同士で使っている。彼らにこんなところを見られたら格好悪いではないかと思いながら、だるくて重い手を伸ばし、彼女の頭を抱き寄せようとして、敦行は初めて、ぎょっとなった。摩美の長い髪が手に触れるはずなのに、そこにはまるで感触の異なる、短い髪の頭があったからだ。

「――どうして」

耳元に熱い息がかかった。ようやく意識がはっきりとしてきた。頭が目まぐるしく働き出そうとする。目を開けると、窓から入る雪明かりの中に人影がある。

「どうして、あの子なの。私じゃないのよ」

それは、明らかに摩美の声とは違っていた。

慌ててベッドに跳ね起きようとした瞬間、反対に肩を押さえられて、敦行は身動きが出来なくなった。全体重をかけて、誰かが敦行に馬乗りになっているのだ。はあはあと荒い息づかいが聞こえ、足元の方で衣擦《きぬず》れの音がする。

敦行は、夢中で相手の二の腕を摑《つか》み、自分から引き離そうとした。

「——朋子ちゃん！」

突き放すように遠ざけて、雪明かりの中に浮かび上がった顔は、異様なほどに瞳を輝かせた、朋子の青白い顔だった。彼女は、二の腕を摑まれたまま、既にボタンの外されているネルシャツの前をはだけさせ、口元に奇妙な笑みを浮かべて、冷たい手で敦行の首筋を撫《な》で始めた。

「あんな子より、私を選んで。私の方が、ずっとあなたにふさわしい」

朋子の口は、囁くようにゆっくりと動いた。敦行は背筋を冷たいものが駆け上がるのを感じ、思わず朋子の顔を見つめてしまった。そう、朋子に間違いない。ここしばらく、ひと言も声を発することが出来ず、知的な瞳だけで何かを訴えようとしていた朋子が、今、確かに口を動かして何事か囁いている。

「——朋子ちゃん。よせよ」

さらに強く二の腕を摑むと、朋子は一瞬目を細め、逆に恐ろしいほどの力で敦行の肩に手を置き、前髪を垂らした顔を近付けてくる。

「どうしたの。酔っぱらったのか?」

敦行は喘《あえ》ぐような声を出した。だが、朋子は何か答える代わりに、敦行の唇に自分の口を押しつけてくる。冷たい唇を感じながら、敦行は、まだ寝ぼけているのだろうかと思った。自分だって何とか力を入れているつもりなのに、とてもかないそうにない。背筋ばかりがぞくぞくと冷たく、全身を震えが駆け上っていく。

「ねえ、私の方がいいでしょう? いいわよ。セックスだって、あの子よりも上手よ。試してみてよ、ねえ」

完全に酔いの覚めていない頭の中がぐるぐるとまわり、敦行は思わず手の力を抜きそうになった。朋子の熱い舌が、敦行の唇を割ろうとしている。

「私を選んで、私を――」

その時、階下から大きな笑い声が起きた。その時、敦行はこれが夢などではないことを悟った。冗談ではない。何ということなのだ。

「忘れられなくしてあげるから。私の方が、絶対にいいんだから」

朋子が熱い息と共に耳元で囁いた瞬間、敦行は思わず全身の力を込めて朋子を突き飛ばし、その勢いで自分も跳ね起きた。朋子はベッドから落ち、尻もちをついたままの姿勢で敦行を睨みつけている。敦行は息を切らしながら、雪明かりの中で瞳ばかりを光らせている朋子を見下ろした。

「やめろよ、なに、やってんだよ」

敦行は囁き声のまま鋭く言うと、急いでベッドから降り、いつの間にか下ろされていたズボンのファスナーを上げ、引き出されていたシャツの裾をベルトの下にねじ込んだ。

「冗談にしたって、たちが悪いよ」

「――どうして、私じゃないの。どうして、あの子の方がいいの？　あんな、べたべたと甘えるだけの子の、どこがいいっていうの？」

朋子はあられもない姿のまま、目に涙を浮かべて敦行を見上げている。

「しっかりしろよ。皆が下にいるんだぞ」

「関係ないわ！　そんなこと、関係ないわよ！」

急に朋子が大声を上げた。そして次には、床に手をつき、身体を震わせながら、絶叫に近い声を上げて泣き始めた。その途端、階下のざわめきが止《や》み、続いて階段を駆け上がる音が聞こえてきた。敦行は急いでベッド・カバーを引きはがすと、胸元をはだけている朋子をくるんだ。

「朋子――声、出たの」

扉を開く音がして、最初に顔を出したのは摩美だった。続いて壁ぎわのスイッチが押され、室内に人工の明かりが広がった。敦行は眼球の奥に鈍い痛みを感じながら、片手で朋子をくるんだまま、摩美を見上げた。

「今、喋ってたでしょう？　朋子の声だったでしょう？　ね、話したのね？」

敦行は、何をどう説明して良いものかも分からないまま、ただ頷いて見せた。頭の中が混乱している。そう、確かに朋子は話した。初めて、そのことに考えがいった。

「ねえ、朋子――」

「苦しかった――苦しかったよ！」

朋子が再び叫んだ。摩美が走り寄ってきて、敦行の反対側から朋子を抱きしめる。

「話せたわ！　朋子、話せたじゃない。治ったのよ！」

階下から次々に足音が響いてきて、気が付けば狭い寝室に八人全員が揃ってしまっていた。敦行は、ふらつく頭で朋子から離れ、やっとの思いでベッドに腰を下ろした。言い様のない恐怖とも、驚きともつかない感覚で頭が混乱している。心臓だって未だに、早鐘のように打っていた。摩美に抱きしめられて、朋子は、ひたすら声を上げて泣いているばかりだ。

「あっくん――どうやって、声を出させたの」

摩美は感激のあまり自分まで涙を浮かべて、敦行を見てくる。敦行は、ただ首を傾げて見せ、それから思わず頭を抱えてしまった。気の利いたことを言ってやりたいのに、嘘《うそ》がつけない。動揺が激し過ぎる。

「目が覚めたら、朋子ちゃんが、いたんだ――何が、何だか――」

「寝室を、まちがえたの。それで、私、びっくりしちゃって」

だが、敦行が事実を暴露するよりも早く、朋子が盛んにしゃくりあげながら、声をつまらせて説明をした。すると何を思ったのか、敦行の友人の島田がぱちぱちと手を叩《たた》いた。やがて、一人、二人と手を叩き始めて、室内には拍手の音が満ち、朋子は摩美と他の女の子に支えられてやっと立ち上がった。敦行は、ぞくぞくとした悪寒を感じながら、抱き合って泣いている朋子と摩美を見ているより他になかった。混乱していた頭が少しずつ落ち着いてくる。

――あの女。あの女。

夢ではなかった。あの、いつも知的で落ち着いている朋子が、こともあろうに親友の婚約者に乗りかかってきたのだ。摩美でなく、自分を選べと言って。

目の前が真っ暗になる思いだった。耳元で、「どうして」と囁かれた時の感触が生々しく残っていて、思わず何度も耳をこすってしまった。朋子の肩を抱いて行く摩美の後ろ姿が、あまりにも哀れに見える。けれど、果たして本当のことを摩美に言って良いものかどうかが、敦行には分からなかった。

何しろ二人は親友だ。自分に嫉妬して言葉を失ったかもしれないと分かっていながら、摩美は朋子のすべてを受け入れようとしている。そんな健気《けなげ》な彼女に、本当のことなど言えるはずがなかった。それに、今夜は朋子も飲んでいた。そう、酔った勢いとは考えられないか。あれこれと考えた挙げ句、結局悪い夢を見たことにしようと思った。そうするより仕方がなかった。

## 4

「摩美さん、敦行さん、本日は本当におめでとうございます。お二人が今日この場で結ばれたことを、心からお祝い申し上げます。私は、摩美さんとは大学時代からいつも一緒でした。私たちのグループの中でもいちばん子どもっぽくて、甘えん坊だった摩美が、誰よりも先にお嫁さんになっちゃうなんて、何だか不思議な気がします。それも、こんなに素敵な旦那さまを、一体いつの間に見つけたのかと思うくらいです。

今日は、この場をお借りして、皆さまに是非ともお聞きいただきたいことがあります。何しろ、摩美と敦行さんは私の生命《いのち》の恩人といってもいいくらいの方々なんです。

これは、本当に私の個人的なことになってしまうんですが、実は私は昨年からちょっとした病気になりまして、言葉が出なくなってしまったんです。お医者さまに行っても治りませんし、原因もよく分かりませんでした。そのため、私は勤めておりました会社を辞めて、自宅療養しなければならないことになりました。

それが、今年のお正月に突然治ったんです。ええ、本当に、突然に。

まるで奇跡でした。それまで、どんなに話したいと思っても、声も出ないし、唇も舌も、まるで思うように動かなかったのに、それまでの三カ月間が嘘のように、私はこれまでと変わらず話せるようになったのです——ありがとうございます——こうして今、皆さまの前で、祝辞を述べさせていただけるのは、あの時、私を旅行に誘ってくださった摩美と敦行さんのお陰です。本当にありがとう。この場をお借りしまして、お二人に心から感謝したいと思います。

話せない、という状態から救われた私は、これからはもう二度と無理をせず、正直に自分の心を訴えていこうと心に誓いました。それが、私の恩人であるお二人への一番の恩返しであると思いましたし、私自身も、もう二度とあんな思いはしたくないと思いますから。

ああ、今日は敦行さんと摩美のお祝いの席なのに、自分のことばかり話してしまって、すみませんでした。さて、では、大親友である上に、私の生命の恩人でもある摩美さんのお話を、少しさせていただきたいと思います。

摩美と知り合ったのは、私たちが大学に入って間もなくの頃でした。最初は、顔見知り程度だったのですが、五月頃でしたか、友達と数人でディスコに行って、見知らぬ大学生にナンパされた彼女が、その後で妊娠したことが分かって、カンパを頼まれたのが、親しくなったきっかけでした。病院を探したり、相手の男の子を探したりと、私は方々を駆け回ったのを覚えています。

何しろ、摩美という子は、無防備というかあっけらかんとしているところがありますから、ディスコに通っているという話を聞いた時に、いつかはそんなことになるのではないかと私は思っていたんです。でも、本当は彼女は、そのディスコの店員の男の子に憧れていたらしいんですが、そっちの方も二、三回遊ばれて、終わってしまったみたいですね。

それ以来、彼女はもう数えきれないほど、わけの分からない男にひっかかっては、だまされたり捨てられたりして、その度に私に泣きついてきました。私は、その都度摩美の愚痴を聞き、そんな馬鹿な真似《まね》はそろそろおやめなさいと、何度となく言ったものです——あ、待って。まだ話したいことがあるんですから！

大体、彼女は男関係だけでなく、勉強でもお金のことでも、すべてにおいてだらしないところがあって、私はいつでも尻拭いをさせられてきたんです。でも、彼女は自分のことをモテると信じて、かなりおめでたく自惚《うぬぼ》れてるところがありますから——話させてったら！　何するのよ！

いいですか、皆さん。この子にだまされた敦行さんは、本当に大馬鹿だと思います。最初の頃こそ、私は敦行さんも、また適当なところで摩美のことを見抜いて、ぽいと捨てるに違いないと思っていたのに——やめて！　私に触らないでっ！——この子の、頼りなさそうな、ほら、今みたいに震えてる、そういう雰囲気にだまされて、そうよ、私だってだまされてたみたいなものなんだから。都合のいい時ばっかり人に泣きついてきて、いざとなったら『余計なことは言わないでよ』ですって。このスピーチを頼まれた時に、摩美は私にそう言ったんだからっ！

　ははは、敦行さんは大馬鹿よ、私を選んでおけば、あの時、考え直すことだって出来たのに、私は、チャンスを与えてあげたのよ。二人揃って、大馬鹿だわ！——痛いってば、放して——馬鹿野郎っ、あんたたちなんか、大っ嫌い！」

# 食　卓

小池 真理子

**小池 真理子**

こいけ・まりこ

1952年東京都生まれ。成蹊大学卒。89年「妻の女友達」で日本推理作家協会賞（短編および連作短編集部門）を、96年『恋』で直木賞を、98年『欲望』で島清恋愛文学賞を、2006年『虹の彼方』で柴田錬三郎賞を、12年『無花果の森』で芸術選奨文部科学大臣賞を、13年『沈黙のひと』で吉川英治文学賞をそれぞれ受賞。ほかに『無伴奏』『二重生活』『千日のマリア』『律子慕情』『怪談』『夜は満ちる』『水無月の墓』などがある。

女は時々、ひとりの老婆を思い返す。

名前も知らない。どこに住んでいるのかもわからない。子供は何人で孫が何人いるのか、年はいくつで、どんな人生を送ってきたのか、そういうことも何も知らない。深夜になって、ふとつけたテレビで観《み》ただけの老婆である。

ドキュメンタリー番組だったのか。老人問題を扱うニュースの際に流された、ちょっとした映像だったのか。

老婆は、おそろしく汚れた粗末な家にひとりで暮らしている。腰が「く」の字に曲がっていて、少し前かがみになっただけで、額が地面につきそうになる。足取りも少しおぼつかない。それでも老婆は、毎日、家の隣の畑に行く。

畑で老婆が作っているのは、季節の野菜。畑仕事は得意だから、いつも食べきれないほどの野菜が採れる。

月に二度、町の生協から魚や肉、豆腐、ひじきなどが定期的に届けられる。時には近所の主婦が、おばあちゃんに、と言って大福やよもぎ餅を分けてくれる。とはいえ、若いころのようにたくさんは食べられない。炊きたてのごはんに好物の福神漬けとらっきょがあれば、それで充分、ひもじい思いなんか、したことない、と言い、老婆は歯のない口を開けて、がはがはと笑う。

老婆の住まいは、奥に畳の部屋が二間。あとは全部、板敷きだ。もと土間だった場所に板を敷いただけらしい。

段ボール箱やら、くだものの木箱やら、ほったらかしにされて、くたくたになってしまった古着やら、ありとあらゆるものが積まれている板敷きの部屋の片隅に、木の椅子が置かれている。昔の小学校の教室にあったような、小さな角張った椅子である。その上に、遺影と位牌《いはい》が載せられている。花もなければ仏壇もない。小さな線香立てがひとつあるだけ。

老婆は、昔ながらの絣《かすり》の野良着に、しみだらけの皺《しわ》くちゃのエプロンをつけ、遺影の前に曲がった腰を突き出して立ったまま、「じいちゃん」と呼びかける。「ほれ、おやつだよ」

ふかしたばかりの、大ぶりのさつまいもが二本、手にしたざるに入っている。それを遺影の前に置くと、老婆はどかりと腰をおろし、背中を丸めて長々と話し始める。

朝から起こったことをひとつひとつ、報告している。生きている人間相手にしゃべりかけるようにして、時に文句を言ったり、笑ったりしながら、老婆は時折、枯れ木のような手で遺影を撫《な》でる。

冷めねえうちに早ぐ食べなって、と老婆は言う。そしてまた、話し始める。じいちゃん、じいちゃん、と呼んでいる。笑う。舌打ちする。手ぬぐいでごしごしと顔をぬぐう。また笑う……。

その番組を女は男と一緒に観た。共に暮らし始めて三年になる男だった。

「いいわね、こういうのって」と女はその時、男に言った。「死んでからも、こんなふうになれるなんて、すごく素敵。幸せな夫婦ね。男と女が行き着く先として、理想よね」

そうだね、と男は言った。次の言葉を待ったのだが、男はそれ以上、何も言わなかった。

ねえ、と女は言った。「あなたが先に死んだら、こんなふうにしてあげようか」

男には女房がいる。今、男が死んだらそっちに行ってしまうことはわかりきっている。遺骨を分けてもらえないばかりか、位牌も置けない。墓参りさえ許してもらえないのかもしれない。それでも自分は、家に死んだ男の写真を置き、今しがた観た老婆のように、毎日、話しかけるに違いない、と女は思う。

缶に残っていたビールをグラスに注《つ》ぎ入れると、男はそれをほとんどひと口で飲みほした。大きなげっぷをし、女が小鉢に入れてやった夕食の残りの肉じゃがと、一週間ほど前に作って冷凍しておいたクリームシチューを実に旨《うま》そうに食べた。

妙な取り合わせの食べ物を並べても、男はいやがらない。女が作るものなら、男はなんでも喜んで口にする。

「死んで一番悲しいのは、あんたの手料理が食べられなくなることかな」

「それだけ?」

「それだけ、って?」

「わたしと会えなくなること、悲しくないの?」

おんなじことだよ、と男は言い、つと手を伸ばしてきて、女の太ももを撫でた。


六年ほど前に、女の父親が病死した。母親は女が高校生の頃に亡くなっている。女の係累はひとまわり年上の兄だけになった。

父親は都内にいくつかの不動産を持っており、多額とは言えないまでも、そこそこの遺産が残された。女は兄と公平に遺産分けをし、東京郊外に小さな家を買った。

二十代で結婚離婚を経験した。エンジニアの夫は優しい男だったが、同性愛者であることを隠していた。それまでずっと、「親友」と称して家にも連れて来ていた同性の友人と台湾旅行に行ったと思ったら、帰国するなり別れ話を切り出された。

初めからこのひとは自分には何の愛情も興味もなかったのだ、と思った。同性愛であることを隠すためにだけ、偽りの愛の言葉を囁《ささや》き、わたしと結婚したのだ、と思った。夫が同性愛者だったという事実よりも、そのことが悲しかった。もう二度と結婚はこりごりだ、という思いだけが残った。

あいつのことはちょっとした不運だったんだ、いい男はたくさんいる、と兄は言った。見合いと呼べるほど大げさではないが、兄の仕事関係者を紹介され、食事につきあわされたことも一度や二度ではなかった。

だが、どんなに条件が整ったひとを紹介されても女の気持ちは動かなかった。レストランに行ったり映画やコンサートに行ったりしながら、将来の話をし、住む家を決め、結婚して一緒に暮らす、その長い道のりを考えただけでうんざりした。

女は短大のピアノ科を卒業していた。子供たち相手に自宅でピアノを教えることが、女の仕事だった。

贅沢《ぜいたく》はできないまでも、ひとりで生きていくだけの収入は得ることができた。そのうえ、父のおかげでまとまった蓄えもできた。庭つきの家も手に入った。あとは猫でも飼って、気ままにのんびり、誰にも煩わされずに生きていこう……そんなふうに決めて、すっきりといろいろなことが片づいたと思った矢先、女は男と出会ったのだった。

男は、女が住む町で小さなペットショップを経営していた。猫が欲しくなり、女はその店を訪ねて行った。ガラスケースの中で、一番のやんちゃぶりを発揮していたアビシニアンの子猫に魅せられた。

「本当は、お金で動物を買うのはいやなんですけど」とその時、女は子猫を胸に抱きながら男に言った。「でも猫が欲しくて欲しくて……そういう時に限って、町を歩いていても捨て猫とめぐり会わないんですよね」

男は、女よりもかなり年上に見えた。兄と同じくらいか、と女は思った。

小柄だが、がっちりとした体型で、肩幅があるわりには顔が小さかった。半袖シャツから伸びた腕には黒い毛がごわごわと生えているのに、口のまわりに生やした髭《ひげ》は金色がかっていて、やわらかそうだった。

男は「お金で動物を、っていう気持ち、よくわかります」と言ってうなずいた。

「僕だって、実を言うと、動物を売買する商売なんか、することになるとは思っていませんでしたから」

そうなんですか、と女は言った。

「なりゆきでね」と男は言い、少し寂しそうに笑った。「気がついたら、こんなことになっていた」

家に連れ帰った子猫は、二週間ほど元気でいたが、やがて突然、原因不明の脱水症状を起こして食べ物を受けつけなくなった。女はペットショップの男に連絡し、おたくで買ったばかりの子猫が病気になった、と訴えた。

男はすぐに飛んで来た。子猫は衰弱し、水も飲めなくなっていた。男は車を持っていない女のために、自ら車を運転して、子猫を動物病院に連れて行ってくれた。入院させて二日後、子猫は息を引き取った。死因は不明だった。ペットショップは信用が第一である。解剖をしましょうか、と獣医に言われたが、女は断った。そんなことをして死因をはっきりさせ、もめごとを作るのはいやだった。

ペットショップの男は、これは店の責任であり、同時に自分個人の責任でもあります、と言い、子猫の代金を返しにやって来た。だが、女は受け取らなかった。これ以上、命の売買をしたくないんです、と言った。男は深くうなずき、丁重に頭を下げた。再び頭を上げた時、男の目に光るものがあった。

女は子猫の亡骸《なきがら》を、庭のレンギョウの木の下に埋めることにした。男が穴を掘ってくれた。亡骸を小さな籐《とう》の籠に入れ、土をかけた。子猫用のミルクとキャットフード、それに、ちょうど庭に咲いていた黄水仙の花を切り花にして供えた。

できたばかりの小さな墓の前に佇《たたず》み、男は長い間、手を合わせていた。春の雨が降りだしてきて、男が着ていた白いシャツの肩を濡《ぬ》らした。雨のしみができたシャツを後ろから眺めながら、女はシャツの下の、男の肌の匂いを嗅いだように思った。

それからしばらくたって、その日最後のピアノの生徒が帰った直後、また男が訪ねて来た。コーヒーをいれ、男が手みやげで持ってきたカステラを切り、差し向かいで死んだ子猫の話などしているうちに、男はぽつりと「実は今、女房と別居中なんです」と言い出した。「僕がわがままを言って、勝手に家を出てしまった。あ、でも誤解しないでください。僕の女性問題が原因だったわけじゃないんですから」

「別にそんなこと、誤解も何も……」と女は言い、笑ってみせた。男も笑った。

何か聞きたそうな顔をしている男に向かって、女は饒舌《じょうぜつ》になった。若かった頃、恋愛結婚した相手が同性愛者であったことを打ち明けた。離婚した後の虚《むな》しさについても話した。

男は大げさな反応は見せなかった。淡々とした、だが、温かな口調で、お互い、いろいろありますね、生きてると、と言っただけだった。

そうこうするうちに、外はとっぷりと暮れてしまい、夕食の頃合いになった。

いとまを告げようとする男を強く引き止め、女は台所に立った。今夜はどうしても、この男と一緒に夕食をとりたい、と思ったからだった。

冷蔵庫の中を覗《のぞ》き、大急ぎで献立を考えた。買いおきの鯖《さば》がふたきれあった。わずかだが、野菜もそろっていた。

鯖の味噌煮《みそに》ともやしの味噌汁を作った。冷蔵庫に入れておいた手製の五目豆をレンジで温めた。漬物がほしかったが、なかったので梅干しと大葉を刻み、白ごまを振ったものを小さな器に盛った。それだけではおかずが足りない、と思い、湯通ししたワカメをみょうがときゅうりで和《あ》え、三杯酢をかけたものも食卓に並べた。よく冷えている缶ビールも出した。

男は感激した。こんなにうまい夕食は久しぶりだ、と言った。

それからひと月もたたないうちに、男は週に一度は女の家に泊まっていくようになった。さらに、二か月後にはそれが三日に一度になり、四か月が過ぎる頃、男は完全に女の家に住みついていて、それから三年の歳月が流れたのだった。


とりたてて料理が好きだったわけではない。だが、女は台所にあるもので、手早く何か気のきいたものを作る能力に長《た》けていた。

もともとその種の才能があったところに、共に暮らし始めた男が、おいしいおいしい、と言ってなんでも平らげてくれるので、女の能力にはいっそう、磨きがかけられることになった。

昼間は互いに仕事があるので、昼食を一緒にとることはできないが、朝食と夕食は必ず共にした。

朝食はパンの時もあれば、ごはんの時もあった。パンの時は、例えばベーコンエッグにくるみと松の実を散らした水菜のサラダ、ミルクティー、トマトジュース、季節のくだもの。ごはんの時は、エボダイの干物、大根の味噌汁、少し甘くした煎り豆腐に、きゆうりの一夜漬け、など。

夕食はその日によって異なるが、子供たちにピアノを教えて遅くなり、買い物に行けない時もあったから、ありあわせの材料を利用することが多かった。

冷蔵庫の野菜室にある野菜を惜しげもなく全部使い、大きな鍋でぐつぐつ煮こんで作るミネストローネ。冷凍しておいた鶏《とり》の手羽先に塩と胡椒《こしょう》をふり、オーブントースターで焦げ目ができるまで焼く。主食は、茹《ゆ》で上げたパスタをハムやら玉葱《たまねぎ》やらしめじやらと一緒に炒《いた》め、トマトソースで和えたスパゲティ・ナポリタン。これだけで立派な献立になる。

男は本当になんでもよく食べた。おいしい、おいしい、と言ってくれた。あんたが作ってくれるものを食べるのが人生一番の幸福だよ、と言ってくれた。そうやって毎日、食卓をはさんで食事をしていると、男は二十年も三十年も連れ添った夫のように見えた。

永遠にこうやって、このひとと同じものを食べ続けていたい、と女は思った。年をとり、身体《からだ》が不自由になり、手や足が枯れ木のようになってしまっても、この男とこうやって、一日、二度の食事を共にしていきたい、と思った。それができるのなら、他のことはどうなってもかまわないような気がした。

十月に入ったばかりのある日、男は仕事から戻るなり、神妙な顔をして「今朝、女房が倒れて入院したみたいなんだ」と言った。「軽い脳梗塞だってさ。息子の嫁さんから連絡があった。命には別状ないみたいだけど……俺、ちょっと行って来るよ。容態によってはしばらく戻れなくなるかもしれないが……まあ、息子たちに会うのも久しぶりだし……心配しないで」

女はうなずいた。ひとの生き死にに関わる問題だった。引き止めることはできなかった。

男はその晩、女が夕食に用意していたサワラの塩焼きとけんちん汁にも箸をつけることなく、そそくさと出かけて行った。手にしたボストンバッグには当座の下着類やシャツ、靴下などが入れられていた。

深夜までずっと連絡を待っていたのだが、男から電話はかかって来なかった。翌日も、そのまた翌日も同じだった。

三日目の夕方、女はペットショップに電話をかけてみた。男女ふたりいる従業員のうち、若い女のほうが応対し、社長とは今日も連絡がついていないんです、と言った。

その語調に、かすかな違和感を覚えた。女は恥をしのんで名を名乗り、男と同居している人間であることを明かした上で聞いてみた。「彼の奥様が入院なさって、彼がそこに行っていることは知ってるんですけど、病院がどこなのか、わかっているようだったら教えていただけますか。わたし、うっかりして聞きそびれてしまったものですから」

病院？　と若い女は聞き返した。「社長のいる病院のことですよね」

「彼の?」

「はあ。検査入院の……」

女はおし黙った。受話器の奥から、子犬がきゃんきゃん鳴く声が聞こえてきた。もしもし、と若い女が呼びかけた。

女はひと呼吸おき、こちらに何かの勘違いがあったみたいです、と言って電話を切った。

検査の結果、大腸にたちのよくない腫瘍が見つかり、男は手術を受けた。ごく初期だということで、術後の回復は早かった。退院後、男はひとまず妻のいる自宅に戻ることになった。

勝手に家を出て行って、ふらふらと何をしているのかと思ったら、ちゃっかり女と暮らしてて、しかも三年もそれが続いて、あげくに病気になって、うちに帰ってくるんだから、いい気なもんだわ、まるであんたの店で売ってる犬猫みたい、家出して放浪の旅に出ても、具合が悪くなると、しっぽ丸めて飼い主のもとに戻ってくるわけよ……男の妻は皮肉をこめてそう言った。それでも男が帰って来たことに悪い気はしなかったらしく、妻はせっせと甲斐甲斐《かいがい》しく療養生活の世話をし始めた……。

久しぶりに連絡があった時、女は男からそういう話を聞かされた。

「もとはと言えば、俺のわがままで家を飛び出したわけなのに、何て言うかさ、こうなって無条件で受け入れてもらえるとね、やっぱりね、むげにもできなくて……息子たちにも監視されてるし……弱い立場だよ。もうちょっと待っててくれ。な？」

どう応えるべきか、女はわからなくなった。

どれだけ心配したか……と言うのも今さらのような気がした。なんであの時、女房が倒れたなんて嘘《うそ》をついて出て行ったの、どうして本当のことを言ってくれなかったの、と責めたところで、済んだことは仕方がなかった。ここしばらく、なんとなく腹の調子が悪くて、こっそり病院に行ったんだが、あんたにだけは心配かけたくなかった、だから嘘をついた……そう言われてしまえば、返す言葉がなくなる。

戻って来て、とも言えなかった。病後の彼が帰るべき家は、どう考えてもここではなく、あちらなのだった。

おかげでどんどん元気になりつつある、また、あんたの手料理、食べたいよ、と男は言った。「食べさせてくれるね？」

女は「ええ」と言った。男が遠くなったように感じられた。男はもう、ここに戻って来ることはないだろう、と女は思った。

男がいなくなってからも、女は毎日、献立を考えて、冷蔵庫の中のものを利用しながら、それなりの料理を作っている。

それでも時々は、何をするのもいやになり、作るのはおろか、食べることすら放棄したくなる。生きていくこと、それ自体が億劫《おっくう》になる。

寂しい、というのではない。切ない、というのでもない。孤独、というのでもない。長く生きていればいるほど、わからないことが増えてくるのを女は感じる。

年をとったら、いろいろなことが見えてくる、はっきりしてくる、賢くなる、というのは大嘘だ、と女は思う。年を重ねるほど、ものごとが余計にわからなくなる。混乱する。若い頃、真実だと思っていたものがそうではなくなり、わかったつもりになっていたものが、実は何もわかっていなかったのだと気づかされる。

好きな男と毎日死ぬまで、差し向かいで手作りの料理を食べる。ただそれだけのことの中にしか、さしあたっての真実はなかったような気もしてくるが、それもまた、正しいのかどうか、女にはよくわからない。

それでもしばらくたつと、女はまた、気持ちを入れ替え、背筋を伸ばして台所に立つようになった。まな板で野菜を刻み、炒めたり蒸したり、肉を焼いたり、魚を煮たり、削った鰹節《かつおぶし》と煮干しでだしを取り、豆腐とあぶらあげの味噌汁を作ったり、いんげんをごま和えにしてみたり、卵の雑炊を作ってみたり……。

できあがった料理を食卓に運ぶ。いつも目の前にいて、子供のように無邪気に「おいしい、おいしい」と言って食べてくれていた男の姿を思い浮かべる。味噌汁をひと口飲んではいちいち、はあっ、とためいきをつき、味わい、天井を仰いで、「絶品だよ」と言っている男の、金色の口髭におおわれた精悍《せいかん》な顔が甦《よみがえ》る。

それらを克明に思い出しながら、女はひとりの食事をとる。目の前の、この席に男が座り、毎日毎日、向き合ってもぐもぐと口を動かしていた時のことが甦る。食べている間の、男と交わす会話は優しかった。

今日は暑かったわねえ、そうだねえ、店の動物たちのために冷房、ぎんぎんにかけてたよ、ピアノの生徒さんのお母さんがね、甲府にぶどう狩りに行って来た、って、たくさんぶどう、いただいたの、いいね、後で食べよう、ね、このしらすおろし、おいしいでしょ、うん、うまいよ、どうしてかわかる？　大根のせい？　ピンポン、あたり、有機野菜のお店で買ったの、泥がついてて高かったけど、やっぱりおいしい……。

いつのまにかもう、年が暮れようとしている。今夜は風が強い。かなり冷えこんできた。男は今頃、何をしているのだろう、とふと考える。女房が土鍋で作った寄せ鍋でもつついているのだろうか。箸でつまんだ豆腐やらエノキダケやらに、ふうふうと息を吹きかけながら。

女は食べ終えた食器を流しに運び、洗い桶《おけ》の中に入れ、じゃあじゃあと湯を出す。食べたものはすぐに片づける……そうしないと、後で何もやる気が起こらなくなるのを女は知っている。

流しの前の小窓の向こうに、空が見える。白く冴《さ》え冴《ざ》えとした月が、群青色《ぐんじょういろ》に染まった夜の中、ほっこりと浮いている。

女は洗いものをしている途中、つと水道の蛇口を止めた。ぽちゃり、と雫《しずく》が落ちる音がした。濡れた手をタオルで拭き、台所の勝手口の鍵を開けて外に出てみた。

ごう、と音がして風が吹いた。葉を落とした木々の梢《こずえ》が騒いだ。

死ねばよかったのに、と女は思った。男が死んでくれていたら、わたしはあの、いつかテレビで観た老婆のように、毎日幸せに、遺影に向かって話しかけ、しらすおろしやら、葱のぬたやら、海老《えび》の天ぷらやら、蓮根《れんこん》のはさみ揚げやら、男が好きだったものを毎日作って、遺影の前に供えたのに。いろいろな話をして、笑いかけたり、冗談を言ったり、涙を流したりしながら、心穏やかな暮らしをすることができたのに。

見上げた空には、月があった。ひんやりと冷たそうな十六夜《いざよい》の月だった。

また風が吹きつけた。吹きすぎる風のゆくえはわからない。どこから吹いてきて、どこに行くのか、わかったためしがない。

何もかもがわからないのだ、と思いながら、女は、おおさぶ、と言いつつ、踵《きびす》を返して家に戻った。

# 雛の宿

三島 由紀夫

三島 由紀夫

みしま・ゆきお

1925年東京生まれ。70年逝去。東京大学卒。41年「花ざかりの森」で文壇デビュー。戦後の日本文学を代表する作家の一人。54年『潮騒』で新潮社文学賞を、57年『金閣寺』、62年『十日の菊』で読売文学賞を、65年『絹と明察』で毎日芸術賞をそれぞれ受賞。ほかに『仮面の告白』『沈める滝』『鏡子の家』『豊饒の海』などがある。

こいつは少々、童話めいた話でもあるし、おままごとじみた物語でもある。しかし僕は現実にその童話のなかに生きたのだし、日頃の僕が大法螺《おおぼらふ》吹きだということを知らない君なら、きっと信じてくれるだろうと思う。

今年の僕はこうしてどうやら就職口も決り、大学も卒業して、ようやく一段落というところで春を迎えたわけだが、去年の三月匆々《そうそう》の僕は、大学二年生の学年試験をおわって、まだ目前には社会への不安な門出も待ってはいず、うきうきとした気持でいたのだ。

君も知ってのとおり、僕は去年は慎重を期して、ほんのわずかしか単位をとらなかった。それだけ勉強は深くやったが、二月二十四日から試験がはじまったのに、三月二日にはもうすんでしまった。そこで僕は、まだ試験の鬼にとっつかまっている友だちをよそに、のんびりと銀座の町を歩いていた。三月三日の、午後四時ごろだった。

映画でも見ようと思って家を出たのだが、風来坊の僕は、新聞の映画欄を見て、何座で何を何時何分からやっていることを確かめてから、家を出るような習慣を持ち合わさない。ぶらりと出る。劇場の前へゆく。看板を見る。気に入らない。すると又別の劇場の前までのんびりと歩いてゆく。

こうして僕は四五軒歩いた。どの劇場にも百円何某《なにがし》の金を払って入りたくなるような映画は掛っていなかった。中でも評判のいい映画が一つあったが、それは、ばかに映画の見たくなる試験直前のあの時期に、すでに見てしまっていた。あとは何だかしんみりした中年者の悲恋とか、カリブ海の海賊がどんな危ない目に会っても助かってしまう陳腐なロマンスとかで、試験のすんだ翌《あく》る日にふさわしいものはなかった。

僕は諦らめて、また歩き出した。そこかしこの店の飾窓には、桃の花が活《い》けられ、雛《ひな》壇《だん》が飾られていた。実は今日が雛祭の日だということを、そのとき僕ははじめて気づいたのだ。昨年の夏、妹が死んでから、四つ年上の兄である僕一人しか子供を持たなくなった両親は、雛道具を戸棚の奥の箱からとりだして床の間に飾るだけの気力を失《な》くしていた。

正《まさ》しく今日は雛祭の日だった。しかしそんなことは僕にはどうでもよかった。それが当り前で、雛祭に関心をもつような大学生は、俳句でもひねくる偏屈な青年以外にはないだろう。

雛祭であるにせよないにせよ、その日は早春の美しいお天気だった。埃《ほこり》っぽい風の吹きめぐる季節はまだ来ていず、空は冷たい青磁のようで、たよりのない幾刷毛《いくはけ》かの雲が刷《は》かれていた。そしてその空はすこしずつ暗くなり、はやくも燈《とぼ》りだした街燈やビルディングの灯が、路上から昼間の光りを追いちらしだしていた。

僕は酒を嗜《たしな》まない。晩餐《ばんさん》を一人で外でとるほどの小遣の余裕もない。見たい映画がなければ、世田谷の家へかえるほかはない。

しかし一人歩きがたのしかったので、外套《がいとう》のポケットに手をつっこんでぶらぶら歩きながら、本屋に寄って、四五分そこらの本を立読みしてから、またそこを出た。


そのとき僕に、試験のすんだあくる日の自由な夕方を、共に手を携えて歩いてくれる女友達がいなかったのか、と君は言うのか？

いなかった。僕には恋愛の経験はあったが、それ以上の経験はなかった。声を大にして言いたいことだが、一部の大人が考えているように、戦後の青年が一人残らず十代で童貞を失っているなどという莫迦《ばか》げた臆測は、事実から遠いものだ。どんな時代だって、青春の生きにくさは、外部よりも内部にあるのだ。今日《こんにち》のように、青春を妨げる外部の障害の多い時代には、内部の障害を気にしないでいられるので、童貞を失わないまじめな青年の数は却《かえ》って多いという逆の理窟《りくつ》だって成立つ筈《はず》だ。

僕はこんなお談義をはじめるつもりはなかった。第一、僕にはこんな屁理窟《へりくつ》は似合いはしない。

正直、そのとき僕には専用の女友達がいなかった。半年まえまでいたが……、彼女は結婚してしまった。

……こうしたわけで、もう家へかえるほかはなく、家へかえるのもさほどいやではなく、かと謂《い》って、強いてかえりたくもないと謂った気持のまま、僕は漠然と銀座をぶらついていた。こんな気持で銀座を歩いている人が、僕のほかにもたくさんあるにちがいない。

夕方の人のいちばん出盛る時刻で、歩いている女たちの顔が、飾窓の明りから遠いところでは、ほんのりと暗くみえるのはいいものだ。数寄屋橋の四つ角へ出る。そこから土橋へ向うひろい暗い通りを歩きたくなった。そこの歩道は人通りが大そう少ない。すでに鎧扉《よろいど》を下ろしたDビルの二三軒先に、僕は洒落《しゃ》れたパチンコ屋をみつけた。

君も知っているように、僕はパチンコの名手だ。こんな名手はあまり自慢にならない。そのパチンコ屋はきっと酒場か何かを改造したもので、外側は山小屋風だし、内部も大きな煤《すす》けた梁《はり》を渡した天井がある。三十台ほどの機械に客は七八人いるきりだった。最初の機械で、光がすぐ二箱稼げた。ブリキに彩色したおかめの顔やブリキの色鮮やかな富士山のうしろで、小さい車がくるくると廻転《かいてん》する。玉がそこをとおりすぎたあとも、まだ車はまわっている。僕には何だかあのかげに、とても小さな二十日鼠《はつかねずみ》が一疋《ぴき》ずつ棲《す》んでいるような気がしてならないのだ。……やがて玉は、ブリキの扇のかげに、突如として身を隠す。合図の鈴の音《ね》、勢いよく流れ出す玉。

しかしうしろで心配になって調節したものか、その機械は全然出なくなった。僕は賞品の光をもらいにゆき、またやりたくなって玉を買うと、当りそうな機械を物色して、その前へ行った。当りそうな機械は何となくカンでわかるのだ。

すると隣りの機械に一生懸命しがみついている一人の女学生の姿が目にとまった。最初に目についたのは、今時めずらしいそのお下げの髪だった。つややかな黒い髪がきつく編まれたその生きている打紐《うちひも》は、片方は垂れ、片方は肩のところに、何か目じるしのような具合に丸くなって懸っていた。

彼女は紺の質素な、しかしよくブラシをかけた外套を着て、紅白のまだらの襟巻の下に、セーラー服をのぞかせていた。たいていの少女の衿足《えりあし》は、もやもやした生毛《うぶげ》におおわれていて鼠のような感じを与えるが、彼女の耳もとから衿へかけての肌は、目がさめるような白さだった。

しかし、顔をのぞこうという好奇心を僕に最初に抱かせたのは、明らかに今時めずらしいそのお下げの髪だったと謂っていい。

僕はパチンコのハンドルをはねながら、横目で彼女の横顔をぬすみ見た。

『おや、死んだ妹だ』

とその瞬間、僕は思った。

この印象はふしぎだった。つくづく見ると、少女はそれほど妹に似ていはしなかった。眉のやや濃いところも、丸顔の頰のえくぼも（おそらくそのえくぼは、パチンコに熱中して、力を入れて口をつぐんでいるために、現われたものだった）、可愛《かわい》らしい鼻も、大きな目も、これと謂って、妹と似ていたわけではない。多分妹の死んだ年齢と同年輩の少女を見ると、すぐ妹を思い出す癖が、そのころの僕についていたせいだろう。

僕は今度は、目を転じて、ハンドルをはねている少女の指を見た。

指は何だか「夢うつつ」という様子をしていた。さほどすんなりしていず、むしろ少し無細工な、水ぶくれしたような指だったが、ハンドルにかかっている親指と、その下の四本の指の表情が、まるで無自覚に動いている感じの放心状態をあらわしている。指に力が入る時は、まるでその指が何かに強いられているような様子でハンドルを圧するのであった。

僕はその指のうごきに気をとられた。いくつ入れても、玉はことごとく無駄に終った。しかし少女は玉入れに山のように玉をもっていて、機械的に一つずつ、右方の穴に入れては、機械的に指を動かしていた。ふとその指が、人に見られているのを意識しているような、ぎこちない様子をしだしたのを、僕はみとめた。

我に返って、目をあげる。すると少女のほうが僕をじっと見ていたのである。

彼女は笑っていた。目は笑っていない。こんなに印象的な目を、僕ははじめて見た。大きな黒い瞳が、じっと僕を見つめているのだが、それは外国人の視線のようで、何となく別な理解しがたい感情が動いているような目だった。しかし向うの目はたしかにこちらの感情を見とおしていて、黒い焔《ほのお》を放って灼《や》きつくそうとしている、まあ何とも、形容のつかない目だった。丸く豊かな顔と微笑は、僕によく熟したオレンヂを連想させた。

僕の舌はもつれた。

「やり方を教えてあげましょうか」

少女は黙って、大きくうなずいた。このうなずき方の大きさが、まるで重大な意見に賛成したようで可笑《おか》しかった。それが僕の気持を楽にした。

「こうするんです。まず一つの機械の前へ行ったら、ハンドルの下に四本の指をあてがって、親指でハンドルを圧《お》すんです。それで入ったら、いいし、入らなかったら、今度は下の指を一本抜いて、三本にして試すんです。それを一本一本へらして行って、入るところでやめればいいんですよ。コツは親指以外の四本の指の調節の具合なんです」

「こう？」

彼女は幼ならしく、僕の言ったことを試みた。するとハンドルの下の指が三本になったとき、見事に玉が流れ出た。もう一度やると、もう一度出た。

彼女はあまりうれしそうな顔もしなかった。そしてそれだけ玉が出ると、もう執着のこらない顔つきで、丁度化粧室の鏡の前から立去る女のように、パチンコの硝子《ガラス》の前から立去った。

『おや、僕に挨拶もしないで帰るらしいぞ』

こう思って、僕は両手に玉をかかえて出口のほうへ行く彼女のうしろ姿を見送った。景品の窓口で、彼女はうつむいて何か言っていた。たちまちその手が光の一箱をうけとると、大そううれしそうな顔つきで、僕のほうへ引返して来た。

「これ、さしあげますわ。どうもありがとう」

「いいんですか？」

僕はもらうものを拒まない性質だ。光をポケットにしまって、「さようなら」を言って去ってゆきそうな少女の顔を眺めていた。少女は何も言わない。じっとそこを立去らないのだ。僕は仕方なしに、又パチンコに立向った。一向不調で、玉は一つも出ない。使い果すと、ハンカチを出して、汚れた手を拭いた。

こうして二人は肩を並べて、パチンコ屋を出る始末になった。僕は内心甚だうれしかったので、肩を並べながら、彼女の顔を見ないで歩いた。

僕は今までこういう経験に会ったことがなかった。しばらく歩くと、少女は僕の腕にぶら下った。それはいかにも自然で、そんな動作が僕を少しもおどろかさなかったくらいであった。

『おかしいな。この子はよっぽど無邪気なんだろうか。それとも、子供らしく見せかけた娼婦《しょうふ》なんだろうか』

交叉点《こうさてん》のところで立止ったとき、少女は中空《なかぞら》の電光ニュースを熱心にみつめていて、信号が青になっても、僕に促されるまで、歩き出そうとしなかった。

僕たちはどこへ向って歩いていたわけでもない。少女は黙ってついて来るだけである。時々町角で、仔犬《こいぬ》がついて来て、どこまでも一緒に来てしまうことがあるが、この少女が丁度そうだった。

ゆっくり事情を聞いてみたい誘惑を僕は感じた。相手がどんな種類の女だろうと、こちらは一介の学生だし、持たざる者はたかられる用心もしなくてすむ。

「お腹は空《す》きませんか？」と僕が訊《き》いた。

「ええ、すこし空いた」

少女はぼんやり笑った。その笑いに少しも卑しさのないのが僕の気に入った。

僕は有楽町駅前のごちゃごちゃした町並の一角にある学生向のレストランに入った。そして少女の註文《ちゅうもん》をきいて、チキン・ライスを二つ註文した。チキン・ライスとは可愛い晩飯だろう？　彼女は大人しく、ときどき僕の目を見上げながら、喰《た》べていた。

僕にはどう考えたって、この少女の気持がわからない。きいている君にだってわかるまいが。第一その身なりは質素だが、行きずりの人におごられなければならないほど貧しい感じはみじんもない。

「君、何ていうの？」

僕は名前からまず訊いた。

「神田キヨ子」

「君って、誰でも行きずりに会った男の子と附合《つきあ》うの？」

この質問は少し失礼だが、彼女はすこしも意に介しないように見えた。

「ううん。あなたにだけ」

「どうもありがとう」――僕はおどけた顔をしてみせる余裕ができていた。「でも……僕って、別に特徴はないし、どうして僕でなければいけないんだろう。わからないな」

キヨ子は、白い可愛らしい咽喉《のど》を仰向《あおむ》けて、コップの水を呑《の》んだ。

「だって、あなたを見たとき、私、この方だと思ったの。前から何度もあなたの夢を見たことがあるの。夢の中の人とそっくりだったのよ、あなたが。……きょうはお雛祭でしょう。うちでは古いお雛様を飾って、お白酒を呑むのよ。家はお母さんと私だけなの。お母さんが今朝、つくづく雛壇を見ながら、こう言うの。『お前は本当にかわいい女雛《めびな》だけど、男雛《おびな》がいないね』って」

「ふーん」――僕の興味はだんだん深まった。

「それで私、こう言ったの、

『いいわ、私、男雛を探してくるから』って。

『そうだね。探しておいで。そうしなくちゃお雛祭ができないもの』

『晩までに探してくるから待っててね』

『ああ、いいよ。すぐに見つかるように、お雛様にお祈りをしておくからね』

『お母さん、私、前から夢に見た人があるのよ。今日はきっとその人に会えそうなの』

『どんな人だい？』

『とてもよさそうな人。きっとお母さんも気に入るわ』

『たのしみだね。早く探しにいらっしゃい』

　それで私、今日東京まで出て来たの」

「東京までって、家は東京じゃないの？」

「東京都だけど、北多摩郡なのよ」

「へえ、遠いんだな。そこから、君、一人でよく出て来るのか」

「映画なんか見に出て来るのよ」

「友だちはない？」

「友だちって、一人もいないわ」

この断言には、ほんのわずかの感傷もなく、それが当り前だと思っている調子であった。

僕はびっくりして、この話に聞き惚《ほ》れていた。自動車のクラクションの音だの、パチンコ屋でかけている拡声器の流行歌だのが、この話のあいだ、すこしも耳に入っていなかった。それればかりではない。店の中でかけているジャズのレコードまでが、まるで僕の耳を素通りしていたのだ。しんとして、店の中には、僕たち二人しかいないような感じだった。

こんな話の最中に、彼女はチキン・ライスをすっかり平らげていた。そしてまだ三分の一ほど残っている僕の皿を見て、

「たべないの？」

ときいた。

飯がすんでから、僕たちはどうしたと思う？　当り前すぎる話だが、僕は彼女の言うなりに、その北多摩郡とやらの家までついて行った。

武蔵小金井駅は、三鷹駅のもう二つ先である。中央線に乗っている永い間、僕はキヨ子をつぶさに観察することができた。ラッシュ・アワーで、中野、荻窪《おぎくぼ》あたりまではひどく混んでいたので、辛うじて吊革《つりかわ》につかまっている僕の体に、彼女はしがみついて、

揺れるたびに僕の外套の襟を引張った。

恋している少女がこんなあっけらかんとした表情をしているものではないことは、僕だって知っている。彼女は黙ったまま、僕の外套の杉綾《すぎあや》の生地をめずらしそうにみつめていた。背の高さは丁度僕の肩ほどだった。そのうちに、指で杉綾の織目の波形をなぞってみたり、おしまいには指をのばして、僕の襟章にさわってみたりしていた。彼女は僕を樹木のように扱っていたのである。

「このJって徽章《きしょう》、なあに」

「法律だよ」

「法律なの？　ふうん、すごいわねえ」

そう言う口調は無感動である。二人は窓外に、近づく新宿の街の燈火を見た。

僕は電車がその灯の只中《ただなか》に止り、発車し、またその灯の楽園から遠ざかってゆくのが、今夜はふしぎな気がした。乗っている電車が船のような気がした。未知へむかって進んでゆくという気分は、いつでも航海を思わせるものだ。

席が空いたので、二人は坐《すわ》った。もう話題はなかった。これ以上喋《しゃべ》ろうと思えば、身上話か訊問《じんもん》かどっちかになってしまう。

キヨ子も僕も、真正面を見ながら、身を寄せていた。自分の御面相が男雛にふさわしいとは毫《ごう》も思わないが、僕はまるで一対の雛が真綿に包まれて箱の中に納まっているような恰好《かっこう》だな、と考えて、おかしかった。

武蔵小金井の駅を下りると、町はわずかで、すぐ暗い野道に入った。僕はキヨ子の歩くままに歩いた。靴音は僕ばかりで、おまけに買いたての学生靴だったから、都心の通りをゆくときはそう耳立たないのに、こういう寂しい暗い道ではキュッキュッというその音がおそろしく高い。僕はキヨ子の足音がまるでしないのに気づいた。この発見は僕を瞬時ゾッとさせた。しかし種は何でもなかった。はじめて気がついたのだが、彼女はズックの運動靴をはいていたのだ。その左右の足が暗い道の上に、音もなく軽やかに運ばれるのが、白い夜の蝶《ちょうちょう》々の番《つが》いのようにみえた。

夜は寒かった。僕は外套の襟を立てて歩いた。道の両側には、武蔵野の名残りの高い欅《けやき》並木があったり、それが尽きると、耕された柔かい黒い土の起伏ばかりがどこまでもつづいている畑になったりした。夜空は薄雲におおわれ、月はまだ出ていなかった。遠い森の低い影の連なりが漠として見えるだけだった。

自転車の明りがゆらゆらと近づいた。乗り手の若者は、体を斜めにして、僕たちをのぞいてすぎた。

その明りに僕たちの外套が照らし出されたとき、僕ははじめて、何か一種の色情にちかいものを感じた。それまでの成行《なりゆき》はあんまり非現実的で、色だの恋だのというのには遠かったのが、自転車のヘッド・ライトのささやかな円光が、突然、僕たちの二人歩きを現実的なものにしたのだ。

そこで接吻《せっぷん》ぐらいしたかって、君はからかう気だね。人通りは稀《まれ》だったし、道は暗いし、接吻ぐらい造作もなかった。しかし、しなかった。僕はようやく彼女の手を握っただけだった。手はひどく小さく、柔らかで、そしてひどく冷たかった。

僕は自分が大胆だなんぞと、少しも考えずにいた。はじめて会った娘に、こんな人里離れたところへ連れて来られて、平気でいるのは些《いささ》か大胆の部類に入るにちがいないが、僕にはすべてが自然に思われ、麻酔にかかったように何も考えなくなっていた。

キヨ子は道を左折し、又、右折した。墓や竹藪《たけやぶ》のかたわらをとおるとき、彼女は怖そうに僕の手を強く握った。

やがて高い生垣のかたわらを出て、僕はしずかな水音をきいた。

「ここはどこなの?」と僕はたずねた。

「堤よ。その並木は有名な桜並木よ」

なるほど、墨でどっぷりと描いたような豊かな古木の桜が、まだ枯枝のまま、道より半米ほど高い堤の上に並んでいた。

「もうそこが家よ」

キヨ子は甲高い声でそう叫んだ。まばらな生垣のあいだから灯が洩《も》れていた。

「庭から入っておどかしてやりましょうか」

生垣の前まで来ると、彼女はおかしいくらい声をひそめて言った。そして僕の手をとって、生垣の一角の枝折戸《しおりど》をあけて、庭へ入った。庭は二百坪もあろうか。庭木が少なく、枯草がそのままに伏している。ところどころに斑《まだ》らに熊笹《くまざさ》が生え、家にちかいあたりの熊笹は、手水鉢《ちょうずばち》をめぐってひときわ丈高く、室内の燈火をほんのりとうけている。傍らの一本の年老いた紅梅が、花をまばらにつけているのが見えた。

燈のついた屋内は、ガラス戸をとおしてよく見えた。八畳ほどの部屋に大きな雛壇が飾られ、その緋毛氈《ひもうせん》と、内裏雛の冠の瓔珞《ようらく》らしい金いろの小さなゆらめきとが、庭から眺めると、あざやかに美しい。

一人の小さな初老の女が、火鉢にうつむいて坐っていた。畳の上に雑誌らしいものをひろげ、手を焙《あぶ》りながら、それを読んでいるのであるらしい。

キヨ子は白いズックの運動靴で踊りのように跳ねながら、ガラス戸の前まで行き、そのガラスを平手で、いきなり破《わ》れそうな音をさせて叩《たた》いた。

小さいおばあさんが、バネ仕掛みたいに飛び上るのが、外からも見えた。

キヨ子はうれしそうな大きな声で話した。

「お母さん、探して来たわよ」

僕はそこへ出て行くのがはずかしかった。僕自身が、永いこと戸棚の隅かどこかに隠れていた、そして今夜あのむっちりした指で探し出された、何かペンナイフとか、紙入れとか、大事なお盆とか、そんなものになってしまったような気がしたのである。

神田家の雛祭の夜は、僕が生れてから、こんなに雛祭らしい夜を味わったことがないほど、完全なものだった。戸外は深閑としていた。耳をすますと、辛うじて、遠い電車のとどろきがきこえるくらいのものであった。

室内の燈火はばかに明るくて、それが雛壇を前にして坐っている客の身には、ほとんど晴れがましかった。僕は自分の胸に光っている金ボタンを、へんに晴れがましく感じた。きちんと恐縮して坐っていた。

「よくいらっしゃいました」

キヨ子の母は深いお辞儀をした。僕が頭を上げかけると、まだむこうの頭は畳に伏せていた。

ここの家では、すべてが何となく勿体《もったい》ぶった、仰々しい礼儀正しさを以て行われるのであった。キヨ子は母を手伝うために、一緒に厨《くりや》に立った。僕はしばらくその八畳間に一人のこされた。

あかあかと照らし出された雛壇は美しかった。その雛人形一式は、時代のついた由緒のありそうな代物である。第一、雛の顔に気品がある。

最上段の内裏雛のうしろには、小さい金屏風《びょうぶ》が立てめぐらしてあるが、屏風の金具までがごく細かい彫金の細工を施されていて、今出来のものではない。絹のなかにゆらめく焔を包んだ雪洞《ぼんぼり》もそうである。三人官女も、右近《うこん》の橘《たちばな》、左近の桜の細緻な造花も、五人囃子《ごにんばやし》も、仕丁《しちょう》も、しっかりした古色のある細工である。仕丁の滑稽な容貌は、絵巻物に出てくる庶民の顔をそのままに模している。菱餅《ひしもち》は蒔絵《まきえ》の高坏《たかつき》に盛られ、白酒は金泥で模様を描いたギヤマンの一対の小瓶に入っていた。香水瓶ほどの大きさの瓶であった。なかんずくおどろかされるのは、雛道具の細工のこまかさと、種類の多いことで、扉のついた簞笥《たんす》だの、文庫だの、長持だの、駕《か》籠《ご》だの、火桶《ひおけ》だの、すべてが御殿風の蒔絵であった。そして一番下の段には、さまざまな古い木目込《きめこみ》人形や、御所人形や、象牙の虎や唐獅子《からじし》が飾られていた。

「どうも、お待たせいたしました」

キヨ子の母が、膳を捧《ささ》げて入ってきた。あとからキヨ子も、まじめな面持《おももち》で、膳を捧げて来て、私の隣りの座蒲団《ざぶとん》に坐り、自分の前に、自分のもってきた膳を置いた。僕は大そうおどろいた。二人の膳は、呆《あき》れるほど小さかったのである。

それは誇張して云《い》えば、灰皿ぐらいの大きさの膳で、膳部はまた、ピンセットで作ったかと思われる料理だった。お膳の上には、ちゃんと、椀《わん》もあり、御飯茶碗《ごはんぢやわん》もあった。椀をあけると、淡紅のごく小さな麩《ふ》の断片と、三四本の春雨と、みつばの一葉が浮んでいた。

僕は手をつけかねて、困っていた。

キヨ子は、ちらと僕を見て笑って、

「お白酒はいかが？」と云った。

「そうだ。お白酒がいいわ」と母も云った。

僕らの膳の上に、目の中に入りそうな、小さな木杯が置かれた。

厨へ一度立って行った母が、矢立《やたて》のようなものを持ってかえって来た。矢立と見えたのは、小型の長柄の銚子《ちようし》であった。そしてその口に、紅白の紙で折った蝶花形《ちようはながた》が、金銀の水引で結んであった。

僕がまごまごして盃を出すと、一二滴の白酒がとろりと注《つ》がれて一杯になった。

「どうぞ、お干し下さいまし。どうぞ」

とまじめな顔で母親がすすめたので、勢いよく干した僕は、盃ごと呑み込んでしまいそうであった。

白酒は何度となく注がれ、すぐ銚子が空になってしまうので、母親は何度もそれを充《み》たしに立った。何《な》んて面倒なことをするんだろうと思ったが、ひとの家だから黙っているほかはない。

そのうちにキヨ子は、

「あら、酔っちゃったわ。いい気持」

と云った。

「ずいぶん呑んだからね。無理もありませんよ」

「あたし赤い？」

「いいえ、赤くなんかないよ。あかりの反射でつやつやして、女雛みたいにきれいですよ」

「お母さん、私、眠いの」

キヨ子はそばに僕のいることも忘れたような甘ったれ声になった。体をねじってだるそうに坐っている足は、たくさんの襞《ひだ》をもったスカートで、丹念に包まれていた。

「眠ければ、おやすみなさい」

「失礼して、寝ちゃおうかな」

「よございますか？　この子はほんとにねんねで」

母親は僕のほうへそう言った。少しも酔っていず、又、酔う筈もなかったが、僕は何だかその場の空気で、まるで酔ってでもいるような心地だった。雛壇の上の雪洞の光りは僕の目ににじんでみえた。

「どうぞ」

「さあ、それじゃあ、お立ちなさい、キヨ子。寝間着はむこうで着かえさせてあげますからね」

「おやすみなさい、お兄さん」

キヨ子は、はじめて僕のことをそう呼んで少し体をそらして立上った。

「お兄さん、それじゃあ、お先に」

——二人が行ってしまうと、僕はふっと目がさめた。

『お先に』とは一体何だ？


僕は娘を寝かせてかえってきた母親に暇乞《いとまご》いをした。母親はどうしても帰らせない。もう電車がないという。しかし時間はまだ十時だった。

僕と母親は永いこと押問答をした。僕の家では無断で家をあけることはむつかしかった。しかし拒んでいる僕の目が、雪洞の尽きかけた蠟燭《ろうそく》の灯影にゆらめいている内裏雛を見ると、心が挫《くじ》けた。僕はあのお下げの髪を考え、今までになかったふしぎな気持になった。

「それでは今晩はお世話になります」

と学生らしく律儀に言った。寝る部屋はもちろん別室にちがいない。そこでお下げの少女の幻影を見ながら、ゆっくり眠ろう。

母親が寝間着をもってきた。僕はすすめられるままに、それに着かえた。

その間、母親は雛壇の雪洞の蠟燭が尽きたのを、新らしい蠟燭に火を点じていた。彼女はもう片方の雪洞の火を吹き消した。その小さい背丈は、それを吹き消すのに、爪先立たなければならないほどだった。彼女は火を点じたほうの雪洞を手にもつと、寝間着の僕を案内して廊下へ出た。廊下は肌寒い。つきあたりの部屋の唐紙をあけると、暗いなかにふしぎな甘い匂いがあった。

「どうぞ」

と彼女は言った。

派手な友禅の掛蒲団をかけた一つの床に、白い枕が見えた。母親は雪洞を枕のほうへ近づけた。すると、そのむこうにもう一つの枕がみえ、枕に横たわっているつややかなお下げの髪が見えた。

僕は息を詰めた。

ふりむいた顔は、小さい雪洞の明りの中で笑っていた。そして黙って蒲団をもちあげて僕に入るように誘った。うすらあかりにほのぼのと少女の乳房が見えた。キヨ子は真《まっ》裸《ぱだ》かだった。

通例、童貞と処女とは共寝をしても、完全な行為には達しないものである。その晩、童貞の僕が、それほど陶酔したことは、不快な結論を導かずにはいない筈だ。しかし奇《き》蹟《せき》やありえないことが起るのに、それほどふさわしい晩はなかったし、それを考えると、僕には何も言えない。

あくる朝はうすい靄《もや》があった。彼女は僕を堤づたいに送ってきて、とうとう駅までついて来た。そのあいだ二人は無言だった。改札口での別れ際に、キヨ子は何と言ったと思う。

「いってらっしゃいませ」

そう言ったのだ。そしてあの黒い焔のような瞳で僕をじっと見て、手を振った。

＊＊＊

僕は二度と雛の宿を訪れなかった。

おそろしかったからか？　一夜の幻影を現実のものにするのがいやだったからか？　とにかく最後まで、僕には不可解なことばかりだったので、その不可解を大事にとっておきたくなったからか？　多分一番理由のある説明としては、その一夜が、ふつう童貞の男がすごす最初の夜としては、これ以上のものはありえないと思われたからだった。

初夏、僕は一人の現実的な女を知った。秋の半ばに、僕はその女に捨てられた。そのとき、たえがたい衝動が僕を襲った。狂おしい足取で家を出て、夜の中央線に乗ってしまった。武蔵小金井の駅で下りた。

秋の月のあかるい夜で、あの晩キヨ子と歩いた道は虫の音にみちていた。月は多くの木の影を、奇怪な形に路上にえがいていた。ほとんど駈《か》けるようにして、僕はいそいだ。そのために曲るべき道をまちがえてしまったらしい。どこまで行っても、例の生垣も、水音のきこえてくる堤へ出る辻《つじ》も見つからなかった。

一軒の薬屋兼雑貨屋兼煙草屋《たばこや》といった鄙《ひな》びた店がまだあいていたので、帳場にふきげんそうに坐っているおやじに、僕は神田家の所在をきいた。

「ああ、あの母子のきちがいの家かね」

とおやじはふきげんな顔つきに似合わない屈託のなさそうな鼻声で言った。

「きちがいですって。キヨ子というのが娘の名です」

「そうだよ、あの娘も母親も大人しいきちがいだが、色きちがいだ。離縁した亭主が送ってよこす金で、ああして何もせずに暮しているんだよ。知らない人はきちがいとは思わないし、何人男を引張り込んだかね。ひところはずいぶん評判だった。しかしこのごろは誰も噂《うわさ》をしやしない。噂をする方でくたびれたんだね。それにここ半年ほど、男の噂もきかないやね。どうして暮しているんだか、誰ものずきに見に行く奴《やつ》はいないしね」

僕は衝撃で真蒼《まつさお》になった。道をきくと、ろくに礼も言わずに、店先を立去った。行こうか行くまいか、どんなに迷ったか。君にも想像がつくだろう。しかし迷いながらゆくうちに、僕はかすかな水音をきいた。堤の道に出ていたのだ。

神田家はすぐ間近にあった。秋のことで生垣は前ほど疎《まば》らではなかったが、灯が歩くにつれてちらちらと洩れた。僕は枝折戸の前に立った。押すとそれは難なくあき、秋草と虫の音でいっぱいな荒れ果てた庭が目の前にひろがった。

そのとき同じ位置から僕の目を射たものがある。紅いものときらきらと光るものである。ガラス戸の中にそれがはっきりと見える。雛壇があの晩と同じに飾られていたのである。

秋のさなかに雛祭りをする家があるものかと、君は笑うだろう。しかし狂人なら、真夏にだって雛祭りをする権利があるのである。

僕は瞳を凝らした。

いつかと同じセーラー服の少女と、小さい母親が向い合って坐っていた。その少女のかたわらに僕がいたときと同じ姿、同じ位置、同じ向きに坐っているのだ。そのむこうには目のさめるような緋毛氈の上に、内裏雛の金の瓔珞がきらめいてゆれている。しかも僕の耳は秋の虫の音でいっぱいだった。

僕はずいぶん永いことそうしていた。母子は微動もしなかった。まるで木彫の彫像のようだった。そしてもし僕が声をかければ、彼らは本当の木彫の彫像に化してしまうのではないかと思われた。……

やがて僕はそこを立去って、駅のほうへ引返した。

君はどう解釈する？

母子は僕が彼女を捨てた日から、毎夜ああして僕を待っていたのではないだろうか？ 男雛がかえってくるまで、女雛は秋になっても雛祭りをやめることができなかったのではあるまいか？

これが甘い考えだと君は言うのか？ 大体甘い物語には甘い考えがつきものなのは已《や》むをえない。狂気というものがもしこんなに甘い物語を生むものなら、正気の僕たちは、正気では考えられない甘い空想を、それにはなむけすべきではなかろうか？

それとも君は、僕の話が嘘っぱちだと云うのじゃあるまいね。

# 玻璃の雨降る

唯川 恵

唯川 恵
ゆいかわ・けい

1955年石川県生まれ。金沢女子短期大学卒。銀行勤務を経て84年「海色の午後」でコバルト・ノベル大賞受賞。以後、恋愛小説やエッセイを発表し、2002年『肩ごしの恋人』で直木賞を、08年『愛に似たもの』で柴田錬三郎賞をそれぞれ受賞。ほかに『恋人はいつも不在』『啼かない鳥は空に溺れる』『瑠璃でもなく、玻璃でもなく』『手のひらの砂漠』などがある。

斎場を覆う空は、今にも降りだしそうな気配だった。

聡子《さとこ》は足を止め、空を見上げた。花曇りと呼ぶには雲が厚く垂れ籠め過ぎている。予報通り、午後からは雨になるかもしれない。

犀川《さいがわ》から水を引く大野庄《おおのしよう》用水や鞍月《くらつき》用水にも、雪解け水がふんだんに流れ込むようになっていた。透き通った水の底に、水草が流れに身を委ねるように揺れるのが見える。そろそろ稲の植え付けが始まる時期でもあった。金沢から車で二時間ほど離れた、白山山麓の鳥越《とりごえ》という村にある実家の父も、今頃、農機具の手入れを始めているだろう。

鳥越にはもう長く帰っていなかった。帰省という言葉を使うには近すぎる距離であり、いつでも帰れる、という思いが却《かえ》って足を遠ざけていた。

聡子もようやく、ガラス工芸作家として一人立ちできるようになっていた。定期的な注文があり、画廊との関係も順調に継続している。最近、郊外に建つレストランのオブジェ制作の依頼も受け、望んだ通り、仕事のスケジュールが毎日を埋めるようになっていた。聡子は満足していた。少なくとも、昨夜、その死亡記事を見つけるまでは、ガラスと向き合うだけの生活にすっかり馴染《なじ》んでいた。

芦沢《あしざわ》が死んだ?

悪い冗談のような気がして、何度も新聞を読み返した。やはり、それがあの芦沢に違いないとわかると、新聞をばさばさと畳んで隅に放り出した。テレビをつけた。雑誌を読んだ。コーヒーを飲み、煙草《たばこ》を吸った。けれども、目の端には新聞がずっとまとわりついたままだった。

聡子は自分に言いきかせた。たとえ芦沢が死んだとして、それがどうだというのだ。関係ない。気にする必要などない。彼に関して快い印象は何も残っていない。どころか、苦い種を誤って嚙《か》んでしまったような不愉快さがあるだけだ。ずっと忘れていた。こんな記事を見つけなければ、これからもずっと忘れているはずだった。

しかし翌日の朝には、聡子は再び新聞を手にしていた。

告別式の時間と場所を確かめると、諦めにも似た気持ちで、クローゼットの奥から喪服を取り出した。

芦沢とは一年前に別れ、それから一度も会っていない。

その前の約一年半の間、聡子は芦沢とお金が介在する関係を続けていた。

美大を卒業して数年がたち、聡子は三十歳になろうとしていた。ガラス工芸の道を選び、大学に助手として残ったものの、収入はわずかなものだった。昼間は教授の手伝いと学生たちの世話に時間をとられ、自分の作品にまで手が回らない。それでも大学に残ったのは、自分の工房を持つことができないからだ。ここにいれば、何とか制作は続けられる。

田舎の父に無理を言えば、少しは援助をしてくれただろう。けれども負担をかけることには抵抗があった。幼い時、母は聡子を置いて家を出て行った。聡子が二歳にもなっていなかった頃のことだ。再婚した継母《ままはは》との間に妹と弟が生まれたが、ふたりともまだ学生で、これからお金がかかるのはわかっていた。継母は気持ちの優しい人で、関係に気まずさが残るようなことはなかったが、新しい家族が作られてから、父を自分のものであると考えてはいけないのだと、意識の中にいつからか備わるようになっていた。

作品が大型になるに従って費用も嵩《かさ》む。聡子はアート展に出品するために、新たに収入の道を確保しなければならなかった。結局、ホステスのアルバイトに出ることにした。時間と収入のバランスからいっても、これほど割りのいいアルバイトは他に見つからなかった。

芦沢とはその店で出会った。聡子よりふたまわり近く年上であり、それ以上老けて見えるわけではないが、若くもなかった。胡散臭《うさんくさ》さが体臭のように沁《し》みついている男だった。ゴルフ会員権のブローカーのような仕事をしていることは、仲間のホステスたちから聞いていた。

何度か芦沢の席についた。その何度目かに、自分がガラス工芸をやっていることを話した。自分の工房を持ちたいようなことも言ったかもしれない。いつか芦沢は席に必ず聡子を呼ぶようになった。そして、時々思い出したように尋ねた。

「まだガラスをやってるのか」

「はい」

「今は何を作ってる」

「ワイングラスです。背が高くて首がらせんになってる」

「そんなもの、売れるのか？」

「売れません」

「金にならんものをどうして作る」

「たぶん、説明してもわかっていただけないと思います」

聡子は芦沢に特別な感情を持ったというわけではない。だからこんな生意気な口もけるのだった。もし、そこに何かあるとしたら反発だろう。芦沢にはこういった男たちが必ず持つ独特の傲慢さがあった。それともうひとつ、無関心だ。ホステスたちと気楽に騒いでいても、その眉の動かし方や煙草をくわえる口元に、すべてのものに対する基本的な無関心が見てとれた。頭の中にあるのはいつも数字であり、どんな時でも売買という感覚から離れることができない、そんな印象を残していた。

誘われて、初めてふたりで食事をした夜、芦沢はまるで食後酒をオーダーするような気安さで言った。

「私と契約する気はないか？」

「契約？」

「おまえは自分の工房が持ちたいんだろう。その援助をしてもいいと思っている」

聡子は目の前に座る、この初老の男の顔を見つめた。狼狽《ろうばい》はしなかった。二十以上という年齢差が却って聡子に余裕を与えたのかもしれない。落ち着いた声で尋ね返した。

「その見返りは？」

「週に一度か二度、私と会う」

「会うだけですか？」

「もちろん違う」

聡子はコーヒーカップを口に運んだ。陶器の感触が唇に心地よい。しかし、契約などという不粋な言い方を平気で口にする芦沢の無神経さに、聡子の自尊心はちりちりと音をたてて粟立《あわだ》っていた。確かに自分の工房が欲しいと思う。制作にたっぷり時間もかけたい。それにはお金が必要だ。けれども、結局は飼われる女になれということではないか。

あの時、なぜすぐに断らなかったのか、その思いが自分に嫌悪を抱かせた。「一週間待って欲しい」と、返事に猶予を持たせる必要などなかったはずだ。その場で断ってしまえばよかったのだ。

けれども、その一週間は聡子の気持ちを変えずにはおかない時間となってしまった。目指していたアート展への作品を完成することができなかったのだ。

ガラス工芸はさまざまな技法があるが、聡子はその中でもグラヴィールを得意としている。グラヴィールは、色ガラスを多層に重ねた被《かぶ》せガラスに、銅板を使った研磨機で表面を少しずつ削り取り、ガラスを通る光の濃淡で文様を浮かび上がらせるというものだ。根気と繊細さが必要とされる作業だった。

大学の工房にはひと組だけだが、研磨の設備が整っている。削る模様に応じて、大小、または厚さの違う銅板が必要になって来る。聡子は無色ガラスに濃紺のガラスを被せた大皿に、蔦《つた》の模様を描いていた。昼間は学生が使うことが多く、夕方になってようやく自分のためにそれを使用することができるのである。

濃紺のガラスを削ると、下から無色透明のガラスが少しずつ覗《のぞ》いて来る。まるで泉が湧きだすように、そこから光が溢《あふ》れて来る。ガラスは光との関係がすべてだと、聡子は思っている。深く削れば純粋な光が、浅く削れば彩られた光が、硬質なガラス器をある種の温度を感じるものに変化させてしまうのだ。

聡子は研磨機の銅板をいちばん厚めのものに替えた。立体感を出すために、深く削る部分が必要となったからだ。しかし削り過ぎれば、光を通し過ぎてその部分だけ浮いてしまう怖《おそ》れもある。特に慎重さを要する作業だった。

研磨機に銅板をセットして、スイッチを入れる。銅板がかすかな機械音をたてて回転し始める。聡子は大皿を両手でしっかりと持ち、墨で描いた下絵の線に沿って研磨機に当てた。きゅん、と甲高い音がして細かいガラスの粉が跳ねる。聡子は瞬《まばた》きもしない。ほんの一瞬が命取りになってしまうこともある。

おかしいと気付いたのはすぐだった。大皿をこれだけ両手で固定しているのに、線が微妙にぶれるのだ。研磨機に問題があるのかもしれない。作業をやめようとしたその時、ガッと鈍い音がした。瞬間、聡子の手に救いようのない重みが分けられた。驚きで声も出なかった。無残な姿で大皿はまっぷたつに割れていた。

どのくらいそうしていたのだろう。工房の中で、聡子はふたつに割れた皿を手にしたまま作業椅子に座り続けていた。二か月以上も手をかけた作品だった。来週はアート展の搬入日だ。それに間に合わせるために、時間を惜しんで制作に根をつめて来たのだ。

たぶん研磨機の銅板に歪《ゆが》みがあったのだろう。扱いについては、いつも口うるさく言っているが、大学の備え付けの機材ということで、利用はしても愛着を持った扱いをする学生は少なかった。

いいや、悪いのは自分だ。聡子は唇を噛んだ。作業を始める前に確認をすべきだった。時間を惜しむ気持ちが結局、こんな結果を招いてしまった。これでアート展には出品できない。作品だけでなく、二か月もの時間と労力がすべて無駄なものになってしまった。

自分の工房が欲しい。その時、痛切に思った。好きな時に好きなだけ制作に打ち込める工房が欲しい。そのためだったら何でもする。そう、何でもする。

約束の日、聡子は芦沢に承諾の意を伝えた。芦沢は「そうか」と短く答えただけだった。

朝、聡子は目を覚ますとすぐに工房に入る。

古い小さな平屋建てを借りてからふた月がたっていた。三つある部屋のうちのいちばん大きい十畳を工房にした。研磨機と電気窯も手に入れた。すでに新しい作品にも取りかかっていた。

ホステスのアルバイトは辞め、大学の助手だけを務めた。教授から教わることはまだ多く、若い学生たちから受ける影響も捨てがたい。芦沢とは契約通り、週に一度か二度会う。食事をした後、この家にやって来る。そして芦沢は聡子を抱く。

聞いたことがあった。

「どうして、私だったんですか？」

「何のことだ」

「私より若くて綺麗《きれい》でお金を欲しがってる女の子はたくさんいるのに」

「そうだな、たくさんいる」

「だったら、どうして？」

「毛皮でも宝石でもなく、工房を欲しがるホステスなんて初めてだった」

芦沢は目を閉じる。すぐに軽い寝息をたて始める。聡子は上半身を起こし、芦沢の顔を見下ろす。

刻み込まれた額や目尻の皺《しわ》、頬にはうっすらとシミが浮いている。老いが確実に浸透している顔。芦沢は眠っている時でさえ何かに追われているかのように苦しげな表情をしていた。初老の男が持つある種の悲愴《ひそう》感のようなものが、眠りの中でも芦沢を覆っている。

一度だけだが、芦沢が工房に入ったことがある。いつもは無関心な芦沢だが、その散らかった工房に足を踏み入れた時だけ、無防備な好奇心のかたまりとなった。芦沢はさまざまな器具や道具を身体《からだ》を屈《かが》めて覗き込んだ。

「これは何に使うんだ」

「研磨機です。その銅板を回転させて、ガラスの表面を削るんです」

「削って、どうする」

「深く削ったり浅く削ったりして、光の通り具合を変えるんです。そうすると立体感がでるでしょう」

「こっちは？」

「電気窯です。小さなものはこれで細工します。アクセサリーとか、時々、頼まれたりしますから。いいアルバイトになるんです」

「なるほどな」

「興味、あるんですか？」

芦沢は少しだけ顎を引いた。

「親父が陶器の工場で働いていた。子供の頃、よくそこへ遊びに行った。ここは何となく似てるな。匂いかな」

「お父さんはどんなものを作っていらしたんですか？」

「ただの貧しい職人だ。おまえが作っている芸術とか美術とか御大層なもんからは程遠い。毎日毎日、土と汗にまみれて働いていた。死んだ時も、親父の爪には粘土がこびりついていたよ」

そして芦沢は唐突に話を打ち切り、工房から出て行った。芦沢の背が不意に頼りないものに映って見えた。ほんの瞬間だが、幼い日へと帰った芦沢の姿は、聡子をどこか納まりの悪い気持ちにさせていた。

口数の少ない芦沢とのベッドは、時折、迷子になってしまったかのような不安を感じることがあった。暗闇の中で堅い背に腕を回し、身体中に彼の吐息を感じていても、それが確かなものには思えない。いや、確かでなくていい。確かなものであっては困るのだ。そう自身に言い聞かせながら、聡子の身体は芦沢を覚えてゆく。その感覚はガラスに文様が描き込まれてゆくように、微妙な凹凸を持って皮膚に残されてゆく。


いつもは健啖家《けんたんか》の芦沢だが、今夜はめずらしく食事に箸が伸びない。

「どうかしたの？」

「こんな料理はもううんざりだ」

芦沢は美しく盛られたオードブルの皿を押しやった。

「私にはごちそうだけど」

「夜は人と会うのがほとんどだからな、毎晩じゃどんなごちそうも拷問になる」

「じゃあ今度、私が作りましょうか」

聡子が言うと、芦沢は「おや」というように、グラスの向こうから目を向けた。

「これでも私、料理の腕はなかなかなんです」

その約束を果たすために、翌週、聡子は朝から買い出しに出掛け、キッチンに立った。

を知っていた。

継母は料理の上手な人だった。母の味は知らなくても、聡子の舌はちゃんとした味覚を知っていた。

野菜の煮物。鯛《たい》のあら炊き。しらすおろし。茶碗蒸《ちゃわんむ》し。芦沢の来訪にはまだ少しあるが、ご飯は炊き上がり、味噌汁《みそしる》も温まっている。もちろんお酒の準備も整っている。

テーブルを片付け、茶碗やお箸を用意した。聡子は芦沢のために箸を一膳買った。箸置きは聡子が作ったものだ。昨日、思い立って電気窯で焼いたのだ。たったふたつだけの箸置き。それだけしか必要がない。小さな手のひらの形をした箸置きだった。それを置くとテーブルは整った。

聡子は椅子に腰を下ろし、テーブルを眺めた。長くこんな食卓を見ていなかった。誰かのために食事を作るということ、誰かのために茶碗やお皿を選ぶということ、ましてや、誰かとの食事のためにガラスの箸置きを作るということ。

身体の奥から甘い香りが立ち上って来る。こんな気分を長く味わっていなかった。そしてそれを十分に堪能した後、不意に、そう、いきなり頬をはたかれるように、苦い思いが突き上げて来た。

何のために、私はこんなことをしているのだろう。

言い訳はすぐに思いついた。お金のためだ。工房のためだ。けれどもまだ湯気を上げている料理にも、箸にも箸置きにも、それだけでは間尺に合わない何かが見えた。その何かが聡子をひやりとさせた。

聡子は椅子から立ち上がった。並べた箸と箸置きを食器棚にしまいこむと、煮物が盛られた皿を手にした。いくらかの躊躇《ちゅうちょ》を感じながらも捨ててしまう。その瞬間、手をかけた料理はただのゴミになった。ひとつを捨てれば躊躇は消えた。聡子は次の料理を手にした。そして、すべての料理を始末した。

芦沢が来た時、テーブルにはデリバリーのピザと、チキン、サラダ、そしてビールが並んでいた。

「おまえの手料理とはこういうのか」

「ここのピザ、とってもおいしいのよ」

うんざりした顔つきの芦沢を見て、聡子はどこかホッとしていた。

それから半年が過ぎた。

そろそろアート展の準備を始めなければならない時期に入っていた。

前回は完成直前の作品を割ってしまうというアクシデントに泣いたが、プロとしてのパスポートを手に入れるためにも、今度のアート展ではどうしても入選したかった。

取りかかったのは花瓶である。高さ五十センチ、胴回り三十センチ。濃い紫を被せたガラスだ。形はシンプルだが、技術には凝る。硬質の花瓶を、柔らかな紫の絹が覆っているように作る予定だった。

布は曲線のつながりでもある。それを硬質なガラスの上に、それも触れると形を崩してしまいそうな線を作るには苦労した。ひとつづきの線を一度に削るのは難しい。短い線を少しずつつなげてゆく。つないだ跡がわからないようにするのが腕の見せ所だ。

聡子は没頭した。家にいる時、そのほとんどを工房で過ごした。作業している時は何も考えなかった。深く削り過ぎてはいけない。浅い削りでもいけない。特に布が重なる部分が難しい。実際に絹をガラス器に巻き付け、内側から光を当ててみる。それはどこか湿り気のある光に変わる。しかし同じものを作っては価値がない。同じならば作る必要がない。ガラスの美しさを壊さず、ガラスを超える。今までにない力のこめ方を自分で感じた。夢中だった。

芦沢からの連絡に間隔があいてゆくことが、気にならなかったわけではない。たまに会っても彼は疲れた表情をしていたし、どこか不機嫌にも見えた。しかし聡子は制作のことで頭がいっぱいだった。連絡がなければ、その方が都合がいいと思っていた。

教授から入選の知らせが入ったのは、選考日当日の遅く、自宅でのことだった。

「おめでとう、やったね」

教授の言葉を、聡子はほとんどうわの空で聞いていた。やっと望みが叶《かな》ったのだ。ガラス工芸を志してから、欲しくてたまらなかった入選だった。喜びは時々人を空白にする。聡子は笑うでも泣くでもなく、ぼんやりと工房に入った。工房で聡子は研磨機の手入れを始めた。回転部分に油を差し綿布で磨く。無心に磨いた。それが聡子にとって最高の喜びの表現だった。

「それで、その作品は売れるのか」

芦沢の第一声がこれだった。興奮気味に入選を報告したことに、失望を感じた。何かを期待していたわけではないが、こんな言葉が欲しかったわけでもなかった。

「売れるかもしれないし、売れないかもしれません。でも、そんなことより入選したことに価値があるの」

「しかし、売れなければプロとは言えんだろう」

「そうかもしれないけど」

芦沢の頭の中にあるすべてのことはお金だ。そのことは初めから知っていた。聡子との関係もそうであるように、彼にとっての価値は、常に金銭に置き換えてこそ実感できるものなのだ。入選した、ただそれだけで喜ぶ聡子をたぶん芦沢は理解できない。そしてそうできない芦沢を聡子は哀《かな》しく思う。

しかし芦沢の言葉は、ある意味で正しかった。アート展に入選を果たしても、いくつかの美術誌で評価されたぐらいで、結局はそれきりだった。売れる様子もなければ注文もない。賞さえ取れば何とかなる、ガラス工芸作家として一歩を踏みだせる、と考えていた自分の甘さを痛感した。

気がつくと、芦沢からの連絡は途絶えがちになっていた。週に一度か二度、そう言っていた芦沢だったが、連絡を寄越《よこ》したのは、前に会ってから三週間もたっていた。お風呂から上がり、芦沢の待つベッドに入ると、彼は聡子に触れようともせず、くぐもった声で言った。

「少し背中を押してくれ」

聡子は俯《うつぶ》せに寝る芦沢の背に手を置いた。老いが滲《にじ》んだ背だった。筋肉そのものがどこか拘縮しているようにひどく堅く、押す指にかなりの体重をかけなければならなかった。

その時、聡子は不意に別れを感じた。

この人は私に飽き始めている。すでに口座に振り込む金額だけの価値を、私に感じなくなっている。

それに気付いて、軽い衝撃が聡子の身体を熱くした。芦沢と別れるということはこの工房を手放すということだ。そうすればまた助手とアルバイトに追われる毎日に戻らなければならない。想像しただけでうんざりだった。この工房だけはどうしても手放したくない。何とかここで制作を続けたい。しかし、それは仕方のないことなのだろうか。

画商から連絡が入ったのは、午後になってからだった。

昨夜から続いていた雨がようやくやんで、雲間から差し込む細い太陽の光が、まだ軒先で膨らむ水滴に眩《まぶ》しく反射していた。

「あなたの入選した作品をぜひ買い上げたいとおっしゃるお客さまがいるのです」

山原と名乗るその画商は、淡々とした口調で言った。

咄嗟《とっさ》にどう答えてよいかわからず、聡子は唇を舌先で湿らせた。

「手放すおつもりがあるのでしたら、私が間に入らせていただきたいと思いますが」

売れる、画商がつく、これがプロとしての作家の在り方なのだ。ようやく自分にもそういったことが回って来たと、聡子の胸は弾んでいた。あの作品には愛着があるが、手放すことに不満はない。まして提示された金額も十分なものだった。

「お任せします」

聡子が短く答えると、画商は満足そうな声を出した。

「その方は、あなたの作品をこれからもコレクションしたいとおっしゃっています。こんなチャンスはなかなかあるものではないですよ。次の作品はもう取りかかっていますか？」

「いえ、それはまだ」

「だったらすぐに取りかかった方がよろしいと思います」

「あの」

「はい」

「買って下さるのはどんな方ですか」

「さる方とだけ申し上げておきましょう。偶然、あなたの作品を展覧会で見て、とても気に入られたようです。わかってらっしゃると思いますが、スポンサーを持つということは、芸術家として少しも恥入ることではありません。自分が好きな作家が世に出るための手伝いをする。そういった援助が、文化というものを支えているのです。その方も、あなたの才能が世の中に認められることを望んでいるのです。私も協力させていただきます。あなたはあなたの作りたいものを迷うことなく作ればよろしいのです」

明日にでも作品を画廊まで届けることを約束して、聡子は電話を切った。工房に入ってすぐにあの花瓶を取り出した。手をかけた。研磨にはひどく苦労した。愛着のある作品であることと同様、手放す喜びもそこにあった。


案の定、それから一か月、芦沢からは何の連絡もなかった。それでも指定された日に決まった金額が振り込まれていた時、聡子は初めて、自分から連絡を取った。

指定されたホテルのバーで、夜景を背に芦沢は聡子を見ている。光線の加減か、芦沢の頬には濃い影が落ち、それがひどく他人行儀に見えた。

「お金はお返しします」

芦沢はわずかに頷《うなず》いた。

「そうか。もう、何もかもわかってるというわけだ」

「はい」

「勘のいい子だ」

そして目元に皮肉な笑みを浮かべた。

「意外とあっさりしているんだな。拍子抜けしたよ。手切金とか、もう少しゴネられると思った」

「それが契約というものでしょう」

「私からの援助がなくなっても、食ってゆけるのか」

「作品が売れました。アート展に入選した花瓶です。新しい注文ももらいました。ですから気になさらないでください」

「そうか、売れたのか。なるほど、いいタイミングだったというわけだ」

芦沢は素っ気なく言い、グラスを口に運んだ。

「最後に、聞いてもいいですか？」

聡子は少しも減らないグラスを手のひらで包んだ。

「ああ」

「一度でも私を愛したことがありますか？」

言ってからすぐに後悔した。何故、そんなことを口にしたのか、自分でも理解できなかった。聡子は自分の言葉に狼狽《うろた》え、傷ついていた。そして追い討ちをかけるように、返って来る言葉でもう一度傷つかなければならなかった。

「そんな下らない質問はしないことだ」

芦沢は短く言い放った。芦沢特有の傲慢で無関心な言葉。それは完全に聡子の胸を打ち砕いていた。夜の底に砕けた思いだけがゆっくりと沈んでいった。


皮肉なのか、幸運なのか、仕事は順調だった。

「例の方が、ゴブレットを五客揃《そろ》えて欲しいそうです。あまり大振りではないものを、注文はそれだけです。色やデザインはあなたに任せると言っています」

定期的に買い入れてくれる客は、まさに聡子にとって貴重な糧《かて》だった。聡子は自分の生活とこの住み慣れた工房のために、夢中で制作した。

漠然とだが、聡子はその人に母を感じる時があった。展覧会で偶然に見たというだけの理由では少し不自然過ぎる。それだけでこんなにも肩入れしてくれるものだろうか。

買い上げた作品の金額もかなりになっている。

母の行方は知らない。母を憎むほど、母のことを覚えているわけでもなかった。もし今、会うことができたなら、ただ尋ねてみたいと思う。何があなたをそうさせたのか。しかし、画廊の山原は決してその名をあかそうとはしなかった。そして聡子の方も、今は詮索に心を砕く余裕はなかった。

それからふた月後、聡子はあるデザイン展で最優秀賞を受けることになった。スポンサーに大手のインテリア会社がついていることもあり、思いがけず作品は注目された。それによって注文も予想以上に増え、聡子は嬉《うれ》しい悲鳴を上げなければならなかった。ガラス工芸作家としての一歩は、確実に踏みだされていた。


それから一年近くがたち、聡子の環境はすっかり変わっていた。大学の助手もやめ、今は制作に没頭するだけの毎日を送っている。時々、デザイン学校の講師を頼まれたり、雑誌からの取材を受けることもある。最近、東京で個展を開かないかという話も舞い込んで、聡子は毎日を忙しく過ごしていた。

例の方は、今も聡子の作品を買い続けてくれている。どんなに忙しくても、聡子はその人からの注文だけは断ったことはなかった。もしその人がいなければ、今の自分はなかっただろう。芦沢からの援助が切れて、工房も手放さなければならなかった。工房があったからこそ、次の作品も制作することができたのだ。

斎場に続く道の両脇は白一色の献花で埋めつくされている。風が少し出て来たのか、時折、花びらが道に舞い落ちる。

胸の奥にずっとくすぶり続けていた硬い痼《しこ》りのような思いを抱えて、聡子は斎場へと歩いてゆく。来る必要などなかったかもしれない。けれど、こうして一人立ちした自分を芦沢に見せ付けてやりたいという気持ちもどこかにあるのだった。

仕事柄か弔問客は多く、焼香にもかなりの時間が必要だった。祭壇に飾られた芦沢の写真が近付いてくる。笑っている顔は、もしかしたら初めて見る彼かもしれない。まるで知らない誰かのように見えた。知らない誰かであってくれたら、という思いもあった。

焼香台の前に立つと、何かを深く考え始める前に、聡子は香をつまみ上げ、目を伏せた。自分にとって芦沢は、別れを告げたあの時に死んでしまった。ここに眠る男は私とは何の関係もない。すると怒りにも似た感覚が身体を掠《かす》めてゆく。聡子はもう写真の芦沢と顔を合わせなかった。すぐに背を向けて、焼香台から離れた。

「芦沢さん、ずいぶん長い間療養なさっていたらしいね」

「一年以上だろう。本人はその時から覚悟は決めていたらしいけど」

「あの人もいろいろあくどいことをして来たからね」

「因果応報ってやつかな」

背後から話し声が聞こえる。彼らの雑談は思いがけず聡子の足を止めさせた。一年以上も前、その言葉が引っ掛かっていた。

まさか、芦沢は私と会っていた頃にもう自分の病気のことを知っていたのだろうか。

不意に聡子の中で何かがぐらぐら揺れ始めた。何が揺れているのか、自分でもよくわからなかった。とても大切なことをどうしても思い出せないもどかしさのような、戸惑いのような、焦りにも似た不安が身体を包み込む。

そこに立ち尽くしている聡子に気をきかせたのか、係りの人が導いた。

「お差し支えないようでしたら、どうぞ、こちらで最後のお別れを」

「いえ、私は……」

「さあ、どうぞ」

聡子は少しの迷いの後、従った。

棺《ひつぎ》の周りには家族らしき人たちがいた。あの女性が妻だろうか。平凡な人だった。聡子は平静な気持ちで会釈した。

棺の中で、芦沢はひっそりと横たわっていた。目をしっかりと閉じた顔はすっかり頬の肉が落ちていた。小さくなったと思った。聡子のベッドで眠る芦沢よりひとまわりもふたまわりも。かつて抱き合った男。身体から流れ出るものを啜《すす》り合った男。軽い吐き気が胸元からこみあげて来る。

もう別れは済ませている。送る言葉は何もない。聡子は屈んで花を落とそうとした。その時、不意に目が奪われた。棺の中に見覚えのあるものを見つけていた。まさかと思った。しかし間違えようもなかった。それは聡子が作った花瓶なのだ。アート展に入選したあの花瓶。それだけではない、ゴブレット、飾り皿、ワイングラス、他にも様々なものが並べられている。それはすべて画商を通して注文された作品だった。

何故ここに、何故ここにあるのだ。

それを問う聡子の身体はすでに小刻みに震え始めていた。

何もかもが、解かれてゆく。

聡子は目を閉じた。

そう、何もかもが解かれてゆく。


棺は閉められ、火葬場へと移されて行った。

聡子はひとり天を見上げていた。芦沢を思った。あんなに会っていながら、あんなに抱き合っていながら、私はいったい芦沢の何を見ていたのだろう。

雲は自らの重みに耐えかねて、やがて嗚咽《おえつ》するかのように細かい雨を落とし始めた。

雨ははらはらと、ただはらはらと髪や肩に降り落ちる。柔らかな春の雨だった。
しかし、それはまるで玻璃《はり》の雨のように聡子の全身を刺し続けた。

# やさしい言葉

藤堂 志津子

**藤堂 志津子**
とうどう・しづこ

1949年北海道生まれ。19歳で詩集『砂の憧憬』を刊行。広告代理店勤務を経て、87年小説『マドンナのごとく』で第21回北海道新聞文学賞を受賞。89年『熟れてゆく夏』で直木賞、2001年『ソング・オブ・サンデー』で島清恋愛文学賞、03年『秋の猫』で柴田錬三郎賞をそれぞれ受賞。ほかに『かそけき音の』『桜ハウス』『隣室のモーツァルト』『きままな娘 わがままな母』などがある。

一時間の残業を終えて会社をあとにした綾子《あやこ》は、木枯しの吹きすさぶなか、札幌《さっぽろ》JR駅前の通りへとでて、そのまま南にむけて歩きはじめた。

するどい冷たさをはらんだ風だった。

ウールの黒いオーバーコートと、首から胸に二重に巻きつけたワイン・レッドのストールも、その激しい風の勢いを完璧には防ぎかねた。

コートとスーツのあいだに、たちまちに冷気がしのびこむ。

だが綾子はタクシーを拾おうとも、地下鉄を利用しようともしなかった。

浩一《こういち》と会う約束になっているその店に着くまでに、気持をほころびなくととのえておきたい。

そのためには、ゆっくり歩いてゆくだけの時間が必要だった。

以前にも何回か会社から歩いて同じ店にいったことがある。やはり浩一とそこで待ちあわせていて、少し考えごとをしたかったからだ。確か二十分ぐらいでたどり着いたように記憶する。

いま、綾子の心は平静だった。

この状態なら、ふつうの会話のなめらかさで別れを切りだせるに違いない。

そして浩一もあっさりと引きさがってくれるだろう。

もともと彼には綾子に対する愛情はないはずなのだから。

たとえ浩一が別れをしぶる様子や言葉を示したとしても、それは彼の最後のサービス精神からでたもので、本心ではありえない。

内心では、おそらくほっとし、綾子の相手をしていたきょうまでの半年間から解放された喜びをかみしめるだろう。

ただ浩一のことだから、一応、儀礼的に別れの理由をたずねてくるかもしれなかった。

そのとき綾子がどう答えるかによって、彼はすばやく、いつものように、こちらの気持をくすぐる台詞《せりふ》を言ってのけ、別れをしめくくろうとするにきまっている。

たずねられた場合の返答が、まだ綾子には見つけられなかった。

うらみっぽい態度は避けたい。愚痴めいた言葉のかけらも、もらしたくはない。

浩一が「いたずらに」綾子とつきあっていたことを、いまさら暴き立てても、いっそう後味の悪さを残すだけだ。

いや、浩一は悪びれもせずに、事実を素直に認め、「やだな、知っていたの」と、例のおっとりとした調子で苦笑するだけかもしれなかった。まさに「いたずら」をとがめられた少年のように。

後味の悪さが残るのは、綾子のほうだった。

四ヵ月前に事実を、彼の「いたずら」を知ったとき、綾子は打ちのめされた思いと同時に、口のなかに苦いものが広がった。みじめさと屈辱感が全身を走り抜けた。

浩一を責める気にはなれなかった。

むしろ、いとも簡単に彼の女扱いのテクニックの上手《うま》さにはまりこんでいった自分の愚かさが痛感された。

浩一という恋人をえて有頂天になっていた状態から、一挙にしらじらしい現実に立ちもどり、つらさを味わいながらも、結局、綾子は彼の「いたずら」に気づかないふりを装うことに決めた。

口先だけとわかっていても、浩一の甘いささやきは、つかのま綾子の励みになった。

やさしさを演じているだけと知りながらも、彼のいたわりに満ちた仕草は、一瞬の心地良さをもたらした。

当時の綾子には、まだそういう相手が必要だった。

浩一がふんだんに示す、こちらを思いやる言動のかずかずを、それに飢えていた綾子のひからびた心は、むさぼるように吸収してゆく。嘘《うそ》とわかりながらも、気持はうるおってゆく。

四ヵ月前のその時点で、浩一を信じきっていた綾子は、定期預金のひとつを解約してしまっていた。

それはデート費用にあてるためである。

浩一は、三十二歳の綾子より六歳下のサラリーマンであり、当然、年収の差はおおよその見当がつく。

デートのたびに、仮に割り勘にしても、彼に負担をかけるのは心苦しかった。

そう思うほどに、綾子はのぼせていた。

また久しぶりに恋人をえたというのに、しみったれた場所でのデートは、なんとも味気なく、つまらない。華やかに、たっぷりと楽しさを満喫したい。

綾子の飢えた心は、満たされなかった年月をうめるように、そこにも貪欲になった。

年上の者が年下の者におごっても、なんの不しぜんもない、綾子はそう自分に言い聞かせ、浩一にも、そのときだけ、年上、を強調した。

浩一はこだわらなかった。

いまになって、彼の淡々とした反応も納得がゆく。

所詮、彼にとっては綾子との関係は「いたずら」だったのだから、綾子が自分からそれを言いださなくとも、いずれ、むこうから、そういうようなことを仕向けてきたに違いない。

「いたずら」を知った四ヵ月前、綾子は自分の愚かさをみじめに受けとめながら、解約した預金が底をつくまで浩一とつきあってゆこう、と考えた。

それで、すべてをおしまいにする。

もちろん、その前に浩一がはなれてゆくのなら、とめはしない。

木枯しのなかを、歓楽街・薄野《すすきの》へ歩きながら、綾子は、まだ、彼から別れる理由を問われた場合の答えが見出《みいだ》せないでいた。

残っている預金は、今夜の食事代できれいになくなってしまう。

だから、きょうかぎりで浩一と別れる。

しかし、こうした内情までさらけだしたくはなかった。

この話をしたなら、浩一は勝ち誇った表情をするかもしれない。自分の「いたずら」は満点の成果をおさめた、と。

そして、そのそばで自分は一体どんな顔つきをしているのだろう、綾子は他人事《ひとごと》のように想像する。自嘲の気持が、そんな光景を思い描かせる。

浩一と会うのは南七条西三丁目にある「薄野・仲寿《なかず》し」だった。本店は豊平《とよひら》区の中の島にあるけれど、綾子はそちらにはいったことがない。

駅前通りに面したビルの一階にあるその店の、路上に置かれた長方形の看板が見えてきた。

看板は和紙を思わせる白い表面に、細筆の黒文字で店名が記されている。走り書きのようなその文字は、そこはかとない、はかなさを漂わせ、看板の内側のあかりを受けて、品よく浮かびあがっていた。

店内に一歩ふみこむなり「いらっしゃい」という威勢のよい、張りのある声で迎えられた。

この店の責任者であり、他の従業員から「大将」と呼ばれている店主の、いつもながらの声だった。

浩一はすでにカウンターのいちばん奥の席、レジ台の手前のそこにすわっていた。目の前にはビール罎《びん》と泡を浮かせた小ぶりのグラス、小鉢ひとつが置かれているだけで、料理の注文はまだらしい。

彼はいつもこうだった。どれだけ早く店にきたとしても、綾子があらわれるまで注文をひかえ、ビールだけを飲んで待つ。いちどだけ綾子は言ったことがある。「先にはじめていてくれればいいのに」浩一は屈託のない笑顔を見せた。「やっぱり、ふたり一緒でなくちゃ、料理もおいしくないでしょう」

レジ係の女性にオーバーコートとストールを手わたし、綾子は浩一の隣の椅子に腰かけた。客はほかに五十代らしき男性のふたり連れがいるだけだった。

「いらっしゃいませ」

とカウンターの中に立つ店主があらためて体をこちらにむけて会釈をする。

三十代なかばの、色の黒い、折目正しい男性で、くずれた雰囲気はいっさいなかった。どこで息抜きしているのだろうか、と思うぐらいに、その仕事ぶりは徹底している。

「さて、きょうは何から注文しましょうか、浩一さん」

綾子は心持ち背すじをのばして、鮨《すし》ネタの並んだガラスケースのなかを眺める。

この店の特長はこのケースだった。よく見かけるカマボコ型のではなく、客側にむけてやや傾斜をつけた平台に、間隔をあけて正方形のケースがおさまっている。

鮨ネタの下に敷かれた笹《ささ》の葉の下には、ぶ厚い氷がかくされ、それが冷蔵の役目をはたしているという。真夏でも、やはり電気ではなく氷だけでネタの鮮度を保つ。

ケースを交互に見わたしている綾子に、店主がさりげなくすすめてきた。

「きょうは厚岸《あっけし》の生ガキが入っておりますが」

生ガキは綾子の好物だった。それもケチャップやぽん酢で食べるのではなく、レモン汁をかけたのが、いちばん好みにあう。厚岸は釧路《くしろ》市の近くで、カキの産地としても名が知られている。

「じゃあ、その生ガキをまずいただきます」

「ぼくも生ガキ」

「それからお刺身はアワビとツブ貝を切ってください」

「ぼくはトロとカニの爪」

「承知しました」

　それからふたりは黙って店主のむだのない、てきぱきとした動きに見つめ入る。

奥に長いL字型のカウンターには十三脚の黒い木の椅子が並んでいる。

　出入り口の近くに大きめのテーブル席がひとつだけあるけれど、そこは半透明の黒い布で仕切られているため、一見したところカウンターだけの店のような印象を受ける。客層はわりあいに年齢が高い。会社の接待に使うひとびとも少なくはないようだ。「品書き」なるものが店のどこにも見当らない。すなわち鮨や刺身の値段が、その場ではいっさいわからないようになっている。それだけで二十代あたりの客などは気後れしてしまい、うかつに注文できなくなる。

　ここでは綾子と浩一のカップルは、いささか場違いなくらい若かった。

　綾子はかつて会社の上司に連れてこられ、だいたいの値段は知っていた。安いとは、けっしていえない。だが東京などの、このレベルのネタを食べさせる鮨屋と比較すると、相当に安あがりの店といえるだろう。

　浩一と親しくなり、彼がステーキよりも鮨を好むと知って、まっ先に思い浮かべたのがこの店だった。

なんの予備知識も吹きこまずに彼を連れてきた日、浩一は予想外に怖気《おじけ》づかなかった。「いい店だな」と珍しそうに店内を見わたしてはいたけれど、おかしな遠慮はせず、綾子のすすめるままに数皿の刺身をたいらげ、鮨を頬ばった。その注文の仕方から、場馴《ばな》れしている感じがした。

話の断片から、新潟にある彼の実家がかなり裕福らしいと想像していたが、このカウンターでの物腰から、綾子はいっそう確信を深めた。

ふたりの前に刺身の盛りあわせが、それぞれさしだされた。生ガキを三個ずつ並べた皿も運ばれてくる。そこでビールから日本酒にきりかえた。

「うん、いつ食べても生ガキはうまい」

そう言いながら浩一は同意を求めるように、綾子にほほえみかける。その表情からは、なんの邪心ものぞいていない。

だが、さほどの努力もせずに、いつだって、すばやく、巧みに、こういう笑顔を作りだせる、ある種の才能が、これまでに何人もの女性に「いたずら」を仕掛けられたのだろう。

容姿は問題ではなかった。ほどほどの清潔感と、女心をくすぐる言葉を照れずに平然と、そして、どれだけまじめに言えるか、それが女を酔わせる重要なポイントだった。

浩一にしても、育ちのよさを思わせる、どこか、おっとりした面はあるにせよ、あとは中肉中背の平凡な二十六歳のサラリーマンである。

なんとなく綾子はつぶやいていた。

「これで何回ふたりでこの店にきたのかしら」

「十回はきていると思うよ。だって、月に二回はここで食事をしていたもの」

食事のあとは、市内のホテルへゆく。ベッドでのひとときがすむと、ホテル内のバーで軽く飲み、やがて別々にタクシーに乗って帰る。

浩一が自分で支払うのは、帰りのタクシー代だけだった。

四ヵ月前、浩一の「いたずら」を知るまでの綾子は、デートはできるだけ週末にしたいと望んだ。翌日の勤めを気にせずに夜ふかしができるし、ひと晩中、ホテルで一緒にすごすこともできる。

が、ここ四ヵ月間は平日の夜のデートにかぎられていた。

「週末はゆっくりしたいの」

綾子の申し出に、浩一はいつものようにいっさいさからわなかった。

「ああ、そのほうがいいかもしれないね。女のひとは肌の手入れとか、いろいろあるみたいだから。でも週末に会いたくなったら電話してよ、ぼくはいつだってかまわない。夜中でもね」

レモン汁をかけた生ガキの最後の一個を食べ終えたとき、横合いから浩一の手がのびてきて、綾子の皿に殻つきのカキを置いた。

「ぼくより綾子さんのほうがカキ好きだから、これ、あげるね」

子供っぽいやりとり……しかも、ここの支払いはだれがすると思っているのか……。

綾子は胸のなかで苦笑する。

しかし、この数ヵ月間、浩一の言動のいちいちに見えすいた嘘の匂いをかぎながらも、その手には乗るか、と気持を引きしめながらも、やさしい言葉に溶けてゆく片方の耳があった。


何もかも退屈でつまらない、三十歳の誕生日をすぎた頃から、綾子は自分自身を持てあましはじめた。原因はこれといってない。ただ職場でいつのまにか最年長の女性になっていたことと、入社以来、相変らず単調な事務の仕事をつづけているのが、ここにきて妙なむなしさをもたらしてきた。

気分はつねにめいっている。それをつかのまでも忘れ去ろうとするうちに、会社帰りに立ち寄る酒場が一軒、二軒とふえていった。

どの店も、かず少ない常連客で、かろうじて保《も》っているような、だからこそ、その仲間になりそうな綾子を歓待してくれる所だった。

アルコールが入ると綾子は、日中のベテランOLの顔をぬぎすてて、だらしない素顔をさらけだした。そうしたいとは思っていないのに、そうなってしまう。

わけもなく泣く場合もあったし、愚痴がとめどもなく口をついてでるときもあり、さらにはからみとしか思われない、しつこさで相手を閉口させたりもした。

半年前、やはり行きつけの酒場のカウンターで、綾子はふさぎこんだ状態でグラスを手にしていた。まだきたばかりで酔ってはいない。

しばらくして横にだれかがすわった。話しかけてきた。

「この前もここでお会いしましたよね」

「………」

「ぼく、おぼえてますよ。なんだか淋《さび》しそうで、とても気になる存在だったから」

「気になる？　この私が。どうして？」

「ぼくの好みのタイプだから」

いきなり耳もとをやわらかい羽根でくすぐられた心地がした。これまで言われたことのない言葉でもあった。

わざとからかうような口調を使った。相手はあきらかに年下とわかる。

「私がいくつだか知っているの？」

「女のひとに関しては、ぼく、年など気にしませんもの」

相手はまじめくさった表情で、ゆったりとそう答えた。きちんとした背広上下にネクタイをしめた、見るからに堅実そうなサラリーマンのようだった。しかも、ききもしないのに自己紹介をしてきた。

「波野《なみの》浩一といいます。K食品に勤めてます。札幌支社にきて、まだ一年半ですけれど」

約二時間ほど彼は綾子を相手におしゃべりをつづけた。饒舌《じょうぜつ》ではなかったが、仕事上の失敗談や郷里の話など、おもしろ、おかしく語って聞かせた。そのあいだに綾子の沈んだ気持はどこへともなく消えていった。

帰り際、彼は手帳を取りだして、とある店の名前と住所を書き、綾子の前にさしだした。名刺もそえられていた。

「一週間後のきょう、この店で夜七時にお会いしませんか。もし都合が悪くなったら、会社に電話をください」

信じられないなりゆきだった。

綾子はこれほどまでに積極的に男性から声をかけられたことはなく、しかも相手は二十六の若さである。六つも若い。

しかし、それからの一週間、綾子は言われた言葉を何回となく反芻《はんすう》した。そのたびに、うっとりと酔いしれた。

「ぼくの好みのタイプだから」

かれこれ二年つづいた退屈な日々は、この言葉で一挙にくつがえされた。

約束の夜七時、綾子はもっとも気に入っているスーツを着て、指定された店にいった。

その晩も浩一は、いくつもの殺し文句を、まじめな顔つきで口にした。

「年上の女のひとって、話していても手応えがあっていいですね」

「綾子さんみたいに話のあう女性、これまでいませんでしたよ」

「そのうち、ぼくから電話してもかまいませんか。この出会い、大事にしたいと、それぱかり思っています」

次に会ったとき、浩一の言葉はもっと大胆になった。

「ここ何日も、ぼくはおかしいんです。仕事をしている以外は、ずうっと綾子さんのことばかり考えてました。久しぶりですよ、こういう気持」

「そのうち綾子さんとホテルにいきたい。いえ、いそぎません。そういう気持になってくれるのを待っていますから」

「たとえ綾子さんが四十でも五十でも、ぼくは抱きたいと思ったでしょうね」

浩一が臆面もなく吐きだす言葉に、いちいち驚き、とまどいながらも、一瞬後には綾子の心は喜びにはずんだ。

彼に対する感情はあいまいだったけれど、激しい恋におちいっているような錯覚があった。言い寄られる快感、一途《いちず》に慕われるうれしさ、何よりも浩一の、あのとろけるような言葉が耳をほてらせる……。

ふたりがホテルにゆくまで時間はかからなかった。

そして、その日を境にして、綾子ははっきりと恋にのめりこんでいる自分を知った。体の関係が生じてからも、浩一の言葉の蜜は惜しみなく綾子の耳に流れつづけた。

ふた月がすぎ、浩一が出張で札幌をはなれているあいだに、綾子はふたりがはじめて出会った酒場に立ち寄ってみた。彼のいない淋しさと、恋愛のまっただなかの陶酔感がないまぜになり、この恋をそれとなくだれかに話したい心境だった。

酒場の六十がらみのママと他愛ないやりとりをかわしているうちに、ふいに相手が浩一の名前をだしてきた。

「綾ちゃん、あの波野さんとたまに会ったりしているの？　よしなさいよ、あのひとは」

「……なぜ……」綾子は用心深くママの口もとを見つめた。

「彼は学生の頃から、かなり遊んでいたらしいわ。綾ちゃんは酔っておぼえてないかもしれないけど、彼は何回か、あなたの姿をここで見かけてるの。で、私に言ったのよ、ああいう酔い方をする女なら、ぼくはひと月とかからずにオトしてみせる、モノにできる自信があるって。まあ、彼にしてみれば、ちょっとした、いたずら心からでしょうけれど。相手の女の身になってみればねえ、残酷ないたずらよ」

全身から血の気が引いていた。

数日後、出張からもどった浩一は、みやげと称してシルクのスカーフをくれた。

「綾子さんの顔を見てほっとした。ぼくにはやっぱり必要なひとなんだ、今回の出張でそれを痛感した。本当に会いたくてたまらなかったよ」

それから四ヵ月がすぎ、綾子が解約した預金は、今夜の「仲寿し」の支払いで、すべてゼロになろうとしていた。

時刻は七時半をまわり、カウンター席はすべてふさがってしまった。恰幅《かっぷく》のいいビジネスマンの四人連れ、和服姿のホステスらしき女性を同伴している白髪の男性、店主との会話の内容から観光旅行にきたらしい初老の上品な紳士といった顔ぶれである。

満席の注文を次々とさばいてゆく店主の動きは、いちだんと冴《さ》えを見せ、それまで奥の厨房《ちゅうぼう》で働いていた青年もカウンターにでてきて、小鉢の盛りつけなどをまかされていた。

生ガキと刺身を食べ終え、綾子たちも握りをいくつか頼む。日本酒の徳利《とっくり》も三本目になっていた。

四人連れのビジネスマンの話し声は大きく、店内にひびきわたるほどだったが、むしろ綾子はそのにぎやかさを利用しようと考えた。それとなく別れを切りだすチャンスだった。が、徳利を綾子のちょこに傾けていた浩一がひと呼吸早く、あらたまった口調で言っていた。

「じつはねえ、綾子さん……」

「なあに」

「ぼく、急に転勤になっちゃったんだ」

「転勤？」

「うん。東京の本社にもどれって。三年はこっちにいるはずだったのに、人事の都合で一年早められてしまった」

「いつ発《た》つの？」

「一週間後。うちの会社の転勤はいつもバタバタ決まってしまって、まったく、まいるよ」

皮肉な話だった。別れを告げるつもりが、転勤の報告を受けるはめになるとは、しかし綾子は心のどこかで安堵《あんど》してもいた。

このほうが妥当で、おだやかな別れになる。余計なやりとりをかわさずに、すんなりとさようならを言える。

「……そう、転勤なの……仕方のないことよね……」

さしだされたウニの握りをつまみ、ゆっくりと口に持ってゆく。

その瞬間、綾子はひらめいた。

転勤は、もしかすると、すでに半年前に予定されていたのではないのか。だから浩一は綾子を「オトす」という「いたずら」にふみきってみた。半年間だけの遊び相手、そう最初から計算し、さらに、たとえ綾子がしつこく彼を追いまわそうとしても、そう簡単には会えない地理的な距離も、その計算のなかに入っていたのではなかったか。

こう考えると、何もかもきれいに整理がついた。

「オトす」だいご味を楽しむだけなら、半年もつきあう必要はなかった。数回つきあって、綾子が本気に夢中になりだしたところで、振りすててしまえばいい。

だが、半年先の決着が見えているし、多分、浩一にしてみれば、綾子がデート費用をすべて引き受けてくれる気前のよさも、そうむげに手放すのはもったいない気がしたのではないのか。

「つらいよ、ぼくも」

浩一は沈んだ声でつぶやく。

「綾子さんとは、もっとじっくり知りあいたかったのに」

浩一の目の前には、穴子と赤貝の握りが置かれていた。しかし彼は手をのばそうとはせず、手酌で日本酒を飲みついでゆく。

その様子を綾子は冷ややかに見つめていた。

浩一の最後の演技とサービス精神を、とっくりと見物させてもらおう、感情はそれだけだった。

「半年間、本当に綾子さんにはよくしてもらった。感謝してるよ。ぼくはずっと甘えっぱなしだった」

綾子は浩一の言葉の途中から視線を正面の店主の動きへ移した。

浩一はうつむきがちに話しつづけた。

「自分がこんなふうな気持になるとは思ってもみなかった。ぼくはいいかげんな人間でね、綾子さんにも言えないような悪さを、いっぱいしてきた。いまになって自己嫌悪にとらわれている。ぼくを変えてくれたのは、綾子さんなんだ」

包丁を握る店主の目は真剣そのものだった。全身から気迫のようなものがみなぎっている。

「むこうへいって落ち着いたら連絡するよ。しょっちゅうとはいかないけれど、会えない距離じゃないものね。それと、これはおせっかいだけど、綾子さんはもっと自分に自信を持っていいと思う」

綾子の片方の耳に、浩一のおしまいの言葉が、ひときわ、やさしく流れこんできた。

「取り柄のない女だ、と綾子さんは自分を卑下するけど、さっき言ったように、ぼくみたいないいかげんな人間じゃないのは確かだもの。でも、うれしいよ。綾子さんは、はじめて会ったときより、この半年間でずうっと明るくなった。このままでいてほしいな。でないと、ぼく、心配でたまらないよ」

あくまでも、やさしさに満ちた口調だった。

綾子は解約した預金の額を思い出す。二百万円はこえていた。そして、その金額でえたのが、いま浩一の言った明るさだったのかもしれない。いつわりとわかりつつも、たえまなく吹きこまれた彼のお世辞や称賛のかずかずが、その明るさをもたらしてくれた。

「綾子さんはすてきなひとなんだよ。とても誠実だし、やさしいし、おかしなふうに我を張らないし。だから、うんと自信を持っていいんだ。ぼくはそう思う」

見事なくらいの励ましをふくんだ、やさしい言葉だった。

つかのまの沈黙をはさみ、浩一はそこが鮨屋のカウンターであるのを失念したように、低く、けれど強く言いきった。

「ぼく、綾子さんが好きなんだ」

完璧なしめくくりだ、綾子はその演技力に拍手を送りたい思いだった。

ついに最後の最後まで浩一は綾子をだまし抜こうとした。そして、やりとげた。

冷ややかな心でそう突き放して眺めながらも、そして、いま浩一が口にした台詞を嘘と知りながらも、この先、何回となくよみがえらせ、ささやかな支えにしてゆくに違いない自分が見えた。

「ありがとう」

正面をむいたまま綾子は抑揚なく言った。

「きょうまで浩一さんは、やさしい言葉ばかり言ってくれたわ。やさしい言葉だけを」

予想どおり、転勤してひと月がすぎても浩一からの音さたはなかった。

未練からではなく、もう一点の疑いの真偽を確かめるため、綾子は浩一がいた札幌支社に電話をかけてみた。

「その者でしたなら」

と、電話にでた相手は答えた。

「ひと月ほど前に会社を辞めました」

一年がすぎた。

浩一と別れた日と同じ木枯しのなかを、ひとり暮らしのマンションの部屋に帰ってくると手紙がとどいていた。ありふれた白い封筒だった。

差し出し人は浩一で、住所は新潟になっている。

手紙の内容は、連絡が遅れたことへの謝りからはじまり、突然の退職は家業をついでいた兄が病気で倒れてしまったためだったこと、綾子にくわしい説明ができなかったのは、家業の跡継ぎをめぐっての問題が入り組んでいて、あの時点では浩一にもどうなるか判断がつかず、また因習やしがらみにうるさい一族もうしろにひかえていて、六つ上の綾子の立場を考えると、安易な口約束はできなかったといった事情が、ざっと書かれてあった。

「しかし、一応の見通しはつきました。近々、こちらに遊びにきませんか。週末を利用してでも。

そのとき、あらためて、いろいろとお話ししたいと思っています。

もう、いいかげんなぼくではありません。

信じてください」

浩一が「仲寿し」で、ひとり言のようにしゃべりつづけていたそのひとつ、ひとつが、あざやかに思い返されてきた。

この一年間、胸のなかで、くり返してきたやさしい言葉。嘘と決めつけながらも、やはり、それにすがっていた自分。

しかし綾子を「オトす」ことに成功した浩一のその気持は、いつ、どんなきっかけで変化していったのだろうか。

綾子には、まったく心当りがなかった。

あるいは浩一は、平凡なＯＬの綾子がデートのたびに負担する、少なくはない金額、半年もつづいたそのことに、彼なりの何かを感じ取っていたのかもしれない。

手紙を握りしめたまま、ぼんやりと部屋のまんなかに立ちつくす。

窓のそとは木枯しが吹き荒れていた。

けれど長いあいだかかえていた綾子の心のなかのそれは、いつのまにか消えはてていた。

静かな、ぬくもりの広がる予感がした。

# 微笑と唇のように結ばれて

中島 らも

**中島 らも**

なかじま・らも

1952年兵庫県生まれ。2004年逝去。大阪芸術大学卒。印刷会社、広告代理店勤務を経て、独立。小説、エッセイ、戯曲、音楽など多彩な活動を開始する。1992年『今夜、すべてのバーで』で吉川英治文学新人賞を、94年『ガダラの豚』で日本推理作家協会賞をそれぞれ受賞。ほかに『お父さんのバックドロップ』『人体模型の夜』『白いメリーさん』『アマニタ・パンセリナ』『水に似た感情』『砂をつかんで立ち上がれ』などがある。

ドアチャイムに伸ばした手を、私は空中で停止させたまま、長い間考えていた。

マリカがこの部屋の中にいる。私の知らない男の部屋に。

チャイムを鳴らせば、私はその愚かな行為のために、全てを失ってしまうのではないか。私の魂を、生命を、そしてそんなものよりもっと大事なものを。マリカは、私の生きている意味の全てだ。私はそれを失うのではないか。私はこのまま立ち去るべきではないのか。

私は上げていた腕を下ろした。何気なくドアのノブを触ってみる。

鍵はかかっていなかった。

押すと、ドアは静かに開いた。

玄関口に、男ものの革靴とマリカの小さなハイヒールが仲むつまじく寄り添っている。

それを見た途端に、私の体の中で血の流れが一瞬凍りつき、次に逆流した。

私は投げ捨てるように自分の靴を脱ぎ、マンションの中にはいっていった。

八畳ほどのキッチンがあった。

テーブルの上に食物が散乱している。

かじりかけのサラミソーセージ。丸太のようなハム。三分の一ほど残された皿の上のステーキ。ステーキというよりは生肉に近いようなレアだ。切り口から鮮血がにじんでいる。別の皿の上には山盛りの菠薐草《ほうれんそう》のソテーがのっている。そしてウイスキーの空壜《あきびん》が二、三本。一べつしての私の印象。

「何なんだこいつは。ヴァイキングの首領か何かか。日本人の食生活じゃないな」

キッチンを抜けると無人の居間があり、そこにも生卵の殻やソーセージが散乱していた。

その奥がどうやらベッドルームらしい。

私はそのドアを「蹴った」。

部屋の半分ほどを占めるベッドの上に、見知らぬ男とマリカが裸で横たわっていた。

マリカが上半身を起こした。少し小さめの形のいい乳房がふるふると揺れている。

マリカは私を黙って見つめた。

別に驚いた風でもなく、淋《さび》しそうな微笑を口元に浮かべている。

彼女の頬は、美しい色に上気していた。目は強い光を放っている。そして、微笑《ほほえ》んでいる唇は、小さいが官能的に厚く、苺《いちご》のように赤く光っていた。

「つけてきたのね」

マリカが言った。

「そうだ」

私は、上体を起こしたマリカの裸身の陰になっている男の方に目をやった。

「お友だちを紹介してくれないか」

男はまだ若かった。二十六、七歳だろうか。

突然の私の侵入に、飛び起きるでもない。

横になったまま、半眼に開いた目で私の方を見ている。顔色は上質の紙のように白い。

青味の勝った白だ。目は焦点を結んでいない。

「この人？　辰巳《たつみ》さんっていうのよ」

「なるほど。で、この辰巳さんはどういう人で、君とはどういう……。ま、こんな状況で、どういう関係もないだろうがね」

私は、精神力の全てをふりしぼって、冷静さを装った。

「どういう……って言われても、ダーリン。困ってしまうわ。よく知らないのよ、この人のこと」

「知らない？」

「二、三日前に知り合っただけなんですもの。この人、私の車に追突してきたのよ。それで知り合って……」

「いまこうしてるってわけか」

「困ったなあ」

そう言ってマリカは頭を掻《か》いた。とても可愛《かわい》い仕草だった。私は思わず腕を振り上げて彼女を殴ろうとした。そのとき、ベッドの上の男が小さな声で言った。

「すいません。水を一杯くれませんか。……あ、ミルクの方がいいかな……」


マリカに初めて会ったのは半年ほど前になるだろうか。

私が経営している画廊に、彼女はある日突然舞い降りてきた。文字通り、私は「舞い降りてきた」という印象でしかうまくその感じを伝えられないのだ。

そのとき、私の画廊ではラファエル前派の小品を集めて、商売にもならないエキシビションをやっていた。普通はこんなものは百貨店が客寄せにやるような企画なのだ。海外からの借り物の絵画は、売るわけにはいかない。大赤字しかもたらさないのが前提の、いわば私の道楽の企画だった。

三十年近く、父親に譲ってもらった画廊を経営していて、私にはけっこうな資力がすでに備わっていた。画廊自体はただのショー・ウィンドウであって、そこで物が売れようが売れなかろうが、たいしたことではない。

私の収入源は、絵画を投機対象として札束をふりかざしてくる企業や資産家たちだった。彼らと、ニューヨーク、パリの画商たちとのパイプ役をつとめる。それだけで年に何億という利潤が私のもとに転がり込むのだ。

せめて、自分の画廊では道楽をやらせてくれ。ラファエル前派の企画は、そんな私の意思表示だった。

このときの目玉作品としては、南オーストラリア美術館から、J・W・ウォーターハウスの「嫉妬に燃えるキルケ」、ロンドンのギルドホール・アートギャラリーからフレデリック・レイトンの「音楽のおけいこ」、ニューヨークのフォーブズ・マガジン・コレクションから、同じレイトンの「お手玉遊び」などの名作を借り受けた。顧客の持っている政治力と私の力を使えば、この程度のことはできる。

私はこれらの絵がとても好きなのだ。

ことにレイトンの二作品は、一度は自分の部屋で一晩中眺めてみたいと、つねづね考えていた。

「音楽のおけいこ」は、若い母親が、小さな娘にトルコの楽器「サズ」を教えている光景だ。ぷっくりした子供の愛らしさもさることながら、この母親の慈愛に満ちて、オーラでかすんだような、とろけるような美しさ、甘やかさ。

「お手玉遊び」も美しい作品だ。透けるような薄絹をまとったギリシアの少女が、牛の趾骨《しこつ》の小片をあやつってお手玉遊びをしている。異様に紅潮したその頬は、お手玉に恋の占いでも託しているせいではないのか。

こうした絵に囲まれて、人気のない画廊にたれこめているときの私の幸福をわかってもらえるだろうか。

私はときおり画廊を一巡し、額の中の彼女たちを眺める。客などは一人も来てくれなくていい。その方が私にとっては幸せなのだ。

マリカがそうした私の至福を、ある日現れて打ち砕いた。

というのはこういうことだ。

彼女は、絵の中のどの女よりも美しかったのだ。

マリカは、乳と蜂蜜でできたような印象、肌、香気を持った女だった。

初めて彼女が画廊に現れたとき、私はすべるように歩むその後ろ姿を呆然《ぼうぜん》として眺めた。

「五センチほど中空に浮いているのではないか」

と私が考えたほど、それは優雅で天上的な動きだった。

一巡りしたマリカは、入り口の受付テーブルにいた私の所へくると、私がいままで目にしたうちで一番優し気な微笑を浮かべてこう言った。

「素敵な絵ばかり。私、あの〝音楽のおけいこ〟っていう絵が好きだわ。おいくらくらいするのかしら」

　私は笑って答えた。

「ああ。お嬢さん。ここにあるのは、どれも売るわけにはいかないのですよ。欧米からの借り物ばっかりなんでね。高名な絵ばかりりです」

　マリカはとてもがっかりしたようだった。

「そうなんですか。これは、いつ頃の絵？」

「だいたい十九世紀、一八〇〇年代の絵画ですね。話すと長くなってしまいますが」

「長くなってもいいから教えてほしいわ。とても好きになったの。ここの絵が」

　きらきらした目で、マリカは私を見詰めた。


　そうしてマリカと私との付き合いが始まった。

　マリカは二十五歳だと言う。私はその倍以上の年齢だ。

　それでも、初めて一緒にとった食事は楽しかった。

　マリカは実に聡明《そうめい》で勘のいい女性だったし、体中から生命力のあふれているような女だった。

　イタリア料理の店で初めてのデートをしたのだが、マリカはよく笑い、しゃべり、そして私の倍くらいの量の赤ワインを飲んだ。

彼女と話をしていると、なぜか私はハシシュにでも酔ったように陶然とした心持ちになってくるのだった（私は昔、スペインでおおいにハシシュをやったことがある）。

不思議なのは、マリカが物を食べないことだった。ワインは驚くほど飲むのに、皿には手をつけない。前菜は私一人で食べ、パスタをたいらげた私に、彼女は自分のスープを押しつけた。

「どうして食べないんだい」

「そんなこと女の子に訊《き》かないでほしいわ」

「ダイエットしてるのか」

「そうよ。ダイエットしてるのよ。カトンボみたいにやせて、もっともっとやせて、そのままこの世からいなくなってしまいたいの」

「それにしてはよく飲む」

「赤ワインはね、はいるところがちがうの」

「このあと、君にスズキと私にカモを頼んでしまったんだが。まさかその両方とも私が食べることになるんじゃないだろうね」

「ふふふ。どう思う？」

私の生涯のうちで、あれほど腹一杯になってレストランを出たのは初めてのことだった。

二回目に「フランス風中華料理」なる店に行ったときもそうだった。最後近くに出てきた「ミル貝クリーム煮上海風《シャンハイふう》」というやつ。目を白黒させて対決している私。マリカはそれを面白そうに眺めながら、花彫酒を啜《すす》って涼し気な風情だ。

「このあと、杏仁《あんにん》豆腐ってのが出てくる。それだけは食ってもらうからな」

「やった。私に命令する権利ができたんだ」

「え？」

結局、杏仁豆腐は私が一人で食べた。

その夜、私はマリカを抱いて寝た。私の画廊の床に毛布を敷いて、たくさんの絵に見られながら、私たちは初めての夜を過ごした。

私は四十前に離婚してから、実に十数年ぶりに艶っぽいことをしたことになる。

マリカとのセックスは、彼女と最初に話したときの印象にとてもよく似ていた。

ハシシュの緑色のジャムをなめたように、全身が陶然となる。肌と肌が触れ合うたびに、体中の見えない細毛がお互いにじゃれ合っているかのような愉悦を感じる。骨がらみに抱きしめても、マリカの体は奥底が知れないように正体がない。吸いつける赤い唇は、魔法の壺《つぼ》のごとく蜜を吐き続ける。

接合して数分もしないうちに、私はマリカの中に自分の全てを注ぎ込んだ。

そして、その後に深い眠りに襲われた。

それは、たとえば「死」というものがこれに一番近いと思われるような、底のない眠気だった。

眠っていたのは、それでもごく短い時間だったと思う。

首すじのちくちくする、甘くてかゆい痛みで目が醒《さ》めた。

マリカが私の首すじにキスをしていた。

いや、キスをしていたのではない。私の首の血管に鋭い犬歯を突き立てて、そこからあふれる血を吸い取っていたのだ。

どのくらいの時間、マリカが私の血を吸っていたのかは知らない。私の全身から力が脱《ぬ》けていた。上半身を起こそうとしても起こせない。

「いやだ。起きちゃったのね？」

マリカが言った。

「面白いことをしてるな」

「ごめんなさい」

「あやまることなんかない。それが君の食事ってわけなのか」

「ごめんなさい」

「あやまることないって、言ってるだろ」

「〝嗜血症《しけつしょう》〟って言うんだって。普通の食べ物を受けつけないのよ。ミルクとか血とかお酒とか蜂蜜とか、そういう高カロリーの流動食しかだめなの」

「そういやあ、アフリカにもいるけどね、そういう部族は。牛の血と乳だけで生きてる……」

「日本にいるのは、私んとこの家系だけみたいよ。吐いちゃうの。何を食べても、固型物は」

「流動食ならいいのか」

「それも、果汁とか牛乳だけじゃ、やっぱり持たないの。血でないと。赤血球とか白血球とか血小板とかが、みんな生きててオーラを持ってる、生きてる血でないと。それがないと、私、どんどん弱っていくの」

「ああ、そうなのか」

「ちゅうちゅう」

「おいしいか」

「うん」

「いいよ。どんどん吸って」

「もう、よくなった」

「おなか、いっぱいになったのか」

「うん」

「よし。じゃあ、寝よう」

この日から、私とマリカは一緒に暮らすようになった。とても満ち足りた生活だった。ただ一つ困るのは食生活だ。マリカは何も食わない。私の提供する血だけが彼女の生命源である。そのために、私は毎日毎日、胃が破裂するほど食った。肉はなるべく生で食い、ニンニクは溶血作用があるので一切とらない。血中の微量金属をおぎなうために、根菜類や海草、青菜なども山のように食べる。

それだけの努力をしていても、私の体重は日に日に減っていった。顔色は徐々に蒼白《あおじろ》くなっていった。

それでも私は、マリカに血を提供することを止《や》めなかった。

マリカの温かい唇を首すじに受けながら、陶然と意識を失っていくあの心持ち。うつろな気分の中で交わす会話。

「ねえ、もう止めようか」

「どうしてだ」

「だって、もらい過ぎだもの」

「かまわない。もっと欲しいんだろ」

「でも、あなた、死んじゃうもの」

「いいから、やってくれ」

「じゃ、もう一吸いだけね」

「うむ」

「あした、ステーキ買っとくからね」

「うむ」


マリカはうなだれて、私の画廊の床の上に座っている。膝小僧がふたつ、カリンの実のようにぴっちり寄り添っている。

「つまり、こういうことなんだな。浮気とかそういうのじゃないんだと」

「浮気とかそういうのじゃないの」

「私にわかるように説明してくれよ」

「それは……。仮に『生命値』ってものがあると考えるでしょ？」

「ふむ」

「私の維持しなくちゃいけない生命値は五十なの。ダーリンの持ってる生命値も五十なの。だったらどうなるの？　私が生きていくためには、あなたの全てを吸い取らないといけないことになる」

「だからよその男のを吸うことにしたわけか」

「その方が……」

「いいと思ったんだな」

「ごめんなさい」

「男に惚《ほ》れてバカなことをする。君は、一族の軟弱者なんだな」

「私の一族のことなんて知らないくせに」

「嗜血症のことは、腐るほど調べたよ。世界中にある病気で、心因性のもんだとされてるがね。自分を吸血鬼だと錯覚して、その結果ほんとうに人の血を栄養源にしてしまう妄想に駆られたりする。ブラム・ストーカーの〝吸血鬼〟以来、それが世界中に喧伝《けんでん》されて、幻想が現実を生んだりしている」

「私の一族の起源は、そんなものよりもっと古いのよ」

「古い？」

「中世ヨーロッパ以来の、女吸血鬼カーミラの一族だって言われてる。祖母が白系露人との混血だったから、うちの血にもそれが流れてるのね」

「にわかには信じられない」

「だって、私の名前が証拠よ」

「名前？」

「そう。マリカ、ＭＡＲＩＣＡ。これをいれ替えてみて」

「さて、よくわからない」

「〝MARICA↓CAMIRA〟になるでしょ？」

「あ……」

「代々そうやってアナグラムで、カーミラ家の一族であることを伝えてきたのよ」

「おやおや」

私はベッドに横たわった。

「名家のお嬢さんにこんなことを頼むのもなんだが、いつものやつをやってもらえませんかな」

マリカは目をまんまるにして言った。

「すぐするの？　もっと、お肉とか食べてからの方がいいんじゃないの？」

「いや、すぐする」

「しょうのない人」

マリカの柔らかな唇が、私の首すじの「いつもの傷」をおおった。小さな糸切り歯が、その傷の表面をおおった薄皮を、ギリッと引き裂く。血があふれでて、マリカの可愛い唇の奥へと吸い込まれていく。

私は、いつものように陶然となりながらマリカに言った。

「どうだね」

「いいわ。ダーリン」

「でも、私の分だけでは足りないんだろ？」

「足りる分だけもらったら、死んでしまうかもしれない」

「かまわない」

「え？」

「この前みたいなことがあるくらいなら、私は死んだ方がましだ。殺さないかわりに傷つけるくらいなら、傷つけずに殺してくれ」

「ほんとにそう思うの？」

「ああ。思いっきり吸ってくれ」

「ほんとにそうするわよ」

マリカの優しい唇が私の喉元に迫った。

私は、いま、とても、吸われている。

# 貞淑

山本 文緒

山本 文緒
やまもと・ふみお

1962年神奈川県生まれ。神奈川大学卒。87年コバルト・ノベル大賞佳作の「プレミアム・プールの日々」でデビュー。99年『恋愛中毒』で吉川英治文学新人賞を、2001年『プラナリア』で直木賞をそれぞれ受賞。ほかに『ファースト・プライオリティー』『アカペラ』『カウントダウン』『なぎさ』『落花流水』などがある。

女房のことは何でも知っていると思っていた。いや、正確にいうならば、もう俺は彼女の全てを知り尽くしてしまったと思っていた。

同級生だった美奈子《みなこ》を初めて抱いたのは、彼女の十九歳の誕生日だった。それから幾度俺は彼女を抱いたことだろう。あれから十年がたつ。その間に美奈子としたセックスの回数は、余裕で三桁を数えるだろう。いや、もしかしたらそろそろ四桁に乗るかもしれない。しかしその回数は、最初の五年ほどで稼いだ数だ。後半の五年は徐々に下降線を辿《たど》っている。

といっても、今でも俺は週に一度は美奈子を抱く。俺達は四年前に籍を入れたが、そのペースはずっと続いている。それが義務感からなのか罪悪感からなのか、実は女房を愛しているからなのか、俺にはよく分からない。ただいえることは、嫌なら抱かないだろうということだ。嫌ではないのだ。やりたいからやっているのだ。女房も生理以外の理由で俺を拒絶したことはないから、きっと嫌ではないのだろう。

慣れ親しんだ怠惰でお約束通りのセックス。若い頃はいろいろ工夫もしたけれど、最近のそれは、もう古典落語の域に入っている。最初から分かっている展開と分かっている落ち。しかし古典には古典の良さがある。笑える場所で安心して笑えるというのは、実にリラックスするものなのだ。

少なくとも俺はそう思ってきた。女房もそうだろうと思っていた。

そんなある日、いつものようにいつものことをいつも通りにしていたら、いつものように喉をのけ反らせて女房が果てた。しかしその時、彼女の口から漏れた言葉はこうだった。

ああ、エイジ。

それは俺の名前ではない。俺は和彦《かずひこ》だ。俺は動きを止め、常夜灯の下の見慣れた女房の乳房を見下ろした。彼女はいつものようにふっと息を吐くと俺の下から這《は》い出した。そしてすばやく脱ぎ捨ててあった下着とパジャマを拾って身に着ける。啞然《あぜん》としている俺を振り返りもせず、彼女はひとつ欠伸《あくび》をして隣に敷いた布団に入った。

裸で腹這いになったままの俺に、女房はいつものようにちょっと笑って「おやすみ」と言った。そしてくるりと毛布にくるまり、あっという間に健やかな寝息をたて始めた。

今自分が違う男の名前を口走ったことに、気がついていないとしか思えなかった。

「お、今日は若旦那が店番ですか？」

レジの横の丸椅子にぼんやり座っていると、緑茶メーカーの営業マンがやって来た。

「どうしました、シケた顔して」

大学を出たばかりの、その若い営業マンの顔を俺はしげしげと見た。

「〝食べられるお茶〟、少しは出ましたかね。あれね、スーパーなんかではわりに好評で」

「原田君、名前なんていうんだっけ？」

俺は彼の言葉を遮ってそう尋ねた。

「は？」

「名前だよ、下の名前」

「僕のですか？　博之《ひろゆき》ですけど」

組んだ膝の上に頬杖《ほおづえ》をついて、俺は唇を尖《とが》らせる。

「名前がどうかしましたか？」

「いや、何でもない」

釈然としない顔をしながら、彼は店の中を見回す。

「今日は奥さんはどうしたんですか？」

俺はそれには答えず、椅子から立ち上がった。

「あの〝食べられるお茶〟ね、奥さんもすごく気に入ってくれましてね。旦那さんは食べました？　お茶っ葉食べるなんて気持ち悪いと思うかもしれないけど、ほら、奥さんが作った新茶のクッキー、あれ、すごくおいしかったでしょ。ふりかけみたいにご飯にかけてもいいし」

懸命に自社の新製品について喋《しゃべ》る彼の唇を私は眺めた。こいつだろうか。でもこいつはエイジじゃない。

「旦那？」

俺が反応しなかったせいだろう、彼は不思議そうに俺の顔を覗《のぞ》き込んできた。

「体調でも悪いんですか？」

「……まあな」

「そうですか。それじゃ、あの、今日は帰ります。また来ますんで、奥さんにもよろしくお伝え下さい」

不穏な雰囲気を感じ取ったのか、営業マンはそそくさと店を出て行った。

今朝女房に、今日は俺が店番をするからお袋とデパートにでも行けと言った。お袋というのは同居している俺の母親である。美奈子と母にそれぞれブラウスでも買えと一万円ずつ渡すと、二人は揃《そろ》って目を丸くし、交互に私の額に掌《てのひら》を当てて首を傾《かし》げていたが、「若旦那の気が変わらないうちに行きましょ」と二人仲良く出掛けて行った。

そうして女房とお袋を追い払った俺は、朝から店に来る客や営業マンをチェックしているのだ。

俺は郊外の駅前商店街で茶舗を営んでいる。父親が緑茶専門で始めた小さな店だ。父親は俺が小学生の時に交通事故でこの世を去った。母親は一人でこの店を切り盛りし、俺を育ててくれた。俺は大学を出ると、年老いてきた母に代わってこの店の主《あるじ》となったのだ。

今この店では俺と女房の美奈子、そして母親とパート二人の五人が働いている。俺の代になって事業を拡大したのだ。緑茶を数種類と急須と湯飲みぐらいしか置いていなかった店に、紅茶と中国茶とハーブティー、迷った末にコーヒー豆も置くことにしたのだ。それに伴い洋食器や贈答用の菓子なども置いている。隣の下駄屋《げたや》が店を閉めたため、そこを貸してもらってスペースも倍に拡張した。

老舗然としているといえば聞こえはいいが、やはり以前は店が暗かった。それを買い物途中の主婦や若い人にも入りやすいよう明るく改装した。売上はぐんぐん上がり、結婚した時に建てた家のローンがあっという間に返せてしまった。

改装のアイディアを出したのは結婚したばかりの美奈子だった。何もかも彼女のおかげである。俺一人では、あの冴《さ》えない店をこんなふうにリニューアルする気にはとてもなれなかっただろう。

女房は自分のアイディアを俺からお袋に伝えさせた。それはいくら嫁でも、他人に自分の大切な店を自由にされたくない、というお袋の気持ちを察していたからだ。

買ってくれた客には、小さな紙コップでお茶かコーヒーをサービスしようというアイディアを出したのも女房だった。俺はそこまで客に媚《こ》びることはないんじゃないかと反対したが、いざやってみるとそれが思いのほか好評だった。スーパーでは高い緑茶を買ってもお釣りとレシートしかくれない。けれど芳林堂茶舗では一杯お茶を飲ませてくれる。お茶をサービスされて不機嫌になる人間は少ないだろう。お客はお茶を飲みながら世間話をし、店の中の他の商品も眺める。そして気に入った物があれば買って行ってくれる。

母親は店が繁盛したことをとても喜んだ。それが美奈子のおかげであることを母はすぐに気がついていたようだ。女房はそれで姑《しゅうとめ》からの絶対的な信頼を得たのだ。

しかし女房はそれ以上店を大きくしようとはしなかった。美奈子が趣味で焼いてみたという、新茶の粉入りクッキーというのが驚くほど評判になり、県外からも客が来るようになって、俺は隣町にでも支店を出そうかと半分真剣に考えたのだ。

それを女房は反対した。これ以上店を大きくしたら家族だけでは手が回らなくなるし、帳簿も自分の手に負えなくなる。お金はこれで十分なのだから、今のこの店とお客さんを大切にしたいと女房は言ったのだ。俺には何も言えなかった。チェーン店にしてもっと大きく儲《もう》けようという俺の馬鹿な夢は、女房の一言でしゅるしゅるとしぼんでいった。

そういうわけで、俺は女房に頭が上がらないのだ。

美奈子はお世辞にも美人とはいえない。可愛《かわい》いというタイプでもない。プロポーションがいいわけでもないし、服のセンスがいいわけでもない。

ただ女房は実に働き者だ。そして、とても情緒が安定している。ヒステリックに泣いたり怒ったりする彼女を俺は一度も見たことがない。誰にでも穏やかで柔らかい話し方をする。

今日うちにきた営業マンは三人目だが、皆口を揃えて「奥さんは？」と聞いた。そりゃ、いつも店にいるのは奥さんで「若旦那」と蔑称されている俺は、昼間からふらふらとパチンコに行ったりしている。けれどそれだけではなく、やはりうちの女房は意外に男に人気があるようだ。

俺はぽつぽつだが途切れることがない客の応対をしながら、昨日の夜の「エイジ」のことを考えていた。

聞き違いではない。確かに女房は絶頂に達する時「エイジ」と言った。そして私の背中に爪を立てた。そんなことは今までないことだった。

エイジといえば、男の名前だ。あいつは浮気でもしているのだろうか。

今朝、女房とお袋を追い払った後、俺は名刺ホルダーを取り出し、店に出入りする人間の名前を調べてみた。しかしそこには「エイジ」という名前の人間はいなかった。もちろんそういう姓の人間もいなかった。お客という線も薄いだろう。ほとんどが女性だし、店には俺の母親もパートのおばさんもいたりするのだから。

では、店には関係のない人物だろうか。学生時代の友人？　それともテレクラで知り合った男？

もしそうだとしても、彼女はいつどこで浮気をしているのだろう。

何せ女房は夫の俺とその母親の三人で暮らしていて、その上仕事場も一緒なのだ。美奈子が一人になるといったら、夕飯の買い物に行くときぐらいだろう。それも、ここは商店街の真ん中なので、三十分もあれば買い物を済ませて帰って来る。習い事もしていないので、定期的に出掛けている場所もない。元々それほど遊び好きではないし、酒も飲まないので、夜に女房が出掛けることは皆無に近い。

俺はそこで苦笑いを浮かべた。これではまるで俺は嫉妬をしているようではないか。まったくしていないといったら嘘《うそ》だが、どうしても追及したいわけではない。

そのときジャンパーのポケットに突っ込んであった携帯電話が鳴りだした。俺はそれをのろのろと取り上げる。

「若旦那？　今どこにいんの？」

からかうような甘い声が、受話器から聞こえてくる。どうして愛人まで俺を若旦那と呼ぶのだろう。

「店」

俺は一言そう言った。

「あら、まずい？」

「平気、一人だから」

「店番なの？　誘おうと思ったのに」

壁に掛けてある時計を俺は見上げた。あと十五分もすればパートのおばさんがやって来る。

「一時間ぐらい後なら」

そう言って俺は電話を切った。


愛人宅は車で十分ほどのところにある。愛人といってもまだ彼女は大学生で、私など大勢いるボーイフレンドの一人に過ぎない。結婚していてまあまあ金を持っていて、いい車に乗っている年上のボーイフレンドというところだ。

俺が彼女と知り合ったのは打ちっ放しのゴルフ練習場だ。たまたま隣で打っていると、私も左利きなんです、右利きの人に教わってもどうもピンとこなくて、よかったら教えて下さい、と無邪気に話しかけてきたのだ。

俺は自分が女性にもてる方なのかどうか、自分ではよく分からない。今までもこうやって気軽に女の子にアプローチされたことがあった。友人にちらっとそういう話をしたら、お前は暇だからだよ、と言われた。三十歳前後の大抵の男は毎日仕事に追われ、ガールフレンドをまめに構ってやる時間などないのだと。何となくそれで俺は納得した。若い女の子にもてる（ように感じる）のは、俺がこうして平日の昼間でもぶらぶらしているからだろう。

「奥さんが浮気？」

お互いにヘビーな恋愛感情を持っていない気安さから、俺はガールフレンドに昨夜のことを話してみた。当然、俺と彼女は裸でベッドの中である。まだお天道様も高いというのに。

「あの人がねえ、へええ」

楽しそうに彼女はそう言った。ガールフレンドはたまに店にお茶を買いに来るので、女房のことは見知っているのだ。彼女はごろんと寝返りをうち、私の傍らにうつぶせになって頬杖をついた。そして俺の胸を掌でそっと撫《な》でる。

「自分もこういうことしてるんだから、奥さんだってしててもいいわよね」

若い子らしいドライな意見だ。俺はこっくり頷《うなず》く。

「でも、悔しいんでしょ」

にやにや笑って彼女は目を覗き込んできた。

「悔しかないよ」

「無理しちゃって」

本当だと念を押そうとしたが、それも大人げない気がしてやめておいた。ガールフレンドは首を振って長い髪を払いのけると俺の胸に頬をくっつけた。

「それにしてもあの人がねえ。人間って分かんないもんね」

大して興味もなさそうに彼女は呟《つぶや》いた。その後はもう違うことを考え始めたのか、何やら鼻唄《はなうた》を歌っている。

俺は脇の下にガールフレンドを抱きかかえながら、そうなのだと頷いていた。悔しいというよりも、とにかく意外だったのだ。

もう女房のことは全て知り尽くしていると思っていたし、すっかりおばさんになってしまった彼女が、まさかこんなふうに知らない男と抱き合っている時間があるだなんて、とにかく俺には想像もつかないことだった。

夕方店に戻るともう女房は買い物から戻って来ていて、パートのおばさんと店に出ていた。

一日店番をすると言ったのにふらふらと出掛けてしまった俺に、女房は怒るどころかにっこりと笑いかけた。

「お帰りなさい。お夕飯は？」

「あー、えーと、まだだけど」

「デパートで北海道の名産展やっててね、いくら丼買って来たから」

「うん。お袋は？」

「家で横になってるわ。久しぶりに街に出たから疲れたみたい」

曖昧に頷いて俺は店の奥のデスクの前に腰を下ろした。パートのおばさんがちらりと視線を向ける。パートのおばさんでさえ「まったくこの若旦那は」と嫌な顔をするのに、女房が俺に厭味《いやみ》を言ったり、不満や愚痴をたらたら言ったことは今まで一度もないように思った。

そう考えてみると、この女はよっぽど馬鹿なのか、それとも聖母のような清らかな心を持っているか、どちらなのだろうと俺は思った。そして俺はゆっくり瞬《まばた》きする。どちらでもなく、彼女は俺のすることになど何の興味も持っていないのかもしれない。

美奈子のことは、四歳の時から知っている。彼女の実家はここから歩いて十分の場所にあるので、同じ幼稚園に通い、同じ小学校と中学校に通った。高校は同じ学区内だが別々の学校に入学した。そのことに関し、俺は特に感慨を覚えなかった。というのは、親同士が親しいわけでもなかったし、私と美奈子は同じクラスになったことが一度もなかったのだ。だから美奈子とは、顔は知っていても口をきいたことはほとんどなかった。

彼女と親しくなったのは、高校を卒業した年の夏だった。

ここから電車で三十分ほどの県内で一番大きな街で、俺と美奈子は偶然顔を合わせた。そこがボウリング場で、こちらも男二人あちらも女二人だったことで一緒にゲームをし、夕飯を食べ、少し背伸びしてビールを飲んだ。

他の二人が同方向に帰って行ったので、俺は美奈子を送って行くことにした。送るも送らないも、私の家から歩いて十分のところに彼女は住んでいるのだから別々に帰る方がおかしい。

と思っていたら、彼女は俺に手を振り、四月からこの近くにアパートを借りているのだと言った。それを聞いて思い出した。彼女の家は、姉が結婚したため二世帯住宅に建て替えたのだと母が噂話《うわさばなし》をしていた。

やっぱり何となく居づらくて、と片頬で笑う彼女は淋《さび》しげだった。特に美人でも可愛いわけでもないと思っていたのに、俺はどきりとしてしまった。もうすぐ十九になる彼女は、子供の頃とは違っていた。顔の作りは平凡だけれど、にきびもそばかすもない透明な白い肌は、同じくもうすぐ十九になる俺をその気にさせるのに十分だった。

それから彼女のアパートに出入りするようになるまで、そう時間はかからなかった。

俺は大学を卒業したら家業を継ぐつもりでいたから、大学の四年間は単なるモラトリアムだった。

だから俺はしょっちゅう学校をさぼって美奈子のアパートに入り浸った。彼女は短大に通っていたけれど、学校が終わると真っ直《ます》ぐ部屋に帰って来て、俺に食事を作ってくれたりした。十九歳の時から、俺達はすっかり夫婦のようだったのだ。

もちろん美奈子にとって俺が最初の男だ。そしてそのまま結婚した。彼女は俺しか男を知らないのだ。

俺に隠れて一度や二度ぐらいは誰かと何かあったのかもしれない、と以前は思っていた。けれど、そうでないことがある日分かったのだ。

俺と美奈子が結婚したのは、四年前である。俺達が二十五歳の時だ。それまで俺はだらだらと通い夫を続けていた。こんなに長く付き合ってしまったからには、そのうち責任を取って籍を入れてやらなければとは思っていたが、ずっときっかけが摑《つか》めないでいた。美奈子のことは嫌いではない。他にもガールフレンドはいたが、俺の恋人はやはり美奈子だった。けれど結婚に踏み切るには、何かしらきっかけというものが必要だ。美奈子は自分からは「結婚したい」とは決して言わなかったし、そんな素振りもみせず、ただ淡々と俺との付き合いを続けていた。

倦怠期《けんたいき》真っ只中《ま ただなか》の俺達の、結婚へのジャンピングボードになったのは美奈子の流産だった。妊娠したことにも気がつかないうち、彼女は出血して倒れた。そのことで体調を崩し、勤めていた会社を休職した時俺は彼女に言った。体が治ったら一緒に店をやらないかと。

ちょうど店の裏手にある俺の古い家から白アリが見つかって、これを機に建て直そうかと考えていた時だった。もし美奈子を嫁にするのなら、そういうつもりで家を建てようと思った。

彼女はほんの少し考えた後、ころりとひとつ涙の粒を落とした。そして「ありがとう」と言ったのだ。後にも先にも、彼女の涙を見たのはその時だけだ。

家を新築してしまって経済的に苦しかったので、神社で簡単な結婚式をしただけで、披露宴もしなかったし新婚旅行も行かなかった。彼女はそれでも文句ひとつ言わず、俺と俺の母が住む新しい家に引っ越して来た。

結婚してすぐ彼女の学生時代の親友が泊まりに来たことがあった。客間に二人で布団を並べて敷いて、彼女達は夜中まで女学生のようにお喋りをしていた。

聞こうと思って聞いたわけではない。何となく寝つかれず、ビールでも飲もうかと階下に下りて行った時、障子の向こうから二人の会話が聞こえてきたのだ。

女友達は聞いた。美奈子って和彦さんが最初の男の人なんでしょう？　美奈子が答える。そうよ。女友達は重ねて尋ねた。死ぬまでたった一人の男の人としか寝ないってこと？

美奈子はすぐには返事をしなかった。間を置いて女房は言った。

一生一人の人としか寝ないっていうのも、ひとつのファンタジーだと思うけど。

女友達はうふふと笑う。そうね、そういう考え方もあるわね。でも和彦さんはどうかしら？　美奈子はそれにはすぐさま答えた。知ってる、あの人が遊んでることぐらい。でもいいの。男の人ってそういうものでしょう。仕方ないわよ。

俺はそっと音を立てないように二階の寝室に戻った。そして布団を被《かぶ》り目をつむった。

それもひとつのファンタジーか。

女というのは不思議な生き物だ。男はそんなふうに自分を美化したりはできない。けれどまあ、女房が俺一人で満足していて、その上浮気まで容認してくれていることが分かり、俺はその夜安心して眠りに落ちたのだ。

俺は店のデスクに凭《もた》れ、お客に笑顔で応対する女房の後ろ姿を眺めた。センスがいいとはいえない花柄のエプロンと、色気のないストーンウオッシュのジーンズ。背中にも尻にもふっくらと脂肪が付き、髪は仕事の邪魔だからといって短く切ってある。色の白さだけは昔と変わらないけれど、女房はすっかりおばさんになった。

愛想はいい。おっとりしていて心優しい。けれどそれは愚鈍ともいえるのではないだろうか。そんな女を、どういう男が抱いているのだろう。それとも昨夜のことは、私の聞き違いだったのだろうか。

一人の男としか寝ない人生を選択した、というのは嘘だったのだろうか。それともどこかで誰かに言い寄られ、すっかり宗旨替えでもしたのだろうか。

そこで俺は立ち上がった。いつまでもそんなことをウジウジと考えていても仕方ない。何しろこちらには、問い詰めて白状させて相手の男をぶち殺してやりたい、というような情熱はないのだから。腹も減ったし、家に帰って飯でも食おう。

「じゃ、後はよろしく」

女房にそう声をかけて店を出ようとした時だった。制服を着た高校生の女の子が店に入って来た。日曜日にだけアルバイトで来てもらっている女の子だ。

こんにちは、と彼女は元気よく言った。

「よお、ミカちゃん。今日はなに？」

俺は笑顔でそう言った。明るくて素直なこの娘を店の者は皆気に入っている。

「今日は美奈子さんに用事です」

と舌足らずにその子は言う。俺は軽い疎外感を感じて出口に向かった。その時背中でこんな声がした。

「生写真、撮ったんですよ。見て見て」

「あら、ほんと？」

それに答える女房の声。

「ほら、結構よく撮れてるでしょう。お父さんにこーんな長い望遠レンズ借りてったんですよお。エイジがばっちり」

行きかけた足を私は止めた。

「うそー。ミカちゃん焼き増ししてえ」

女房まで高校生のような高い声を出す。振り返るとパートのおばさんもそこに加わり
「何の写真なの？」と二人に聞いていた。

「エイジですよ、エイジ」

「エイジって？」

「知らないんですかあ？　サイバークロームのエイジですよ」

「知らないねえ」

「私も美奈子さんも大ファンなんですよね」

ミカがはしゃいでそう言った。そこでおばさんと俺の目があう。おばさんは「何だかねえ」という顔で肩をすくめた。俺も慌てて肩をすくめた。


家に帰ると俺は二階へ駆け上がり、女房のドレッサーの引き出しを開けてみた。

すると、出てくる出てくる、サイバークロームというビジュアル系のロックバンドのCDや雑誌の切り抜きが。エイジはそのグループのリードボーカルである。長い髪を後ろでひとつにしばり、眉を女のように細く描いた気持ちの悪い少年だ。けれど彼が今、

若い女の子の「寝てみたい男の子」のナンバー3に入っていることは俺も知っていた。なんてことだ。浮気相手はこいつか。

俺は奥歯をかみしめた。

引き出しを閉じるとそのまま階下に下りた。リビングでは母親がソファに寝転んでテレビを見ていた。

「いくら丼あるよ」

母がそう言ったとたん、俺はとうとう堪《こら》えきれずに吹き出した。げらげら笑っている俺を、母が首を伸ばしてきょとんと見る。

「私、変なこと言ったかい？」

「言ってない言ってない」

ヒーヒー笑いながら俺は言う。

「なによ、気持ち悪い子だね」

「ちょ、ちょっと思い出し笑い」

笑いながら俺はお茶を淹《い》れ、テーブルの上にあったいくら丼を食べ始めた。それでもこみ上げてくる笑いが収まらない。

そういえば美奈子は昔からロックが好きで、衛星放送の音楽番組を楽しそうによく見ている。けれど、まさか女房の浮気相手がブラウン管の中のアイドルロック歌手だとは思わないじゃないか。

いつまでも含み笑いが収まらない俺を、母が嫌な顔で見た。

「いつまで笑ってんだい、馬鹿みたいに」

不機嫌に母が言う。俺は構わず「いやもうこれが傑作で」とヘラヘラ笑った。すると突然、こちら目掛けて何か黒い物が飛んで来た。それは俺の頭に当たった後、音をたてて床に落ちた。見るとそれはテレビのリモコンだった。母が私にぶつけたのだ。痛みよりも母親が俺に物を投げつけたことに驚いていた。

「本当にあんたを見てると苛々《いらいら》するよ」

憎々しげに母が言う。俺はさすがに笑いを引っ込めた。

「お袋？」

「毎日毎日、そんなんで虚《むな》しくないのかい？」

母親の突然の哲学的な質問に私は絶句した。

「よく美奈子さんは我慢してるよ。何とかしないと、そのうちあんた痛い目みるよ」

何にそんなに腹をたてたのか、母親は足音を乱暴に響かせてリビングを出て行ってしまった。

ぽつんと残された俺は、訳が分からないまま床に落ちたリモコンを拾った。

しかし母の予言は当たっていた。

それは本当に笑い事ではなかったのだ。

女房が実際に誰かと浮気をしているわけではないと分かった時、俺は胸をなで下ろした反面、がっかりもしたのだ。

本当に浮気などされたら困るのだが、いくら長年の付き合いでこれからも死ぬまで一緒に暮らしていくにしても、少しは女房にも私の知らない部分があった方がよかった気がした。まだよその男からも構われる〝現役の女〟である方がよかったような気がした。女房はやはり俺の思った通りの女で、ミステリアスの対極にあるような女なのだと俺は少しの幻滅を覚えたのだ。

しかしそんなことを思った俺は馬鹿だ。

店の定休日の前日、俺はいつものように女房を抱いた。その時は今日も「エイジ」と言うかもしれないと悪趣味にもワクワクしていたのだ。

そして女房は達する時、言った。

ああエイジ、と。

期待していたくせに、俺は頭から冷水を浴びせられたような気分になった。そんなことなどちっとも気づかず、女房はいつものようにさっさとパジャマを着て自分の布団に帰って行く。そして五分もたたないうちに幸せそうな寝息をたて始めた。

俺はひどく気分を害し、そのまま起き上がって階下に下りた。冷蔵庫からビールを取り出し、キッチンの椅子に座ってそれを飲んだ。

認めたくはない。けれど認めないわけにはいかなかった。

俺は非常にプライドを傷つけられたのだ。

女房は俺に抱かれながら、頭の中ではあのエイジというアイドルに抱かれているのだ。俺の指の動きも、彼女の中心に進入して絶頂を迎えさせる俺のものも、女房にとってはエイジのものなのだ。そういえば、あの最中に彼女は決して目を開けないではないか。

もしそうならば俺は何だ。自慰の道具か。張り形か。

二度と抱いてやるものか。

俺はビールのアルミ缶を手でぐしゃりと潰してそう思った。

そして、あれから半年がたつ。

俺はぴたりと女房を抱くのをやめた。俺には若くて可愛い女子大生の愛人がいるのだ。その子がフェラチオでも何でもしてくれる。俺にはあんな古女房でアイドルおたくの気持ち悪い妄想女なんか必要ない。お前はせっせとお茶でも売ってりゃいいんだ、と俺はすねていた。

しかし、女房の態度はまるで変わらなかった。

「どうかしたの？」と聞いてきたのは、最後のセックスの翌週、俺が美奈子に手を出さなかった時だけだ。寝たふりをして黙殺していたら、女房は何も言わなかった。それっきり彼女はいつもの通りに暮らしている。不機嫌な様子も悲しそうな様子も、怒っている素振りも見られない。いつものように朝起きて店で働き、俺の母親と和やかにテレビなんかを見ている。エイジがテレビに出ても、女房の態度は特に変わらない。ただ微笑《ほほえ》んで画面を見つめているだけだ。

ここのところ俺は眠れなくなってきていた。女房の隣の布団で、一睡もできず夜明けを迎えることがある。胸の奥に重い不快感があり、かといって女房を殴りつけるようなエネルギーも湧いてこない。そして先日ガールフレンドを抱こうとしたら、何と自分のものを起立させることができなかったのだ。

ちょっと歩いただけですぐ息が切れ、箸を持つと手が震え、咳《せき》といやな汗が出て止まらない時がある。

いったい俺はどうしてしまったのだろう。

今女房はドレッサーに向かい、風呂上がりの肌に乳液を塗っている。楽しそうに小さくハミングし、短い髪をブラシで梳《と》かす。

「最近、山川屋のお茶って売れないのよ」

パジャマ姿の女房が俺を振り返ってそう言った。俺はぎこちなく頷く。

「取引やめましょうか。どう思う？　その分で岡野《おかの》商事のハーブティーを増やした方がいいと思うんだけど」

「お前の好きにしていいよ」

俺がやっとの思いでそう言うと、女房は鏡の中でいつものように微笑んだ。

いったいこの女は何を考えているのだろう。俺は彼女の背中を盗み見た。

俺は今まで、一緒に暮らしているこの女が頭の中で何を考えているかなど、想像したこともなかった。あの一度の流産以来、避妊しているわけでもないのに女房は妊娠しない。そのことについても彼女は何も言わないので、どう思っているのか俺には分からない。

分かっていることは、ポスターを貼ることもなくコンサートに行くわけでもなく、けれどロック歌手の「エイジ」と熱烈な恋愛をしているということだ。

いくらそれをやめさせようとしても、俺にはできない。殴りつけても膝に縋《すが》りついても、他人の空想の中に踏み込むことは決してできないのだ。

空気のような存在だった女房が、空気どころか俺を窒息させるガスのようになってしまった。

女房は今までと同じように俺を扱う。夜の生活は今まで通りではないのに。

いっそ本当に浮気をしていてくれた方が遥《はる》かによかった。これでは頭がどうかなってしまいそうだ。

「さ、寝ましょう」

明るくそう言って立ち上がると、女房は電気を消して自分の布団にもぐり込む。俺は何とか眠ろうとしてぎゅっと目をつむった。

けれど駄目だった。

そしてやはり、今晩も聞こえてきた。ここのところ毎晩なのだ。隣の布団から女房のかすれた息づかいが聞こえてくる。そして彼女は自らの指で絶頂を迎える。耳を塞《ふさ》いでも聞こえるほどの大きな声で。

いいわエイジ、もういっちゃう。

# 湯豆腐がしみる夜

嵐山 光三郎

**嵐山 光三郎**
あらしやま・こうざぶろう

1942年静岡県生まれ。國學院大學卒。平凡社に入社し「太陽」などの編集長を務める。81年独立して青人社を設立、編集者、作家、エッセイストとして活躍。88年『素人庖丁記』で講談社エッセイ賞を、2000年『芭蕉の誘惑』でJTB紀行文学大賞を、『悪党芭蕉』では06年泉鏡花文学賞、07年読売文学賞をそれぞれ受賞。ほかに『口笛の歌が聴こえる』『夕焼け少年』『徒然草殺しの硯』『よろしく』などがある。

煙雨が夕方から細雪《ささめゆき》になった。

神崎《かんざき》は温泉旅館の羽織に下駄をつっかけて千代子《ちよこ》が待っている居酒屋へ向かった。千代子は神崎が六年前に別れた妻であった。

（また、金の無心か）

と神崎は雪空を見あげながら歩を進めた。

足の親指がかじかみ、雪が目にしみた。

羽織の懐には祝儀袋に包まれた三十万円の現金が入っている。この日、神崎が講演で貰《もら》った謝礼金であった。この温泉地では、旧街道の街並を復元する計画がすすめられ、街道文化を専攻する神崎は、講師として招かれたのであった。千代子は、神崎が来ることを講演会のポスターで知ったらしい。講演会が終って宿へ帰り、川沿いの露天風呂につかろうとした矢先、千代子から電話がかかってきた。

神崎は三十歳で千代子と結婚し、三十五歳のときに別れた。千代子は神崎より三歳下だから三十八歳になっている。

離婚して一年目に千代子は金を借りにきた。男にだまされて貯金をすっかり持っていかれたという。本当のところはわからぬが神崎は三十万円を渡した。千代子は当然のような顔をして金を受けとった。その千代子からしばらく電話がなかった。人づてに千代子が九州嬉野《うれしの》温泉に住んでいることを聞いていた。神崎は、嬉野温泉へ来るときに、ふと千代子のことを思い出したが、まさか本人から電話があるとは思ってもみなかった。

金を無心されるにしても、千代子に会うことは神崎を軽い緊張で興奮させた。三十万円渡してから、千代子がどうなったか、ずっと気になっていた。しかし、二年三年と月日が過ぎると、そういった心配はやわらぎ、四年五年もたつと、千代子は遠い昔の思い出の女になっている。それでも、ことのなりゆきでは、この晩、千代子を抱くことになるかもしれない、と神崎は夢想した。温泉町の夕暮れが神崎に艶のある色事を妄想させるのであった。電話で、千代子のかすれ声を聞いたとき、昔の記憶がむっくりと頭をもたげた。

千代子が指定した店は、川っぷちの古い共同浴場の角を斜め左に入った路地沿いにあって、白く温泉豆腐と染めぬかれた赤提灯《あかちょうちん》がぶらさがっていた。暖簾《のれん》をくぐって店へ入ると、奥の席にいた千代子が神崎を見つけて手を振った。

「あなた、頭の毛が雪にまみれてしまったよ……」

千代子は静脈が浮いた白い手で神崎の頭につもった雪を払った。

「九州でも雪が降るんだな」

「このあたりは、けっこうつもったりするんです。私も来た当時は驚いたわ」

千代子は古女房の手つきに戻って神崎の頭の毛をハンカチでふいた。目尻の皺《しわ》はふえたが、ふっと寄りそってくるときの勝ち気な気配は昔のままで、神崎は千代子の、うっすらと脂の乗った白い首筋を見つめた。

「あなたと湯豆腐を食べたいと思ってさ。こちらに来てるのを知ったから、居どころを調べて電話をしてしまいました」

「いまはどうしているんだ。こっちで働いているとは聞いていたが、いきなり電話をしてくるんでびっくりしたぜ」

千代子は、板場を振りむいて、

「ぬる燗《かん》一本つけとくれ、それから湯豆腐二人前だよ」

と注文した。

「ちょうどいい按配《あんばい》に外は粉雪になり、湯豆腐の味がしみる夜になりました。昔、あなたと会ったときは渋谷のガード下の居酒屋で湯豆腐を食べたっけ、まだ結婚する前のことで、あのころ食べた湯豆腐の味が忘れられなくてさ、それで呼んでしまいました」

「そうだった、ガード下はびゅうびゅう木枯らしが吹いて、飲み屋のガラス戸からすきま風が入ってきて、三和土《たたき》の上で渦を巻いた」

神崎はそのころ助教授になりたてだった。千代子は大学事務室に出入りしていた小さな印刷屋の娘だった。二人がよく通ったのは、やせぎすの老婆が一人で切りもりをしているうさぎ屋という飲み屋だった。ときおり若い娘が店を手伝いに来た。その店は安物のブリキの鍋で湯豆腐を出した。湯の表面に天井の蛍光灯が反射し、湯気で揺れ、二人で豆腐をつついた。

「湯豆腐で、二人でちびりちびりと飲んだなあ。あの店の豆腐は、豆腐に布巾の目がついていた。それに太いネギ」

「あなたはネギ光線って言ってた。映画館の映写室から出てくる白い光線にネギが似てるって。あんなことを言う人はいないから、変な人だと思ったわ」

酒が運ばれてきた。

千代子は神崎の盃《さかずき》に酒をつぎ、

「誰かいい人ができたの」

と訊《き》いた。

「ひとりのままさ。きみはどうした」

千代子はふくみ笑いをした。

「仲居をするつもりでここに来たけれど、ガソリンスタンドの社長に見染められて三年前に結婚しました。二十五歳も上の旦那さ」

「そりゃ、よかった」

「いい人よ。奥さんを亡くして七年目に私と出会ったんだって。風采はあがらないけどさ、私を大事にしてくれる」

千代子の指にプラチナの結婚指輪がはめられていた。襟が広いベージュの上着も、千代子好みの高級品だった。

湯豆腐鍋がガスコンロに載せられた。唐津焼《からつやき》の土鍋に、真四角に切った豆腐が八つ入っていた。

「これがここの温泉豆腐ですよ。温泉の湯を使っているの。これをあなたと食べたかった。あなた、昔、言ってたろう。湯豆腐の湯気は、地球が生きてる証《あか》しだって」

「そんなこと、言ったかなあ」

「言ったわよ。湯豆腐の豆腐は、女湯につかる女の裸のようだって。それが、あなたが湯豆腐を食べるときの、きまり文句だった。湯豆腐をながめるのは女湯を覗《のぞ》く気分だとも言ったわ」

神崎は、酒を千代子の盃についで、自分の盃にもつぎ、すっと飲みほした。十年以上昔の記憶がゆるりと立ちのぼってきた。

うさぎ屋の湯豆腐には、塩ダラの切り身が一枚入っていた。ネギ二切れと椎茸《しいたけ》と春菊も入っていた。安物の湯豆腐で、ブリキのすえた臭いが喉にしみた。湯豆腐を肴《さかな》に酒を飲んだ夜は、渋谷百軒店《ひゃっけんだな》裏のホテルで千代子を抱くのが習慣だった。朝、うっすらと汗をかいている千代子の背中に唇を寄せると、塩ダラに似た塩味がした。

「なに考えてるのよ」

「昔のことさ。きみの背中の汗が、湯豆腐のなかの塩ダラみたいだった」

「なに言ってるのさ。私の裸を、湯豆腐のように白くてやわらかいって褒めたくせに」

「そうだった、湯豆腐を食べるように、きみを抱いていたんだぜ」

温泉豆腐がぐつりと音をたてた。

湯の上に豆腐が浮きあがり、科《しな》を作りながら揺れた。神崎は、箸で豆腐をつっこうとした。大きめに切られた湯豆腐は、やわらかく、箸のさきでふたつに割れた。

「これですくうのよ」

千代子は網目の杓子《しゃくし》で湯豆腐をすくって神崎の取り皿に入れた。湯豆腐はするっと皿のなかへ落ち、白い湯気をたてた。

豆腐へ削り節を載せると、湯気にまぶされてゆらゆらと踊った。その上へ緑鮮やかな刻み浅葱《あさつき》をふりかけて、濃いだし醬油《じょうゆ》をかけた。

「あとは、すり生姜《しょうが》を少々。すり生姜は因縁をつける味でね、豆腐がだし醬油につけられていい気持になっているから、因縁をつけてじんと気合いを入れるんだ」

「あいかわらず、食いしん坊だねえ」

千代子が目を細めている前で、神崎は湯豆腐を口に入れた。ほどよく温まった湯豆腐は、舌の上にふわりと載り、喉をゆっくりと通っていった。純白の雲を食べているような喉ごしであった。

「う、うまい！　山の雲が喉のあいだを降りていくようだ。こんなうまい湯豆腐は初めて食べた」

神崎はうっとりと目を閉じた。

「ここの豆腐は国産の白大豆と天然のニガリを使っているのよ。天然のニガリを使うと、温泉の湯で豆腐が溶けていくの。どう、芯は冷たい」

「真ん中のところだけがひやりとする」

「芯が冷たいのがお好きですものね。あなたと同じさ」

神崎は、豆腐を煮すぎるのを好まない。千代子はそのことをよく覚えていた。豆腐が熱くても、芯の部分がわずかに冷たく、熱さのなかにぽとりと水滴が落ちるような感触が神崎の好みだった。

「私は豆腐の芯まで熱いのが好きよ。熱い芯が喉もとを通るんですもの。甘い言葉で喉が火傷《やけど》をするくらいがいい」

「きみは昔からそうだった。だけど、煮すぎると豆腐が固くなる。芯がちょっと冷たいくらいのを食べて、つーんとくる冷え加減を酒であたためるのさ」

神崎はふたつめの豆腐を自分でよそった。湯気に息をふっと吹きかけてから、薬味とだし醤油をかけ、ふたつめを呑《の》みこんだ。

「ああ、たまらない味だ。外は雪が降っているから、豆腐の味がいっそうしみらあ。おまえも食べろよ」

湯豆腐の湯が白く濁ってきた。

「私はごまだれ醤油で食べるわ」

「昔はぽん酢醤油だったろう」

「こちらへ来て、ごまだれ醤油が好きになったの。九州はなんにでも白ごまを使いたがるのよ。それに馴《な》れてしまったわ。あなたも食べてみない」

「やだよ、そんなの」

神崎はぷいと横を向いて、酒を飲んだ。徳利《とつくり》が空いたので、

「つぎは冷や酒。コップで」

と注文した。

「だんだん湯豆腐が煮えてくると、冷や酒のほうがよくなる。豆腐が熱いから、酒で喉を冷やすんだ」

「あなたも趣味が変ったわ。じゃ、私も冷や酒にしようかしら」

千代子は、

「昔はここで喧嘩《けんか》したんだ。私は、あなたにあわせればよかったのに、若いころは湯豆腐を食べるたびにあんたにさからった。それがたび重なって別れてしまったのよ。いまから思うと別れる理由なんてなにもなかった」

とひとりごとのように言った。

「そうだった。料理に詳しいのが私の自慢だが、それが欠点なんだ」

神崎はふーっと溜《た》め息《いき》をついた。

千代子と別れて以来、神崎は一度も湯豆腐を食べていない。冷《ひ》や奴《やっこ》や凍豆腐、炒《い》り豆腐、じぶ煮豆腐、豆腐ステーキといろいろ豆腐は食べているけれども、湯豆腐だけは食べていないのだった。ひとり暮らしになると、鍋料理を食べる機会がなかった。

「きみと別れたときの最後の食事も湯豆腐だったな」

「湯島の豆腐料理屋だったわ。でも、あのときは店の主人が悪かったのよ。ひどい味の朧《おぼろ》豆腐を出したので、あなたが怒った」

湯島の豆腐料理屋で、神崎は朧豆腐を注文した。絞りたての豆乳に少量のニガリを加えて、二、三回攪拌《かくはん》させたところをすくって食べる。まだ固まりきらず、さながら春の朧のような味を楽しむ料理だった。そこから通称朧豆腐というが、その店では「汲《く》み豆腐」と呼んでいた。料理屋の主人が「正式には汲み豆腐です」と講釈を始めて、神崎は腹をたてた。おまけにニガリの配分がよくなかった。ニガリは食塩貯蔵のときに分離する液状苦汁《にがり》を使うが、この店では工業用の塩化マグネシウムを使っていた。それに気がついた神崎が文句をつけ、酒が入っていたせいもあって店と喧嘩になった。

店と言い争いをする神崎に愛想がつきて、千代子は神崎と喧嘩をした。

「きみが私をこの店に呼んだわけがわかりかけてきた。あのときのことが気になって、私を呼びつけたんだな」

「そうじゃないわよ」

「私とよりを戻そうっていうのか」

「勘違いしないで。あなたに、湯豆腐を御馳走《ごちそう》したかっただけよ」

「また、喧嘩になりそうだな」

神崎は苦笑いして、豆腐をすくった。

「たしかに、おいしい豆腐だ。こんな田舎町にこれほどの豆腐があるとは思わなかった。ニガリの配分が絶妙だよ」

湯豆腐鍋の底に、小さな切り昆布が沈んでいた。湯が白濁してその昆布が見えなくなった。

「昆布の蒲団《ふとん》に、白い湯の敷布が敷かれている。湯豆腐の昆布ってのは、湯気の下の蒲団みたいだ。湯に溶けて、この上で男と女に寝ろ、と言っている」

神崎は千代子を抱きたくなった。

湯豆腐鍋のなかに、思い出しても思い出しきれない思い出が入っているのであった。

神崎はとろけ出した湯豆腐に、ごまだれ醬油をかけてみた。千代子の取り皿にあるたれ汁を使った。口に入れた途端に、舌の上に、ごまの風味がひろがった。豆腐というよりも、ふぐの白子に似た味であった。ふぐの白子がねっとりとしたごま入り醬油とあわさり、くすぐられるような喉ごしだった。湯豆腐は、煮ているうちに味が変化してくるのであった。神崎は、その豆腐を味わいながら、千代子の眼《め》をじっと見つめた。

千代子は神崎と視線をあわせて、得意そうに無言でうなずいた。

「こりゃうめえや。じんじんと腹にしみる」

「そう言ってくれると嬉しいわ」

千代子は満足そうにほほえんでから、ガスコンロの火を止めた。

「あなたがきっと喜んでくれると思って呼んだの」

「だけど、湯豆腐っていうのは妙にしんみりさせていけねえや。ひとり者にはつらい味さ。これは男と女がつつく料理だよ。湯のなかに豆腐と豆腐が浮かんで肩を寄せあってる。湯がたぎってくれば豆腐がつつきあう。色っぽいもんだ。なんだか、豆腐が六畳の部屋でいちゃついているようで、豆腐に嫉《や》いちまう。千代子、おまえは、新しい旦那と二人で湯豆腐を食べたりするのかい」

「食べやしないよ。なに、つまんないことを言ってるんだい」

千代子は冷や酒をもう一本注文した。

「うちの旦那は豆腐嫌いさ。豆腐は値が安いから貧乏人の食べ物だと言ってる。豆腐を出すと機嫌が悪くなる」

「成金だな」

「だから私をかこったんじゃないか。精力がつくものばかり食べている」

「じゃ、夜も精力絶倫だろう」

「あっちのほうはもう駄目さ。私だって、そんな気分にはなれないし。もうそんな話はやめにしてよ。せっかく今夜はあなたと、こうやって湯豆腐を食べて昔を思い出しているんだ」

千代子はコップ酒を飲んで、

「なんで昔から喧嘩ばかりしたんだろう。そのことばかり悔いているんだよ。いまさら、取り返しはつかないけど、私はたまにひとりでこの店に来て、ひとりで湯豆腐を食べて、あなたを思い出していたんだ。私にとって、あなたの思い出は湯豆腐のなかにしみてしまってる。それであるとき、この店に入ろうとしたら、うちの旦那がひとりで湯豆腐を食べてるじゃないか。あんなに湯豆腐を嫌いだった旦那が、隠れるようにひとりで湯豆腐を食べていた。そのときはっと気がついた。うちの旦那も、死んだ奥さんとの間に、きっと、湯豆腐の思い出があるんじゃないか、って」

神崎は目頭が熱くなった。

「湯豆腐ってのは化け物が住んでいる料理かもしれないぜ。なんでもないように見えて、鍋の底に昔の魔物がひそんでいる」

「魔物じゃないわ、天使よ。思い出の天使が踊っているんだわ」

千代子は、懐から封筒を出した。

「これ、お返しします」

封筒のなかに一万円札の束が入っていた。

「五年前、あなたに借りた三十万円です。少しづつへそくりをためてたの」

「いいよ。あの金はあげるつもりだった。いまさら返さなくたっていい」

神崎は封筒を押し返した。

「私も貰うつもりだったの。だけど、それはいつかあなたとよりを戻すかもしれないと思っていたからさ。でも、もうそんなことはないんだ。そう思うと、このお金は返さなきゃ気がすまないんだよ。今夜の湯豆腐は私のおごりで、利子のつもりさ」

神崎は、火の消えた湯豆腐の鍋をじっと見つめた。湯豆腐はとろとろに溶けて、白濁した湯のなかで、わずかに原形をとどめていた。

「借りたお金を返せば、私の思い出のなかのあなたも、溶けて消えていく。男ってのは別れた女に金を渡して、それで思い出を消しちまうだろう。ところが女はそうはいかないんだよ」

「そうかい、じゃ、受けとるよ」

神崎は封筒を懐へしまった。

「まだ、豆腐がふたつ残っているわ。ひとつづつ食べましょう」

千代子はぬるくなった豆腐を、網目の杓子ですくって二人の取り皿に入れた。

「昔は残ったひとつの豆腐をふたつに割って食べたもんだ」

「それが昔のあなたの口説き文句だった。ひとつ残った豆腐を私が食べようとすると」

「豆腐ってのはふたつに割って食べるもんだ。俺はそう言ったよなあ」

「そう……」

千代子は、くっくっと笑った。

「いまは残念ながらふたつある」

「他人だから、ふたつには割りませんよ。それから、あなたは、朧豆腐が好きだったでしょう。春の朧のように、はかなくやるせない味がいいって言ってたわ。さあ、食べてごらんなさいな」

千代子は自分の取り皿の豆腐を口に入れてから、

「もう、あなたに会うことは二度とないわ」

と言った。

すると、居酒屋の入口近くのカウンターで酒を飲んでいた男が、千代子を振り返り、

「話はすんだかい」

と言った。

グレーの作業衣を着た老人であった。作業衣の胸にガソリンスタンドのイニシアルが印刷されていた。

「雪が降りつもらないうちに帰ろうや」

と老人は言い、千代子は、

「はい」

と、返事をして立ちあがった。

神崎は、とっさに、その老人が千代子の旦那であることに気がついた。老人とは言え、日焼けして赤ら顔の男であった。神崎は千代子の顔を見つめたが、千代子は、もう神崎と目をあわそうとはしなかった。革のバッグを手にすると、ふりむきもせずに老人のあとをついていった。

テーブルの上に、よそられたままの豆腐が残されていた。神崎は、その豆腐をすするように呑みこんだ。

ぬるく人肌の豆腐がゆるっと喉を通っていった。ぬるい味が、喉もとから食道を通り、

胃に落ちていった。

（千代子……）

神崎は、充血した目で外の雪を見やった。

# ポール・ニザンを残して

原田 宗典

**原田 宗典**

はらだ・むねのり

1959年東京都生まれ。早稲田大学第一文学部卒業。84年『おまえと暮らせない』で第8回すばる文学賞に佳作入選。『スメル男』『十九、二十』『しょうがない人』『平成トム・ソーヤー』『十七歳だった!』『吾輩ハ作者デアル』『メメント・モリ』など著書多数。ほかに広告のキャッチコピーや戯曲、絵本などの仕事も手掛けている。

僕は二十歳。けれど、それが人生の一番美しい齢《とし》だなんて、誰にも言わせやしない。

——P・ニザン

雨だ。

ワイパーのスイッチを入れ、それから男は何か唄《うた》うような調子で訊《き》いた。

「ポール・ニザンはどうしてる？」

女は軽く首を傾《かし》げ、不思議そうな瞳を返してきた。

信号が、青に変わる。

女の横顔を目の端でとらえたまま、男はアクセルをゆっくり踏んだ。

「まだ二十歳《はたち》なんだろう？　恋人」

女は一瞬、不自然なほど表情をこわばらせ、そして静かに目を伏せた。

その表情の向う側、サイド・ウィンドウの外を、大型の黒いバイクが影のように走り抜けて行く。女は少し視線を上げて、その後ろ姿をぼんやり見遣《みや》り、それからやっと微笑《ほほえ》みを取り戻して呟《つぶや》いた。

「早耳ね。嫌だわ」

「耳だけじゃないよ、目も早い」

「見たの？　どこで？」

「劇場のロビー。二、三ヶ月前だったかな。君も一緒だったけど、何となく声をかけそびれた」

「ああ……ああそう。やっぱり。私もその時あなたを見かけたわよ。劇場のシートで。声はかけそびれたけど」

男は笑った。そして、灯の落ちた劇場内で、自分の背中を遠くから見詰めている女の表情を想《おも》った。

「二枚目じゃないか」

「え？　ああ。そう？」

「何しろ〝美しい齢〟だからなあ。でもきっと、あんまり利口な奴《やつ》じゃないな」

「どうして？」

「二十歳なんだろう？　僕がその歳《とし》だったら、とても今の君をどうこうする自信はないね。近寄りがたくって」

「今は？　今ならどう？」

「そうだな……どうかな。でもまあ、二年振りに電話が掛かってきて〝明日、空港まで送って〟って言われても、うろたえずにいられるくらいにはなったね」

女は鼻を鳴らすように、息だけで笑った。

雨足が、繁《しげ》くなり始めた。

歩道のあちこちで傘が開かれ、そのカラフルな色どりが軽く目を奪う。アスファルトが黒くそぼ濡《ぬ》れ、街は眉をひそめて、足早な表情をしてみせる。

「その手は？」

包帯を巻いた女の右手を視線で指して、男は尋ねる。女は、隠すように左手を重ねて、

「いつ訊いてくるかと思ってたわ」

「ボクシングを始めたわけじゃないだろうね」

「さあ……何だと思う？」

「そうだなあ……ファッション？」

女は肩をすくめて見せ、首を横に振る。

「じゃあ切ったのか。台所に関係ある？」

「全然」

「となると……ペーパーナイフ。それともハサミ？　硝子《ガラス》のかけら？　本のページ？」

「残念でした」

女は、右手を目の前でひらひらさせ、

「新式のおまじないよ。飛行機が落ちないように、っていう」

「へえ……初耳」

女は、男の反応を確かめるように暫《しばら》く間を置いてから、故意《わざ》とつまらなそうな調子で、

「昨日私が考えたの」

「なんだ」

男は大袈裟《おおげさ》に舌打ちし、道化た声色で言い返した。

「それなら、車が事故らないようにっていうおまじないにしといたほうが、よかったんじゃないの？」

瞬間、女は笑いかけ、しかし男と目を合わせると不意に押し黙った。

妙な感じだった。その日、会ってからずっと、女はそんな調子だったのだ。何かを言いあぐねている。男は、その何かを測りかねて、つい軽口を叩《たた》いてしまう自分を持て余していた。

「誰に聞いたの？」

窓外の街の流れに目を遣ったまま、気のない声で女は尋ねてきた。

「なに？」

「あの子のこと」

あの子。声には出さず、男は呟いてみる。いつのまにか、年下の男をそう呼ぶのが似合う女になってしまったわけだ。

「ああ、ポール・ニザンのこと？」

「そう」

「クラスメートさ。むかし君に夢中だった」

「あの役者くずれの？　どうしてあんなひとが？」

「ひどい言われようだな。〝あの子〟とちょっとした知り合いらしいよ。こないだ電話があってね。色々話したけど、結局話題の中心は君のことでさ。〝ポール・ニザン〟ってコードネームもその時決ったわけ」

「あなたらしい発想よ……」

「なにが？」

「そのコードネーム」

「そう？　でも、けっこう言えてるだろう？」

「さあ。どうかしら」

ひとしきりの会話の間も、女は伏せた目を上げようとはしなかった。そして男はそのことに、軽い苛立《いらだ》ちを感じ始めていた。

繁華街の渋滞を抜け、車は国道に入っていた。高速の高架を右手に見て、真直《まっす》ぐに二車線の道が続く。言葉の消えた車内に、いつのまにか雨の匂いが沁《し》み通ってくる。

そう、いつだったか……。車と雨の匂いが引金になって、記憶が、男の内に煙り始める。まだ大学にいた頃、この同じ道を通って、女を空港まで送ったことがあった。五人乗りの車に八人も乗って、最初から最後まで笑い通しだった。女は確か二度目のニューヨーク行きで、屈託のない最高の笑顔をしていた。あの日も、こんな雨模様だったが……。

歩道橋に掛けられたサインボードを目にして、男はアクセルを緩める。ウィンカーを出し、右折車線へ入る。

「空《す》いてたわね」

信号待ちの間に、ぽつりと女が言う。

「うん……不思議とね」

信号が変わり、クラッチを繋《つな》ぎながら男はハンドルを切る。躰《からだ》が左に振られ、上り坂になった高速への二車線が見えてくる。えぐりこむような深いカーブが続き、やがて車は三車線との合流点にさしかかる。

「高速って好きよ……」

女がまた独言のように呟く。

「人がいないから、だろう?」

その言葉の後を、男が続ける。それは、ハイウェイに入るたびに女が言う口癖だった。

男の言葉を聞いて、女は少し笑う。

「記憶力、いいのね」

「君に関しては特にね」

頬を崩して女に目を走らせるが、その横顔は、もう真顔に戻ってうつむいている。男はまた表情を持て余し、正面に向き直る。

フロント・グラスの彼方《かなた》に、料金所のゲートが近付く。雨の中に濡れそぼち、ひっそりと廃墟《はいきょ》のような印象だ。男は、右足を浮かして徐々に速度を落としながら、左端のブースに車をすべり込ませる。雨音が遠のくその瞬間に、女は助手席の窓を開けて腕を差し出す。顔のない濃紺の制服が、無言でチケットを手渡すのを確かめてから、男は思いきりアクセルを踏み込んだ。素早くギアをセカンドに入れ、レッド・ゾーンまで引っぱっていく。シートに躰が押しつけられるほどの加速だ。サードからトップへ続けざまにチェンジすると、メーターはもう百四十キロを指している。男は両手でステアリングを握り直し、視界の左右に溶けていく風景に身をまかせた。

『空港・50キロ』

青地に白抜きのサインボードが、サイド・ウィンドウを掠《かす》め飛ぶ。雨粒が、強い音を立ててフロント・グラスに弾《はじ》ける。

「この加速。死んでもいいね」

少年のように弾んだ声で、男は言う。

「いつ買い換えたんだ？」

訊きながら、女の横顔を窺《うかが》う。薄い頰紅の下で、肌が溜息《ためいき》をついている。うつむいたまま、女は答えた。

「今年に入ってからよ」

男は走行距離に目をやってから、ただ黙って頷《うなず》いた。

「ねえ……」

女は顔を上げ、煙草《たばこ》を一本抜いて言葉を継ぐ。

「やっぱりこの車、預かってくれない？」

「何で？」

「何でって……あなたに乗ってもらいたいのよ」

素っ気ないその言い方を反芻《はんすう》しながら、男は、言葉の裏側を読みにかかる。

「それじゃ説明になってないよ。彼氏はいいのかい？」

「ああ……」

女は煙草に火を点《つ》け、

「いいのよ。別れたの」

乞われて時刻を教えるようにそう言った。

「ふうん……」

男は何だか笑いそうになる。

ああそう。そんなこと。割とあたりまえだったな。男はアクセルの足を緩め、エンジンの回転数を静かに落としながら、できるだけ普通の口調で言った。

「うん、それなら説明になってる。そんなことじゃないかと思ってたけど」

「優しくないわね、相変わらず」

しかし、むしろ嬉《うれ》しそうな声で女は答える。

「ちっとも変わってないんだから」

「だって他に言いようがないじゃないか。さっきも言っただろう。ポール・ニザンじゃ荷が重すぎるよ、やっぱり」

「じゃあ、誰なら軽々と担いでくれる？」

「そうだな……モームかヘミングウェイか……ジェームズ・ボンド」

「嫌ね、馬鹿みたい」

その日会ってから初めて、女は声に出して笑った。いい顔だ。昔のままだ。と、男は思う。

「で、感傷旅行ってわけだ」

「また。その言いかた……でもね」

女はそこで言葉を切り、思い出し笑いをするようにふっと口許《くちもと》を緩め、

「あなたにそんなふうに言って貰《もら》いたかったの。変ね。でも本当よ、だから電話したの」

「レニー・ブルース並みの扱いだね」

「そうね、そんなとこかしら……でもどうしたの、さっきから人の名前ばかり出すじゃない」

「ええと……ふたつ理由がある。ひとつは今仕事で〝人名事典〟の編集を手伝っていること。これが大変な作業でね。時代別にチームを組んでやってるんだけど」

「あなたは、近代？」

「二十世紀の有名人のゴシップだったら、いまのところ僕が世界一よく知ってるだろうな」

「ゴシップ？」

女は、嬉しそうに吹き出し、

「相変わらずそうやって、役に立たない知識ばっかり増やしているわけね」

言いながら、頭の脇で指を回してみせる。

男は含み笑いを漏らし、またアクセルを踏み込んで加速した。ちぎれそうな音を立て、エンジンが泣く。あっという間に四、五台抜き去ってから左車線に寄り、ゆるやかに減速する。女はしかし眉ひとつ動かさない。それを見て、男はまた別の笑いを漏らす。

「もうひとつは？」

随分間を置いてから、女が尋ねる。

「え？」

「ふたつ理由があるって言ったでしょ」

「ああ、単純なことなんだけど……つまり……ドミニク・サンダに話を持って行きたかったから」

「何それ？　何故《なぜ》？」

「君が似てるって言いたかったんだ」

女は、大袈裟に見開いた瞳を男の横顔に向け、それから嬉しそうに声を上げて笑った。

「手が込んでるのね。どうして？　会ってすぐに言ってくれればよかったのに」

「いや、だってドミニク・サンダって、とびきり良い女じゃないか。だから……ほら……そういう褒め方って、何となくくやしいじゃない」

女は少しずつ笑い声を収めていき、やがて柔らかな溜息をついた。

「優しいのね、やっぱり」

「そうかね。でもまあドミニク・サンダに似てるってことは、しゃくだけど本当だよ。初めて会った時からそう思ってた」

「何でもっと早く言ってくれなかったの」

「いや、こんな時のためにとっておこうと思ってさ」

「馬鹿ね……」

女はまた煙草を一本抜いた。そして神経質そうに前髪を掻《か》き上げながら、火を点けた。

「ちょっと遅かったわ」

本当に残念そうな言い方だった。

雨が、また激しくなった。男はワイパーを高速に切りかえ、暫く黙り込んで濡れた路面を見詰めた。雨音と、エンジンのうなりと、車体が切り進む風の音。何か音楽をかけたかったが、それもはばかられた。

『空港・35キロ』のサインボードが、あっという間に風に溶ける。あと二十分。男はぼんやりと思う。

「で、今回の感傷旅行は、どちらまで？」

「言わなかった、私？」

「聞いてないよ。〝空港まで送って〟〝ああ、いいよ〟それだけだったじゃないか」

「そう……パリよ、多分」

「多分ってのは？」

「アンカレッジで失踪するかも知れないでしょ。それに空港まで行けるかどうかだって
あやしいわ」

「空港までは保証するけどさ……期間は？」

「三週間か、三年か、三十年」

「へえ。それで荷物はあれだけ？」

言いながら男は顎で後部シートを指し示した。女は少し顔色を変える。そこには、小さめのボストンがひとつしかない。

「もうちょっと大きめの荷物も抱えてるわよ」

「なるほどね……」

男は頷き、

「そいつは重いだろうな」

そう答えた。そして少し間を置いてから、笑いを含んだ声で続けた。

「でも、どうかな」

「何が？」

「ポール・ニザンが空港に先回りしてるかも知れない」

「そんな……」

女は目を伏せ、急に真顔になる。

「僕が二十歳だった頃、一番やってみたかった役回りだ。いや、もしかしたら君は、そんなことはもう見越してるんじゃないのか。だから、脇役として僕を呼んだ……」

「そんなことないわ」

女は鋭い視線を男に投げつけ、首を振った。

「そんなことありえないわ」

「そう？　賭けようか。そうだな……僕のバッグにウォークマンが入ってるから、それをポール・ニザンに賭けてもいい」

言いながら、男は故意《わざ》と探るような目をしてみせる。

「本気で言ってるんじゃないでしょ」

「どうして？　本気だよ」

「馬鹿ね。慰めてくれなくても結構よ」

怒ったのだろうか、女のその言いかたには敵意のようなものが感じられた。男は一瞬言葉を見失い、行き場のなくなった視線を窓の外へ飛ばした。

車自体の巻き起こす風が、雨を真正面から運んでくる。扇型に切り取られた風景の向うに、なだらかなカーブが萎《しぼ》んでいく。同じ濃紺の、似たような車がたて続けに二台、水しぶきを上げながらみるみる小さくなる。

「ねえ……」

その二台の後ろ姿を見送りながら、女は言う。

「取り消すわ。慰めてほしいの」

弱気な内容とはうらはらに、その言葉には命令の調子がある。

男は正面のカーブに目を据えたまま、〝まさか〟と言いたげに首を振った。

「冗談だと思うの？　そんな顔して……私の頼みかたって、今でもあなたの気に障る？」

「いや、別に気に障るわけじゃないんだ。ただ、相変わらず自信まんまんに頼むなあって……」

苦笑しながら、男は答える。

確かに、女はいつも高慢だった。しかし、それが彼女の短所だとは言い切れない。高飛車にものを言う女は、かえって魅力的に見える。特に、大人になりきってない青年にとっては……。

男は、女に強く魅《ひ》かれた大学の数年間をなつかしく思い出し、そして瞬間的に、劇場で見かけたポール・ニザンの横顔を重ねてみた。

「そんなに自信まんまんでもないのよ。お願いがあるの……」

窓外に目を馳《は》せたまま女は呟き、黙り込みそうになる。

沈黙を嫌って、男は言葉を継ぐ。

「自信がないんなら、聞きたくないな」

「ひとつだけ。簡単なこと……」

しかし、また言いかけて止《や》めてしまう女をいぶかって、男は、彼女の視線をちらりと追う。

田園地帯の広がる先にぽつんと小高い岡が見え、その一角をオレンジ色のパワー・ショベルが切り崩している。雨にくすんで、どうしようもなくみすぼらしい風景だ。男は前方の直線に瞳を戻し、女の言葉を待ち始める。

嫌な予感が、する。胸騒ぎと苛立ちが、交互に男の胸を苦くする。

女はなかなか切り出そうとしない。男は少し大袈裟に首を傾げて、女を促す。と、男の視線は、女の思いつめたような瞳と交錯した。

「私を行かせないで」

甘える調子ではない。女は乾いた、強い声でそう言った。

「行かせない？　どうして？」

「暫く一緒にいたいのよ。あなたと」

「暫くっていったって……もう飛行機の時間がぎりぎりなんだろう？」

「いいのよ、そんなの……」

「よかあない」

男はようやく動揺から回復して、不機嫌を装う。

「送れって言ったり、引き止めろって言ったり……」

「ねえ、聞いて。空港までにあとひとつだけインターチェンジがあるわ」

「へえ、よく知ってるね。下調べしたみたいだ」

「茶化さないで……そこで下りてほしいの」

「それで？　モーテルにでも行くのか？」

「そう……それでもいいわ。それとも、そのままどこかにドライブしてもいいし」

「どこかって……車じゃパリまでは行けないよ」

女はしかし、笑うどころか表情ひとつ変えなかった。視線を宙に這《は》わせ、何かを思いつめている。

「やめにしたいのよ」

「どうして？　まさか、ポール・ニザンが待ってるかもしれないからじゃないだろう」

瞬間、女は顔色を変え、それから無言のまま首を振った。

「あの子は来ないわ」

「何故？」

「来られないのよ」

女は瞳を上げ、斜《はす》かいに男と視線を合わせた。前髪が音もなく垂れ掛かり、眼の前に黒いカーテンを引く。掻き上げもせず、そのままの姿勢で女は続ける。

「さっき私、嘘《うそ》をついたわ」

言いながら、包帯の右手を男の顔の脇に突き出し、

「これね、おまじないなんかじゃないの。包丁で切ったのよ」

女は静かに息をつぎ、唇を嘗《な》めた。

「あの子を刺した時に切ったの……」

顎が胸板につくほど、女は深くうつむいて言った。

「私、あの子を刺したのよ」

フロント・グラスの上に踊る雨粒のひとつひとつを、ワイパーの一振りが消し去り、消し去る。正面の風景が急に鮮明になって、瞳の中へ押しよせてくるような気がする。

刺した――。

言葉が、男の顔の周りを浮遊し、蜂のようにまとわりつく。何故だろう、顔の肌が変に突っ張るような感じがする。

「それで……」

しかし、思いがけず冷静な自分の声に、男は驚いた。

「どうした？」

間を置かずに女は答えた。吐き捨てるような言い方だったが、興奮した様子ではない。

「死んだわ」

「死んだのよ」

自分に言いきかせるように女は繰り返し、

「私が殺したのよ」

遠い目をする。

〝嘘だろう？〟困惑が、男の内に突き上げてくる。そして、手に負えない緊張と。

「いつの話？」

押し出すようにそれだけ、男は訊いた。

「昨日……昨日の夜」

「電話の後？」

「そう……あなたに電話した時は、隣りにいたの。ベッドに腰掛けて、煙草吸って……」

「それが……どうして？」

「話したくないわ」

女は、きっぱりした口調で言い切った。そして、もう一度何かを尋ね出そうとする男の言葉を遮って続けた。

「でも計画したわけじゃないのよ。解《わか》るでしょう。そういうふうになってしまって……。どうしようもなかったの……」

男は路面に目を据えたまま、女に聞こえるように溜息をついた。何かここではないどこか遠い場所で、会話を交しているような気がした。

「どうしようもないって……」

聞こえたはずだったが、女は黙したまま答えない。焦点を虚《うつ》ろに結び、つぎの言葉を探している。いや、思い出しているのかもしれない。

尋ねて、問い詰めたいことは山ほどあった。様々な疑問が、なかなか言葉の形をとろうとせずに、男の脳裏を行き交う。

死体は？　本当はまず、そう訊きたかった。しかし、〝死体〟というその一言がどうしても言えない。

「どこに？」

だから男はそれだけ訊いた。女は不安げな瞳を上げ、それからその主語に気付いて軽く息を呑《の》んだ。

「部屋よ……私の」

「飛び出て来たのか……」

頷きながら、女は肩を落とした。男はその様子を横目で窺い、続いてシフト脇に置いた煙草に目を遣った。手に取って、一本くわえる。パッケージのセロファンが耳ざわりな音を立て、男は、自分の指先が高揚しているのに気付く。ライターを押し込み、女にも一本勧める。が、顔を上げようともしない。

フロント・グラスを打つ雨音が、間遠になっていく。

男は、アクセルをほんの少し緩めた。視界の左隅、路肩の緑の中に青いサインボードが掠め飛ぶ。

『空港・15キロ』

その表示の下に、次のインターまで二キロとある。

「次で下りて」

女もそれを見たのだろうか、不意に口を開く。

「それで……とにかくどこかへ走ってよ……今夜だけでいいから。そしたら私自首するから」

強い語調だった。すがるような響きが、男の耳に絡む。

女と目を合わすことができずに、男は黒い路面の先を見据えている。

鈍い音を立てて、ライターが上がる。二人は同じように肩先を震わすが、何も言い出せない。男は、火の点いていない煙草を唇で弄ぶ。女は、目を落として、包帯の右手をゆっくり握ったり開いたりしている。

やがて道の果てにインターへの出口が見え始める。分離を示す黄色いランプが、男の瞳の中に点滅する。いつのまにか女は、男の横顔を食い入るように見詰めている。車は、出口寄りの左車線を走っている。

「ねえ……」

女は何か言おうとするが、その後は言葉にならない。

ファインダーから覗《のぞ》く景色のように、男の視線は出口に吸い寄せられる。そしてその視界に、女の言葉やしぐさ、男自身の思いなどが散り散りになってオーバーラップする。後続の黒いクーペが右から追い越しをかけて、あっというまにインターへ消えていく。その後ろ姿を追いながら、男はしかしハンドルを切ろうとはしなかった。二叉《ふたまた》に分かれた下り坂が、サイド・ウィンドウを横っ飛ぶ。分離ランプが、黄色い筋を引いて消え去る。そして女は男の横顔から、ふっと視線を外した。

男は女の反応を肌で感じ取りながら、もう一度ライターを押し込み、火を待つ間の数秒をじれったく見送った。

あと十三キロ。

「聞かなかったことにするよ」

考えよりも先に、口をついて出た言葉だった。不自然な切り出しかただったが、言い直す余裕もなく男は言葉を継いだ。

「だってそれが本当なら……僕は、このまま君を……逃がしたい。現にこうして、今のところ上手《うま》く逃げてるわけなんだし」

ライターを引き抜き、煙草に火を点けると、男は深く煙を吸い込んだ。

「それなのにわざわざ、つなぎとめる方に手を貸すなんてさ……。いや、結果的にはどうか分からないけど。逃げた方がいいのか、どうか……」

矢継早に口をついて出てくる言葉が、脈絡を失いかけているのに気付いて、男は口を閉ざした。赤面しそうになる。どうしても考えがまとまらないのだ。焦燥を隠すために、男は小刻みに煙草を口へ運んだ。車内に、煙が満ち始める。しかし二人とも窓を開けようとはしない。

やがて短くなった煙草を、男は灰皿へ押しつける。強く捻《ひね》って火先をねじ切り、それから溜息をつく。

〝どうするんだ？〟

誰にともなく、男は思う。

女はうつむいたまま、瞳を自分の右手へ向けている。髪が垂れ掛かって表情が読めない。

「とにかく……」

男は、できるかぎり無機質な声を作ろうとする。

「何も知らずに送ったことにするよ。飛行機に乗るか乗らないかは、君の判断だ。僕は……」

「随分お喋《しやべ》りね……」

女の落ち着いた声が割って入る。

「いいのよ、そんなふうに言ってくれなくても」

まだ車内に立ち籠《こ》めたままの煙の向うで、女は言う。

「良くわかったわ」

声の調子が、何だかそぐわない。男は不審げな表情を女に向けた。伏せていた顔を上げ、女は小さな笑みを返してくる。

「どういう……意味？」

口籠りながら、男は尋ねる。

「どういうって……」

言いながら女は、右手の包帯をゆっくり解き始める。それに合わせて口許が綻んでいく。

「どうするかなって……思って」

包帯の下から、痩せた、小さな掌《てのひら》が現れる。女は自分の膝の上で、指先をぴんと広げて見せた。石鹸《せつけん》の香りそうな、白い指だ。

「嘘なの」

「嘘って……？」

女は芝居がかって、肩をすくめてみせる。

「ほら、切ってなんかいないでしょう。包丁なんてここ三年くらい持ったことはないのよ、本当は」

女は楽しそうに右手で膝を打ち、

「だからポール・ニザンも、今頃は雨上がりのキャンパスで口笛を吹いてるはずなの、残念ながら」

屈託のない声でそう言い放った。

男は、しかし硬直したままの表情を崩せずに、女の横顔を窺い見る。

「もういいわよ、そんな顔」

目を合わせると、女はそう言って笑った。

「本当か？」

自分でも嫌になるような、疑い深い声で男は尋ねる。

「本当よ」

「どっちが？」

「嘘だってことがよ」

言いながら煙草を取ろうとして伸ばしてきた女の手を捕え、乱暴に握りしめる。男の手にすっぽり入ってしまうほど、小さな右手だ。

「おい……」

「何て奴だ。こいつにやられたぞ……ずいぶん用意周到じゃないか、ええ?」

「信じた?」

女は男に手首を捕えられたまま、子供っぽく笑った。

「信じたかだって? 過激な冗談だよ、まったく。いや、こういうのって、冗談の部類に属さないよ。大体、どこまでが嘘だったんだ? ポール・ニザンと別れたっていうのも嘘か?」

「それはノンフィクションよ」

女は男の手からするりと逃れて、髪を搔き上げる。

「チケットを取ったのは?」

「それも本当。ただし、感傷旅行のつもりなんてないけど」

男は悪意のない舌打ちを漏らし、それから腰をずらしてシートに深く座り直した。知らぬ間に、随分前のめりの姿勢をとっていたらしい。背筋に、緊張の名残がぼんやりと感じられる。

「この包帯さえなかったらなあ、信じやしなかったけど」

女の膝の上でくしゃくしゃになった包帯を横目で見ながら、男は呟く。

「ちょっと凝りすぎじゃないか？　すごく不毛な冗談なのに」

「そうでもなかったわよ」

「どうして？　何が？　だれかが膝を叩いて喜んだか？」

「そんなことじゃないけど……少なくとも私の目的は果たせたってこと」

「どういう目的さ？　パリで女優にでもなるつもりかよ」

女は柔らかな笑い声を立てた。そして包帯を両手で巻き取りながら、

「あなたを試してみたかったの」

そう言った。

「あなたを試してみたかったの」

女の言葉をそっくり真似《まね》て、男は頬を歪《ゆが》めてみせる。

「何だそりゃ。ばかばかしい。試して、何が解るっていうんだ」

「けっこう色々解ったわよ」

「何が？　例えば？」

「例えば……あなたは犯罪者の素質があるわよ。ちょっと気が弱いから、自分じゃ手を汚せないけど。でも、助けてはくれそう。それから……」

女はそこで言葉を切り、包帯を巻き取る手を止めて男の横顔を見詰めた。

短いが、深い沈黙があった。風と、エンジンの音が、また二人の間に膨れ上がる。

「やっぱり私とは友達でいたいんだってことも……」

女は煙草をくわえ、ワイパー止めたら、と素気なく言った。

確かにもうフロント・グラスは濡れていなかった。止んだのか、と男は独言をもらし、ワイパーのスイッチを切った。窓を少し開け、風を入れる。

雨上がりの、妙に鮮明な風景がガラスの向うで黙っている。

あと五キロ。男は、トリップ・メーターに目を走らせる。やけに長かったじゃないか。

「目の前に出口があるのに、わざと自分で迷路を作ったみたいだな」

女は答えずに、また包帯を巻き始める。

「そんなこと、もうとっくに解ってると思ってたよ」

「いいのよ、別に」

巻き終えた包帯のロールを両手で弄びながら、女は軽く笑う。

「おかげで、空港まで退屈しないですんだわ」

「退屈？」

思わず男は声を荒げる。続けて声を静め、

「まったく後味の良い退屈しのぎで、実に楽しかったよ。さっきのインターで下りてりゃ、もっと楽しかったんだけど」

「あなたは下りはしないわよ」

女は自信ありげに言った。

「だからあなたを選んだんじゃない」

「ひとをチェスの駒みたいに……」

「ごめんなさい……怒った？」

「怒っちゃいないさ。実は僕も、昨日ガールフレンドをひとり殺しちゃったもんでね。君が朝まで一緒にいてくれるなら、自首してもいいって、今考えてたんだ」

女は煙草にむせて笑い、

「じゃあ、あなたに飛行機のチケットをあげなくちゃ」

「ああ、そう願いたいね」

不機嫌を装ったまま、男は呟き、

「しかし、まったく……」

女の笑顔を横目で窺いながら、つい笑ってしまいそうになる。

「何て女だ」

「どうして？」

嬉しそうに訊き返してくる女を、大袈裟な溜息で制して、

「もういいよ……」

男はそう呟く。

「そんなことを説明してたら、飛行機が離陸しそうだ」

やがて道の上に、白文字が見え始める。

『本線』、そして『空港』。

男は左のウィンカーを出し、サイド・ミラーに目を遣る。素早く加速して左車線に入ると、分離ランプを越え、ゆるやかなカーブに沿って減速していく。

「着いちゃったわね」

料金所のゲートを目にして、つまらなそうに女が呟く。

それには答えず、男は青ランプのブースに車を入れる。右側の助手席から女が金とチケットを差し出す。快く冷えた空気が、二人の頬を軽く撲《う》つ。

「お気をつけて」

料金所の中から、人の好《よ》さそうな声がぽつりと響く。

「ありがとう」

女は窓をぴったり閉め、それきり口を利かなくなった。

道は、車線の数を徐々に減らしながら、きつく彎曲《わんきょく》して空港内へ入り込んでいく。

行き交う車の数が急に増え始め、男はアクセルを緩めた。長く尾を引いて響く轟音《ごうおん》に顔を上げると、ジェット機がフロント・グラスの上隅を離陸していく。

空港は、遊園地に似ている。来るたびに、男はそう思う。喧騒《けんそう》と、あわただしさと、そして空《むな》しい匂いがそこにはある。

「まだ大学にいた頃……」

離陸したジェット機の腹を仰ぎながら、脈絡もなく女は話し始める。

「やっぱり送ってもらったことがあったわね」

「ああ。総勢八人でね」

「そうそう。車の中が脱水機みたいだった……何だかなつかしいわ。ねえ、あのニューヨーク行きの時、あなたに何を買ってきたか覚えてる？」

「〝クラップ氏最後のテープ〟のパンフレット」

「そうそう」

「忘れるわけないよ。あれのおかげで卒論書けたんだから」

「そうなの？　退屈な芝居だったわよ、死にたくなるくらい。……でも、そうね。今日は私、クラップ氏みたいな気分よ」

「最後のテープを残すかい」

「うん……そう……でも、観客が少ないから、止めとくわ」

彎曲した下り坂の先に、放射状に建てられた空港ビルが見え始める。

「時間は？」

男が訊くと、女はだるそうに時計に目を遣り、

「ジャストよ。あなた、タイム・キーパーになれるわ」

「レーサーと言ってほしいね。コーヒーは？」

「無理。残念だけど」

「そう……」

男は頷き、

「やっとまともな世間話ができそうになったのにな……あともう少し。コーヒー一杯飲む間だけ一緒にいられたら、もっと、こう……」

言い澱《よど》む男の横顔から視線を外して、女は曖昧に微笑み、自分の煙草をポーチに収《しま》い始める。それからサングラスを掛け、男の方に向き直る。

「やっと口説いてくれたわね」

「いや、そういうんじゃなくて……」

「どういうんでもいいわ。ありがとう、嬉しいわ」

車は、北ウィングのロビー前にさしかかっていた。正面のロータリーを回り込み、モーター・プールへの道を選ろ《と》うとすると、女の手がウィンカーを戻した。

「いいの、入口の脇につけて」

男は黙ってそれに従った。女はバック・シートのボストンを取り、膝に載せた。そし

て、何か困ったような笑みを漏らした。

「迷惑かけちゃうわね」

車が停《と》まると、女はぼそっと呟いた。

「ああ、車のこと？　別に迷惑じゃないよ。ちゃんと君の駐車場に戻しとく」

「ううん、そうじゃなくて」

言いながら女はドアを開ける。外に出、車の前を回って運転席の窓に来る。

サングラスの奥の瞳が、まだ何か言いたそうに緩んでいる。

「じゃあ、預かろうか。いつ帰って来る？」

「多分二週間。でも解らないわ。本当に解らないの」

「ああ、別にいいよ」

「ありがとう……じゃあ」

軽く右手を上げて立ち去ろうとする女の背に、男はもういちど声を掛けた。

「待った。忘れ物だ」

女は肩を震わせ、振り返る。男は自分のバッグからウォークマンを取り出し、女に投げ渡す。

「来てなかったもんな、ポール・ニザン。賭《かけ》は僕の負けだ」

女は窓に寄り、男の顔を長い間見詰めた。そしてウォークマンを男の手に返し、

「私の負けよ。来てるの」

男は、女のサングラスに映る自分の歪んだ顔を見詰めた。女は腕時計に目を遣り、じゃあと軽く手を振った。小走りに歩き出そうとし、また思い直したように振り返り、

「やっぱり帰って来られないわ、私。お別れよ。嘘ばっかりついてごめんなさい」

女は、男の顔をもう一度切なげに見詰めてから、こう続けた。

「私の乗った飛行機が離陸したら、トランクを開けて」

そして女は、足早にロビーの人込みに紛れていった。ポール・ニザンを残して。

# 秘　剣

白石　一郎

**白石 一郎**
しらいし・いちろう

1931年釜山生まれ。2004年逝去。早稲田大学卒。1957年「雑兵」で講談倶楽部賞を受賞してデビュー。87年『海狼伝』で直木賞を、92年『戦鬼たちの海』で柴田錬三郎賞を、95年西日本文化賞社会文化部門を、99年『怒濤のごとく』で吉川英治文学賞をそれぞれ受賞。ほかに『鷹ノ羽の城』『サムライの海』などがある。

# 一

寛保《かんぽう》元年の正月、城内東の丸の一隅にある須藤主馬《しゆめ》の役宅に、表御右筆日記方《おもてごゆうひつにっきかた》の軽輩五、六名が、年頭の挨拶に来た。

須藤主馬は紀州藩の表御用部屋で、御右筆組の組頭をつとめて百五十石、さして高禄《こうろく》の者ではないが、御用部屋の生き字引と呼ばれるほど役務に精通しているので城内でも幅が利き、それだけ年始の客も多い。

主馬の下役、日記方の軽輩五、六名が連れ立ってやって来た時は、須藤家ではすでに早朝から二十名あまりの客を迎え、送り出した後であった。

客の接待には、すべて須藤主馬の娘、信乃《しの》が当たっている。

紀州の御家中では、年始の客に限り、その家の妙齢の娘が接待に出て、屠蘇《とそ》を振る舞わねばならぬしきたりがあった。

日頃めったに人前に出ることのない娘を、祝日にことよせて客の前に披露し、縁談に応じる年頃であることをほのめかすための風習といわれる。

須藤家の娘、信乃は、早朝から多くの客に接した気疲れで、この日は、いくらか不機嫌になっていた。

「またお客さまよ」

玄関の戸の開く音に眉をひそめ、信乃は、奥の間で上女中のたきにいった。

「お客さまには悪いけど、いい加減にしてもらえないかしらね。普段着で挨拶に出るだけなら何ともないのだけど、こんな似合いもしない物を着て、来る人ごとにじろじろと品定めをされて……」

「また、そんなことを……」

たきは、たしなめる声に苦笑を交えた。

「よくお似合いですよ、お嬢さま。そうしていらっしゃると見違えるようでございますよ」

牡丹色《ぼたんいろ》の高価な友禅染めの小袖、白地に御所車《ごしょぐるま》の絵模様をあしらった繻子《しゅす》の帯、小まん島田の髪に二、三本のかんざしをつけた風情は、若々しくてよく似合うのである。

だが、本人が頭から似合わぬときめて迷惑げに、さも窮屈そうに振る舞うので、それが却《かえ》っておかしく見えた。

信乃は須藤家の三人姉妹の末娘で、勝気で我儘《わがまま》な振る舞いが目立つかわりに、衣裳《いしょう》などにはおよそ無頓着な性格だった。

すでに良縁を得て嫁いだ二人の姉にくらべ、自分は似もつかぬ不器量だと、信じこんでいるようすである。信乃の姉二人は、家中でも、若侍などにさわがれた評判の美人だった。

しかし長く須藤家に仕え、三人の姉妹を間近に見て暮らしたたきの眼《め》には、あまり家中の評判にもならぬこの末娘が、姉たちに勝って美しく見える。本人がまるで認めようとしないのが、たきには口惜《くや》しいほどだ。

信乃は丸顔のふっくらとした面立ち、眼鼻のつくりは姉たちにくらべ目立たぬ方だが、近く接していると、この娘の独特の美しさが判《わか》ってくる。聡明なのである。それも、むき出しの聡明さではなく、人眼にはむしろ蓮《はす》っ葉《ぱ》で我儘に見える振る舞いのかげに、聡明なものを押しかくしている。両親にさえ困った我儘娘と思われているようだが、たきひとりはひそかにこの末娘の性格を高く買っていた。

「さ……」

朱塗りの三方に銀盃《ぎんぱい》と瓶子《へいし》をのせた屠蘇の道具を、信乃に向かって押しやり、たきはいった。

「玄関のお声では、日記方の小田さまたちのようでございますよ。お若い方ばかりでしょうから、お待ちかねですよ、きっと」

いやな顔をしたが、それでも信乃は客が父の御役向きの者たちと知って、しぶしぶながら三方を捧《ささ》げ、表座敷に赴いた。

日記方といえば、表御用部屋の父の下役、それも重立った者はすでに午前中に来ているから、この客は軽い身分の者ばかりだった。

いずれも粗末な木綿の羽織袴《はおりはかま》で、五、六人が座敷の隅に肩を寄せ合うようにして坐《すわ》っていた。信乃は丁寧に会釈して座敷に入ると、奥の一人から順に膝行《しっこう》して屠蘇を振舞って回る。まず三方を置いて一礼し、客の前に捧げ、客が両手で銀盃を取ると、瓶子の屠蘇を満たし、終わるとふたたび三方を置いて会釈する。

ひとりひとりくり返すと、かなりの時間がかかる。その間、客たちの視線を全身にあびているのが、信乃には苦痛だった。

ようやく五人目の客に盃《さかずき》をすませ、襖《ふすま》ぎわに控えた最後のひとりに、三方を差し出したときである。一瞬、躊躇《ちゅうちょ》しているように見えた客の妙な振る舞いに、信乃は眉を寄せた。この客は信乃の捧げ持つ三方の銀盃に、右の片手を伸ばしたのである。

ただの盃ではない。藩祖南竜院から、須藤家に頂戴した家宝で、銀盃の底には紀州家の葵《あおい》の御紋が刻まれている。

他の客は心得ていて、恭々《うやうや》しく両手で捧げ持つかたちで信乃の酌を受けた。

無礼な、と眉をひそめ、信乃はうつ向いていた顔をあげて客を見た。

おだやかな男の瞳が詫《わ》びるような色を浮かべて、信乃の視線を迎えた。

若く、清潔な風貌の武士であった。

非礼を咎《とが》める気持ちを信乃の心から、ふっと失わせるような澄んだものを、この武士の印象は持っていた。信乃は瓶子を取りあげ、武士の右手の銀盃に酒を注《つ》いだ。

伏眼になった信乃の視線が武士の膝の上に置かれた左手に走り一瞬、信乃の手元が狂い、盃にあふれ出た酒が、武士の袴の上にこぼれ落ちた。

武士の左の拳には、指がなかった。

親指を残して他の四本がつけ根のあたりから見えず、切断されたあとに、肉がぶざまに盛り上がっていた。

「粗相を致しました」

ゆっくりと盃の酒を干し、頬を染めてうつ向いている信乃に、武士はいった。

胸元から懐紙を取り出し、いかにも自分の粗相であったように、膝元の畳を拭った。

しかも、その間、袴の濡れには気づかぬ振りであった。

信乃は詫びる言葉もなく、早々に座敷を退き、奥の小部屋でたきを見るなり、

「どうしましょう。私、とんでもない粗相をして……」

「どうなさったのです」

「お客さまのお袴に、お酒をこぼしてしまったのよ」

「まあ、お嬢さまらしくもない……」

「だって……」

と信乃は泣き出しそうな表情になった。

「指がないのですもの」

「え？」

「お酌をしながら、ひょいと見ると、その御方、左手の指がないのよ」

「でしたら、田宮さまですよ。お嬢さま」

「田宮さま？」

「きっとそうですよ。田宮弥太郎《やたろう》さま。ほら指なし田宮さまですよ」

「あの御方が？」

「日記方に御出仕と聞いておりましたし、左手の指のない御方なら、間違いございませんよ。お嬢さま、少しの粗相ぐらい構いませぬよ。あの御方でしたら」

たきの言葉には、多分に軽侮の響きがふくまれていた。

「でも……」

と信じられぬ面持ちで信乃は、先刻の武士の印象を思い浮かべた。

六、七年前、藩中で評判だった噂《うわさ》を、信乃も聞かされた覚えがあるが、意外であった。まだ幼い頃に聞いた名前のせいか、信乃はもっと年老いた中年の武士、それもひ弱な感じの、陰気で暗い容貌の武士を想像していた。自分の粗相をさりげなくつくろってくれた態度や、若々しい清潔な風貌など、噂とはまるで違った人物に見えたことが、信乃にはふしぎだった。

「信じられないようね」

と信乃はつぶやいた。座敷で見た武士の印象が、ふくれあがるように大きく自分の胸を満たしてくるのを、信乃は感じた。

二

「たわけっ、そのようなことで当家の流儀がつげると思うか、立て、立てっ」

田宮流四代目の当主、田宮次郎右衛門《じろうえもん》は木刀を片手に道場の中央に立ち、床にうつ伏してあえいでいる二十歳の倅《せがれ》、弥太郎を見下していた。享保《きょうほう》十八年、厳寒の深夜である。

広い道場は不気味な静寂につつまれ、わずかに正面師範席の燭台《しょくだい》の灯が、この父子の凄惨な絵図を照し出している。

「立たぬかっ」

次郎右衛門の木太刀が、びしっと弥太郎の肩を打った。

「立てっ」

更に木刀が一閃《いっせん》して、容赦なく弥太郎の頭上を打つ。額が破れて血が噴き出した。

それまで燭台の側《そば》に坐って稽古を見守っていた娘の波江が、見かねて席を立ち、父子の間に割って入った。

「父上、今宵《こよい》はこれまでに致しておいて下さいませ、弥太郎もこのように疲れ切っております」

「む……」

これが肉親の父かと思われるほど冷酷な表情で、弥太郎を見おろしていた次郎右衛門は、がらりと木刀を床に投げ、労《いた》わりの言葉を与えるでもなく、歩み去って行く。

波江は仄暗《ほのぐら》い道場の床に膝まずき、半ば失神している弟を抱きかかえるようにして、父親の肩幅の広い後ろ姿を見送っていた。

ここ二、三カ月というもの、田宮家では連日のように続いている光景である。一藩の武芸師範と称されるほどの家筋では、父たる武芸者が跡目を譲る子に、血のにじむような稽古をつける光景は、珍しくない。が、このところ田宮次郎右衛門の、倅弥太郎に接する態度には、いささか常軌を逸するものがあった。

田宮家は元和《げんな》五年、田宮常円長勝が、その工夫による田宮流の抜刀術を以《も》って紀州公に仕えて以来、代々武芸師範として藩主の御指南に当たっている家筋である。大藩の紀州ではこのほか竹森流、西脇流、金田流の三家が、剣術師範として仕えているが、藩内で最も重用されているのが、常円長勝以来の田宮流だった。

次郎右衛門は田宮流四代目の当主で、若い頃には、天稟《てんぴん》の剣才をたのみ、粗暴な振舞いもあったが、その後、年を重ねるに従い円熟した絶妙の剣技は、いまでは流祖長勝を凌《しの》ぐと噂されている名手である。

若年の頃の次郎右衛門の性格と、抜群の剣技を物語る逸話に、次のようなものがある。

次郎右衛門二十八歳の折、紀州家の宿老安藤帯刀《たてわき》に刀剣の鑑定を依頼されて、その屋敷に赴いた。差し出された刀は、二尺六寸三分、次郎右衛門の見立てでは一文字延房《いちもんじのぶふさ》の古刀だった。

「一文字延房、業物《わざもの》にござります」

「斬れるか」

帯刀の問いに、

「いかにも、斬れましょう」

「ならば、ちょうど斬罪を申し渡した家人がいる。斬って見せてくれ」

待つ間もなく一人の中間《ちゅうげん》が罪人の縄尻を取って庭先へ現われた。

ちらと罪人の背恰好《せかっこう》を一べつして次郎右衛門は帯刀にいった。

「あの者一人では真の斬れ味は判りませぬ。お許しあれば、あの中間めも共に重ね、二つ胴にして、斬り落として御覧に入れます」

帯刀の承諾を得て庭に下りると、中間に向かい、

「わしが工夫の剣技を御家老に御覧に入れる。そちはあの罪人の下敷になれ。二人重ねて置いて斬るが、そちの体には毛筋ほどの傷もつくまい」

かねて次郎右衛門の腕を聞き知っていた中間がその言葉を信用して罪人を背後から抱えこみ、砂上に仰向《あおむ》けに寝ると同時に、

「えいっ」と次郎右衛門の右手が一閃した。どのように構え、いつ抜いたのか、眼にもとまらぬ早さである。

かちっと鍔音《つばおと》を鳴らして、大刀《たち》が鞘《さや》へ収ったとき、縁側に立っていた帯刀の眼が初めて、二人ながら砂上に胴斬りにされ、四つになった屍体《したい》を認めた……。

この逸話によれば、若年の頃の次郎右衛門には、こと剣技にかけては、人を人とも思わぬ残忍なところがある。

その後、こうした性格が災いして人の讒言《ざんげん》を招き、藩主の怒りに触れ、いちじ高野山に引き籠ったことがあったが、間もなく許されて帰った。

次郎右衛門が、後に田宮流の無刀取りを完成し、心技ともに無双の名人と称讃《しようさん》されるようになったのは、その後の自省の賜物《たまもの》である。

次郎右衛門には男児三人、女児一人があった。男児二人は死亡し、家督をつぐべく残ったのは、末弟の弥太郎である。

弥太郎は、次郎右衛門の見るところ、生来の鈍根であった。むろん武芸の家筋に生まれた以上、弥太郎も幼児の頃から、厳格な修業を強いられている。当時の武芸者がわが子に接する厳しさは、言語に絶するものがある。元来、藩主からいただく武芸者の知行は、家禄ではなかった。次郎右衛門の知行三百石も、次郎右衛門の武技に対し与えられているもので、家禄といえばわずか十五石、家格は藩士の末席の小普請である。これは、ひとり田宮家に限らず、諸流師範の家もみな同じであった。従って当主が三百石でも、その子が武芸未熟の者であれば、代替わりの節には、容赦なく十五石の小普請に減禄される。流儀は門弟の中から熟達の者を撰《えら》んでこれに譲り、代々の名家も没落する。紀州藩では有馬流、狭川《さがわ》流などの名家が、よき後継者を子孫に得ず、流名までも門弟に奪われて、没落した例があった。

諸流の師範がわが子の教育に眼の色を変えるのも、とうぜんである。

次郎右衛門も倅弥太郎の武技には、人並み以上の関心を払っていた。幼い頃から手を取って教え、とうぜん他の門弟に対するとは、異なる厳しさで指導に当たった。

しかし、親の慾眼《よくめ》で見ても、駄目なのである。どういうものか、この弥太郎には天稟がなかった。ひと口にいうと筋が悪いのだ。

教えても叱っても型が崩れる。着座の姿勢を基本とし、坐ったまま自在に剣を遣うことを主眼とする田宮流では、何よりもまず、型を尊ぶ。一歩の前進にも、一寸の後退にも、相応の型がある。それを自得する素質が弥太郎にはない。本人は、自分の責任を痛感し、精一杯に努力している。

弥太郎が十五、六にたっした頃、次郎右衛門は半ば匙《さじ》を投げた。弥太郎の成長は天意にまかせるつもりで、ただ自己の剣技を磨くことだけに没入した。まだ体力には自信があったし、切実に隠居を考えるような年でもなかった。ここ四、五年というもの次郎右衛門は、弥太郎のことなど、念頭にないように振る舞って来た。

それが、二、三カ月前から、恐ろしいほどに変わったのだ。

真夜中でも、とつぜん弥太郎を呼び起こし、道場へつれ出して稽古をつける。ただの稽古ではなく、木太刀でびしびしと、寸毫《すんごう》の仮借もなく打ちすえるのだ。道場に倒れ、息も絶えだえになっている弥太郎を、悪鬼さながらの形相で打つ。額が破れ唇が切れ、血を流し、失神するまで続けられる。

次郎右衛門は数年前に妻を失い、今は弥太郎の姉の波江が、父子の世話をしている。波江が見ていて思わず悲鳴をあげるような稽古が、日ごと夜ごとに続けられた。

弥太郎にも、父の残忍な稽古を黙って耐え忍ぶだけの覚悟はある。しかしとつぜん荒稽古をつけはじめた父の心が、二十歳の弥太郎には知れなかった。

波江も同じ思いとみえ、ある夜、全身青痣《あおあざ》になっている弥太郎の背に、打ち身の薬を塗りながら、

「そういえば……」と思い出したようにいった。

「近頃、父上は、妙なことをなされていますよ」

「妙なこと？」

「いいえね、何でもないことだけど、毎朝、お掃除をする時、父上の御部屋にひどく紙屑《かみくず》が散っているのよ」

「紙屑？」

「ええ、細かく千切ったものや、小さく丸めたものなど……」

「それが、どうかしたのですか」

「いいえ、別にどうってことはないのだけど、よく考えてみると、貴方《あなた》に稽古をつけはじめた頃から、それが目立って来たようなので、気になるの」

「そんなこと……」

と弥太郎が一笑にふし、その話はそれきりで終わった。

相変わらず次郎右衛門の稽古はつづき、弥太郎は姉にも隠して、ひそかに血反吐《ちへど》をはく日が続いた。人相は一変し、見るかげもなく痩せ細った。しかし、悲鳴をあげることはしない。鈍根とはいえ、おそろしく忍耐強い若者だった。

「弥太郎」

まだ暁闇《ぎょうあん》のある朝である。弥太郎を呼び起こし、道場へ連れ出した次郎右衛門が、めずらしく自ら娘の波江に稽古の立ち合いを求めた。

波江を道場の片隅に坐らせておいて、

「弥太郎、これを使え」

次郎右衛門が差し出したのは、日頃愛用している堀川国広の長刀である。

けげんな顔になる弥太郎の手に、否応なく、ずっしりと重い真剣を持たせ、

「わしは、脇差で相手をする」

とたんに弥太郎の表情がこわばった。

「真剣で立ち合うからには親とは思わず、一心にかかってこい。わしも容赦はせぬ。さ、来い」

それ以上いわず、次郎右衛門は弥太郎との間合いを取ると、一尺三寸の小刀を引き抜いた。

波江は正面師範席の横に控えていたが、思いもよらぬ父の振る舞いに顔色を変え、眼を瞠《みは》っているばかりだった。

父の表情を読みながらためらっている弥太郎に、

「来い、抜かぬかっ」

「は、はい」

問答はいっさい許されぬと覚悟して、弥太郎はやむなく二尺六寸の国広を抜いた。

次郎右衛門は、右上段に構えている。

田宮流では、敵が上段であれば必ず下段につける。弥太郎の切尖《きっさき》は、足元三尺先の床を指した。日頃、教えられている通り、そのまま心気を澄して、相手の瞳を見る。

次郎右衛門の瞳を見たとたん、名状しがたい恐怖が背筋に走るのを弥太郎は感じた。

この二、三カ月の父の異常な稽古振りにも、時折察していたことだが、いま真剣を交えて見る父の瞳には、明らかに殺気がある。

父は、自分を殺そうと決意している。

父の瞳の殺気を確かめたとき、恐怖が消え、弥太郎は観念した。田宮流の後継者たる資格が自分にないとすれば、ここで父に倒されても本望だ。

「弥太郎、かかれ」

次郎右衛門の声が、道場の空気をふるわせた。

「とうっ」

右上段の父の左腕の肘を、下から払いあげるかたちで一歩踏み出し、弥太郎の白刃が一閃した。わずかに左へ半身を開き、小刀でかっきと長刀を受けとめながら鍔元へ迫り、

「まだ、まだっ」

鍔迫り合いのかたちで次郎右衛門が、軽く弥太郎を押した。

どどっと床を踏み鳴らし、背後へ弥太郎の体がよろめいて崩れる。

「来いっ」

ふたたび青眼につけ、切尖を弥太郎の喉元に擬して次郎右衛門は叱咤《しった》した。

わずか一尺三寸の小刀が、弥太郎の眼には四尺にも、五尺にも映る。

息づかいを乱して顔色も青ざめた弥太郎はふたたび父に叱咤されて、半ば夢中で上段から、長刀を真っ向に斬り下ろした。

「ええいっ」

右へ飛んだ次郎右衛門の体が、弥太郎の体に吸い込まれるように迫り、さっと離れた一瞬、峻烈《しゅんれつ》な気合いがほとばしった。

正面に控えた波江が、思わず悲鳴をあげると同時に、弥太郎の手から長刀が落ちた。

血しぶきが弥太郎の左の拳から噴きあがり、点々と道場の床板にしたたり落ちる。

自分の手をみつめて棒立ちになる弥太郎の側に、波江は走り寄り、床の血潮のなかに無惨に斬り落とされた四本の指を認めた。

弥太郎は苦痛の呻《うめ》きをあげ、崩折れるように膝をついた。

懐紙で小刀の血糊《ちのり》を拭い、鞘へ納めた次郎右衛門は、

「まて」

弥太郎の手を取ろうとする波江を押しのけて、息子の側に寄った。

あらかじめ用意していたらしい木綿の白布を懐中から取り出し、引き裂いて手首を縛り、肘を縛り、肩のつけ根をかたく結え、さいごに血潮の噴き出る左の拳を蔽《おお》って、血の流れをとめた。

「父上……」

波江の鋭い批難の眼差《まなざ》しをうけながら次郎右衛門は、呻き声を殺して苦痛に耐えている弥太郎を見おろした。

「そなたが、なまじ剣を遣えると思えば田宮の家に未練がのこる。わしは今、自分の未練を斬った。そなたではしょせん、当家の流儀はつげぬ。そなたがわしの荒稽古にも耐え、懸命に学ぼうとする心が見えるだけに、わしも迷うた。今後は剣を忘れ、別の道を歩むがよい」

次郎右衛門は、視線を波江に移した。

「波江は、近く師範代中村のもとへ嫁ぐことになろう。当家の流儀は中村へ譲るが、そなたを嫁合《めあ》わせることで、流儀に田宮の血はのこる。弥太郎も指を失ったからには、今後かなわぬ野心をおこし、そなたたちを妬むようなこともあるまい」

項垂《うなだ》れて聞く姉弟の前に、

「見い」

次郎右衛門は右の手を差し出した。姉弟の視線が、手首から先、紫色に硬直した次郎右衛門の右の手をみた。

「わずかあれほどの働きで、わしの右手はこの通りじゃ。手ばかりではない。右半身が時折、耐え難い鈍痛に襲われる。木太刀も握れず、歩行も出来ぬことがたびたびある。そなたたちには隠していたが、毎夜わしは、手もとの紙を丸め、千切ることをくり返して、わずかに指の動きを保つよう努めてきた。しかし遠からず、この体も使えぬようになる。田宮の家はこれで絶えたも同然じゃが、流儀はわずか波江によってのこる。それでよい」

やさしく弥太郎の背へ手を置き、

「医者を呼ぶ、辛抱せい」

それだけ言い残して次郎右衛門は、歩み去って行く。

波江が床に坐ったまま、嗚咽《おえつ》の声を袖に忍んだ。わずかに白みはじめた道場のなかに、弥太郎は血の気の失《う》せた唇をかみ、波江は袖で顔を蔽って坐りつづけた。

三

寛保元年の正月、御右筆組須藤主馬の役宅を訪れた日記方の軽輩五、六名のうち、信乃の眼をひいた指のない武士が、この弥太郎である。すでに七年の歳月が流れている。

田宮次郎右衛門は、弥太郎の指を斬り落とした翌月、享保十九年の正月に隠居、右半身が硬直する奇病のため、その後ひと月を経ずに死亡。田宮流の抜刀術は、稽古場胆煎（師範代）の中村千右衛門《せんえもん》がついだ。

千右衛門は師の他界の直前、その病床の前で師の娘波江と祝言をあげ、間もなく藩主に召し出され四十二石三人扶持《ぶち》を頂戴し、田宮流五代の師範を拝命した。

千右衛門にくらべ田宮家の嫡男弥太郎は、武芸未熟の咎めによって父の三百石を召しあげられ、わずか十五石の無役小普請に減禄され、父の他界と同時に、道場を千右衛門に引き渡し、下婢《かひ》ひとりを伴ない、小普請組のお長屋に移った。

死期を自覚して不肖の倅の指を斬り落とし、潔く流儀を弟子に譲り渡した次郎右衛門の振る舞いは、その没後に至っても、藩中、称讃せぬものがなかった。

「一藩の師範たる者、そのくらいの厳しい覚悟がなくては、代々、真の御奉公はつとまるまい。さすがは次郎右衛門、親子の情も家名も捨て、御奉公専一の心がけ、見事と申さねばならぬ。それにしても、おのれは無双の名人と称されながら未熟の子を持ち、敢《あ》えて子の指を斬った次郎右衛門の心中、察すればいかにもあわれじゃ」

みんな異口同音に言うが、父の評判とは逆に、本当に哀れだったのは弥太郎である。鈍根のせいで不具者にされ、藩士の末席の小普請に落ち、その上まるで不肖の子の見本のように、どこでも侮蔑の白い眼をあびる。亡父の名声が高くなればなるほど、残された子の立場はみじめだった。

弥太郎が落とされた小普請組というのは、お目見得以下、非役の下級士族の集まりである。藩内で犬小屋と蔑称される九尺二間のお長屋に住み、役扶持は一文も入らず、反《かえ》って非役の義務として小普請免なる役銀を徴集され、その日の暮らしにもこと欠く、哀れな存在だった。

このみじめなお長屋に、下婢ひとりを連れて移り住んだ弥太郎は、世間の嘲笑を恐れてか、滅多に戸外へも出ず、閉じこもって日を過ごした。一日中、薄暗い室内に坐り、ろくに食事も摂《と》らず、下婢と口をきくこともなく、青白い顔で考えこむように項垂れている。

真夜中でも眠れぬとみえ時折、夜具の上に坐り、じっと左の拳をみつめている弥太郎の姿を、下婢は見ることがあった。

そんな振る舞いから自刃を考え、悩んでいる主人の心が、下婢の眼にもおぼろげに読めた。それだけに、

「すぎ、しばらく私を一人にしておいてはくれぬか」

と弥太郎がいい出したある朝、長年田宮家に仕えた下婢は、色を失った。

「何を申されます。それでなくとも御不自由なお体、すぎがいなくては、毎日の食事な

ど、どうなされます」

「自分でやってみたい」

弥太郎は肉の落ちた頬に、弱々しい笑みを浮かべた。

「何も、そなたが案じることはない。一日も早くこの体に馴《な》れる為には、しばらく不自由な思いをしてみるのが、かえってよかろうと考えたまでだ。いずれ、そなたを呼び戻すつもりだが、その間、しばらく姉上の所へでも、身を寄せていてはくれぬか」

千石衛門に嫁いだ弥太郎の姉はその後、時折みやげ物など持ち、人眼を忍ぶようにして訪れてくる。しかし、みじめな弟を正視するに耐えぬようで、いつも口数も少なく帰って行った。意外に弥太郎の決心は固く、下婢は十日ほど後にお長屋を去った。

その後、不自由な片手で煮炊きなどしている弥太郎の姿を、周囲の女たちが見ることがあった。妻や娘から、それを聞いたお長屋の武士たちは、ひそかに弥太郎を嘲笑した。

「やはり次郎右衛門殿が見限っただけのことはある。あたら名家に生まれながら父の手で不具にされ、下婢にも逃げられた上、自分で煮炊きまでして生きのびようとする。その心根が情けない。性根のある男なら、右の片手があれば腹は切れる」

武士たちの冷たい視線を知らぬはずはないが、弥太郎はべつに自害するでもなく、侘《わび》しげな一人暮らしを続けていた。

そんな弥太郎が、わずか半年の後に思いがけず御役入りを命じられ、数多い非役の武士を差し置いて、表御用部屋へ出仕と決まったのは、波江の夫中村千右衛門のひそかな尽力の結果であった。

弥太郎に与えられた御役は、日記方認物見習《にっきかたしたためものみならい》と称する表御用部屋でも最下位の役目である。しかも、この日記方というのは、藩内でも最も嫌われた勤めだった。

御役の内容は、藩内の年中行事、吉凶葬祭、贈答音信などに関し、逐一、古い記録を引証して先例を示し、さらにそれを後々のため日記に書き残す仕事である。繁雑多忙を極めるのはまだよいとして、この役所には仕事の性質上、因循姑息《いんじゅんこそく》な人間が多く、みるからに小吏然とした者ばかり集まっている。

ために藩内でも、底意地の悪いということを、俗に日記方のようだと表現して憚《はばか》らぬくらいであった。

弥太郎が役所へ出仕して二日目のこと。

朝、定刻に姿を見せた書役の一人が、腰の物を仕事場の刀架へ掛けようとして、ふと顔色を変えた。

「誰だ」

早出して片隅に控えている四、五人の見習いたちを振り返り、書役はいった。

「ここへ刀を架けた者は誰だ」

「私ですが……」

四、五人の中から、おずおずと顔をあげた新参の弥太郎を見て、
「なにいっ」

眼の色を変え、ずかずかと書役は歩み寄った。

「こいつがこいつが。よくも新参見習いの分際で御役方の登城の前に腐れ刀を架けおった。拭けっ」

「は?」

「拭くのだ。わしがよいというまで、おぬしの袖で刀架を拭け」

困った顔で弥太郎は同輩の見習いたちを見た。誰も知らぬ顔で横を向いている。ふと見ると、いずれも先刻は刀架に掛けていたはずの長刀を、いつの間にか膝元に置いている。

「何をぐずぐず致す。早う拭け」

「は……」

やむを得ず、立ち上がって刀架の下段に掛けていた自分の長刀を取り、畳へ置こうとすると、

「誰もおぬしの刀の番はせぬ。犬にでも咥《くわ》えさせる気か。不精をせず自分で持て。さ、早う拭け」

袖で拭けというのなら、それもやむを得ないが、しかし左手の指がない弥太郎では、

大刀を右手に持つと、拭きようがない。

やむなく左脇の下に長刀を挟み、右の袖で刀架を拭った。十段並びの樫《かし》の刀架を、よしといわれるまで上から下まで丹念に拭く。

「よし」

頃合いを見て、書役はいった。

「二度とそんな真似《まね》をしたくないなら、これにこりて、御役方の登城の前に僭越《せんえつ》な真似をするな。見習いは御役方が残らず刀を架けてのち、空いた所へかける。よいな」

「は……」

面を伏せながら、聞きしにまさる御役所の雰囲気をわずか二日目で、弥太郎は知った。

しかしこれなど、まだよい方であることが、次第に判った。刀架の掛け順はもちろんのこと、硯箱《すずりばこ》の蓋の取りかた、弁当の箸の持ちかた、どんな些細《ささい》なことにも新旧の秩序があり、それを乱すと、満座のなかで居たたまれぬような叱責をうける。仕事の性質が、こうも人間を姑息にするものかと、新参の者には信じられぬような雰囲気だった。

この息苦しい仕事場で弥太郎に与えられた役目は、書役たちの雑役である。

机の上下左右いたる所に古い写本を積み重ね、本に埋るようにして執務している書役たちの命令をうけ、必要な書物を二階の書庫に探し、不要のものを元の棚へ戻す。

簡単な仕事のようだが、書庫に山積する数万の写本の中から、一冊を撰び出す仕事は容易ではない。手間取れば遅い、本が違えば違うで書役たちの罵声に追われ、青くなって走り回るのが、見習いの仕事であった。

殆《ほと》んど連日といってよいほど、書役たちの叱責は、手の不自由な弥太郎に集中した。他の見習いにくらべ、いくらか仕事に手間取るのは事実だったが、弥太郎が指を失ったいきさつを知った上で、ことさらにいじめ抜いている風があった。

「遅い」

ある朝、待ちかねた書役の一人が、書庫から写本を携えて戻った弥太郎を怒鳴りつけた。

「おぬし、かたわ者と思い不愍《ふびん》をかけてはいるが、こうも仕事に手間取るようでは、御役目上、黙ってはおれぬ」

不具者と正面切っていった男は、さすがにこれが初めてである。机に向かっていた者たちも、仕事の手を休めて弥太郎に注目した。

父に指を落とされて以来、弥太郎の人相は一変している。頬のこけた顔には生気がなく、眼だけが暗く光って見える。

若さを失った陰鬱な容貌は、上役の眼からみると、いかにも反抗的な表情に見えた。

「その眼つきは何だ」

と書役はつづけた。

「大体おぬし、自分がかたわ者だということに少々甘えておりはせぬか。仕事が遅いだけではない。字を書かせても不味《まず》い。叱れば、陰気臭い眼で上役を睨《にら》む。もともと、この役所は、おぬしの器量には過ぎているのだ。ここは、実の親の手で不具にされたような愚か者に、勤まるようなところではない」

思い切った叱責に、部屋中がしんと静まり返った。弥太郎は、右手を膝に置いて顔を伏せている。表情は見えぬが、頰のあたり血の色が引き、両肩が小刻みにふるえているのが、一同にも知れた。

「不服のようだが……」

書役は刀架のあたりへ、ちらと眼を走らせた。

「なんなら、いつでも相手をする。もっともかたわ者のおぬしを斬っても自慢にはならぬが」

その一言が仕事場の空気を凍らせた。みんな固唾を飲んで、弥太郎を注視する。

しかし、一同の期待と緊張を裏切るように、

「申し訳ございませぬ」

弥太郎は深く頭をさげたのである。

「お叱りのこと、以後、気をつけさせていただきます」

「うむ」いくぶんほっとした表情ではあったが、当の書役にもその出方は意外であった

らしい。ことを好み、見守っていた一同には、さらに意外であった。

「何だ、あの男は……」

弥太郎が青ざめた顔を伏せて書庫へ消えると、嘲笑の渦が仕事部屋に湧いた。

「評判に違《たが》わず、呆《あき》れ返った腑《ふ》抜けだ。金子氏にあれほどに罵られ、脇差へ手もかけぬ。不具者とはいえ、名人田宮の息子、まさかと思うたが、矢張りよほどの未熟者とみえる」

この事件が、役所内の弥太郎への評価を決定的にした。藩内にも噂は伝えられ、従来にまさる侮蔑の眼が、若い弥太郎に集まることになった。

こんな屈辱の日々、役所の勤めを終えて帰宅した弥太郎は依然、一人暮らしをつづけていた。迎える者もない寒々とした家に帰り、不自由な手で煮炊きして、わびしい食事をすませ、冷たい寝所に入る。寝所で何をしているのか。周囲の住人たちは、弥太郎の家の燈火《とうか》が、夜明けまで灯《とも》っているのを見ることがあった。

弥太郎の、御役所での昇進は遅かった。日記方見習いの役目から、ようやく一人前の書役に進んだのは、およそ四年の後であった。三年も勤めている頃から、眼に見えて弥太郎は変わってきた。いつとなく表情の暗さが消え、眼の鋭さが失われ、年齢に似ぬ落ち着いたあきらめの色が、その表情に漂うようになった。役所内の弥太郎への侮蔑は、依然として続いていたが、上役の叱責や皮肉にも、この頃から、どこか余裕のある笑顔で応ずるようになった。そんな弥太郎の変化を別に意識したわけでもないが、周囲の武士たちも、いつとなく仕事の内容に精通し、新参者などにことのほか親しまれている弥太郎を見て、軽く扱いながらも、けっこう仕事の上では重宝することになった。

四年目で弥太郎が、どうやら書役に進んだのも、そのためである。

昇進と同時に御右筆の組屋敷に一軒を頂戴し、弥太郎は姉のもとへ預けていた下婢を呼び寄せ、初めて人並みの暮らしに戻った。

寛保元年の正月、表御右筆組頭須藤主馬の役宅へ年頭の挨拶に訪れ、信乃と会った折の弥太郎は、すでに二十八歳、書役を拝命して二年を経ていた……。

「旦那様」

須藤家を訪れて数日の後、役所から帰宅した弥太郎に、下婢のすぎがいった。

「今日、須藤さまのお嬢さまがお見えになりまして」

「須藤さまの？」

「何ですか、これを旦那様にと……」

笑顔ですぎの差し出す風呂敷包みを、けげんな表情で、弥太郎は見た。

八丈絹と思われる上質の袷袴《あわせばかま》が、弥太郎の眼に入った。

「どうしたのだ。これは」

「粗相した先日のお袴のかわりにと申されましてね。旦那様にくれぐれもお詫びして下さるようにとお言づけでした。本当にまあ、眼のさめるような美しい御方で……」

「ほう」

弥太郎はすぎの言葉ではじめて、先日訪れた須藤家の娘を思い出した。そういえば、自分の左手の拳を見て驚き、瓶子の屠蘇を袴にこぼしたようだったが……。

「これを御縁に、時には御遊びにお寄り下さいましと何度もおっしゃいましてね。旦那様のことを気にしておいでのように拝見しましたのですよ」

「ふむ」

まぶし気な表情が、弥太郎の顔に走った。暗いなかに過ごし馴れた人間が、とつぜんまぶしいものを見て戸惑っているような、若々しい弥太郎の顔だった。

老婢のすぎが、そんな主人の、初めて見せる年齢にふさわしい表情を、いかにも楽し気に見守っていた。

四

「どうしてもいやだと申すのなら、そのわけをいえ。わしは、願ってもない良縁と思うたで、先方の話に内諾の返事をしてきた。理由もなく前言を翻すわけにはゆかぬ」

須藤主馬は妻のゆきと共に茶卓を前にして坐り、苦い表情で襖ぎわに項垂れている娘の信乃を睨んでいた。

　めったに酒をたしなまぬ主馬がめずらしく微醺《びくん》を帯び、上機嫌で帰宅したのは、つい先刻である。帰るとすぐ妻と二人、茶の間に引き籠って何か話し合っていたが、間もなく娘の信乃を呼んだ。

　主馬が信乃に告げたのは、縁談である。

　相手は主馬の上司で、藩の御側御用人を勤める実力者の嫡男、家柄といい地位といい、願ってもない良縁だった。

　娘も喜ぶと思い、早速、茶の間に呼んで知らせたところ、喜ぶどころか、いやだという返事なのである。

「いったい何が不服なのだ。申してみよ」

　娘にとってこれ以上の縁談はないと喜んでいただけに、主馬は裏切られた思いになった。

「これまでにも二、三話があったものを、当人のそなたがいやというで、みな、断わってきた。しかし今度ばかりは、両親がこの上ない相手と喜んでいるのだ。にべもなくいやだと申すのでは、我儘が過ぎはせぬか」

　主馬が言葉を荒げるのにも、無理のない点がある。正月から初夏にかけてのこの半年ばかりの間に、信乃には三度の縁談があった。いずれも良縁と思えたが、本人が承知する風もないので断わってきた。縁談に関する限り、主馬はなるべく本人の好みを通してやりたい考えである。それだけに親の自分が乗り気になるような縁談なら、我儘なようでも、娘は喜んで承諾してくれるという確信があった。

「そなた、どういうつもりなのだ」

主馬は苦り切っていた。

信乃は無言のまま、かたくなに面を伏せている。色白のきめのこまかい肌、豊かな頬のふくらみ、胸元から腰まわりの肉付き、女としていま花開いてきた印象がつよい。

「これ以上、そなたの我儘ばかり通すわけにはゆかぬ」

信乃を見ながら、主馬は半ばもてあます口調になった。

「何か、どうしてもいやだという理由でもあるのか。すでに心に決めた男があるとか、一生嫁げぬ欠陥がそなたにあるとか……まさかそんなことはあるまいと思うが、どうだ」

もちろん、ないと思えばこそ、この言葉で娘を縛り、今度こそ厭応《いやおう》なく縁談をまとめるつもりだった。

が、主馬の言葉が終わると同時に、信乃が低い声でこたえた。

「なに？」

空耳かと疑う風に主馬と妻は顔を見合わせた。

「なんと申した。え？」

ふたたび信乃が何かいった。聞こえないのではなく、信じられない表情で、まじまじと主馬は娘をみつめた。そのまましばらく、言葉を失っていた主馬が、やがて、

「誰だそれは……」と信乃に聞いた。

「そなたが、心に決めた男とは、誰だ」

今度は強く決意した素振りで、信乃は面をあげた。

「なに？」

男の名を聞くと、しばらくは思い当たらぬ風に主馬は考えていたが、ふっと顔色を変えて、信乃に念を押した。

そうだと信乃がうなずくのをみると、何とも名状し難い表情になり、主馬は黙り込んだ。

やがて信乃を退け、主馬は専ら信乃の面倒を見ている上女中のたきを呼んだ。

「いったい、どうしたのだ。これは」

たきが顔を見せるなり、主馬は口早に事情をつたえ、

「あの男と信乃が、どうして知り合ったのだ。何か特別の関係でも出来ているのか」

話を聞いてたきも、しばらくはあっけにとられた表情だった。思い出し思い出しする風に、主馬の問いにこたえていたが、

「そういえば……」とたきはいった。

「袴を届けましたあと、お嬢様が時折、お友だちの所へと申されてお菓子などお持ちになるのを見たことがございます。考えてみますと、あの御方のところへ参られていたのかも知れませぬ。でもそれほど、親しくなされていたとも思えませぬが」

「ふむ」

と苦り切った表情で、主馬は腕を組んだ。

「あのお嬢さまのことでございます」

たきは主人夫婦に訴えた。

「我儘を申されるようでも、人一倍賢いお方、何かよくよく事情があってのことに違いございません。あまりお叱りにならず、よく考えてみてあげて下さいませ」

たきの言葉にうなずきながら、

「しかし、相手がのう」と主馬は顔をしかめた。

どう考えても、ふしぎだった。だいいち信乃がその男に、親しく接する機会があったとは思えない。男はこの年の正月、当家に年始の挨拶に来たていどである。信乃がその男を知ったとすれば、おそらくこの時だが、すると信乃は一目惚《ひとめぼ》れに相手を見染めたのだろうか。よほど秀でた男とでもいうのなら、判らぬこともないが、藩内でも人からまともには相手にされぬ男であった。信乃も、この男の評判は、とうぜん知っているはずである。

相手が相手だけに、たきの言う通り、信乃には何か、よほどの決心があるとしか思いようがない。

主馬はこの問題が、簡単にはおさまりそうもない予感がした。

ともかく信乃の心を知った上は、自分もあらためて一度、その男に会い、ゆっくりと観察してみねばなるまいと、主馬は思った。

翌日、表御用部屋へ出仕した須藤主馬は、昼食のあと日記方に使いをやって、信乃のいう相手を、自室に呼んだ。

待つ間もなく、

「田宮でござります」

障子越しの廊下に、男の声がした。

「入りなさい」

と主馬はこたえ膝行して入ってくる相手に、障子を閉め、近く寄るようにと命じた。

伏眼になって自分の前に控えた田宮弥太郎の顔を、主馬は初めてみる相手のように、まじまじと見た。下役の一人には違いないが、日記方は、主馬の統括する一部門にすぎず、五十人からいる御用部屋の書役のひとり一人を知悉《ちしつ》しているわけには、ゆかなかった。

もちろんこの男にも、見覚えはある。

しかし、この男に関して主馬が知っているのは、七、八年前のあまり香《かんば》しくない噂だけといってよかった。

主馬はしばらく口をつぐんだまま、弥太郎の顔を注視していた。

若々しく、清潔な容貌であることが、まず意外だった。この男について今まで漠然と決めこんでいた暗い感じはなく、書役に特有の、ひねこびた老成の印象もなかった。

なるほど、よく見ると、別に悪い若者ではないと主馬は思った。

「急ぎの用でもないが……」

と主馬は、机の上に用意していた書物を取り、

「南竜院様の御言行録の中から、当時の新規お召し抱えの者に対する、拝謁の模様を拾い出してもらい度《た》い。今後の参考にするためだが、仕事の暇をみてやってくれればよい」

弥太郎を呼ぶための口実にすぎぬ仕事だった。弥太郎は訝《いぶか》しむ風もなく、かしこまって主馬の用を聞き、差し出された写本を右手に取った。そのとき主馬は左膝元に置かれた、指のない弥太郎の左手に気づいた。

相手の真面目な印象からうけた淡い好感が、その一瞬に心の中でふっと消え去ったのを主馬は感じた。

役所から帰宅すると主馬は、夕刻、自分の居間に信乃を呼んだ。浴衣地の白の薄物に

黄の帯をしめ、緊張した表情で入ってきた信乃に、

「今日、田宮に会うてみたが」

と主馬は口を切った。

「なるほど、評判ほどに愚かな男とも思えぬ。しかし、そなたが、とくに心に留めるほどの若者ではない。しかもあの男は、そなたも知っているように、武士として、取り返しのつかぬ烙印《らくいん》を背負っている。あの左手の傷痕がある限り、今後、一生、あの男の汚名は拭えぬものと思ってよい。役高も調べてみたが、わずか二十石そこらの小身、まずどの点から見ても、何ひとつ取り柄はない」

信乃は黙って顔を伏せている。

「で、そなた。あの男の、どこに惚れた」

信乃は思いがけぬ乱暴な父の言葉に体をふるわせ、みるみる頬を染め、さらに頬の血が引いて、青ざめるまで黙っていたが、

「判りませぬ」と低くこたえた。

「なに？」

「自分にも、よく判らないのです」

と信乃は畳をみつめた。

「初めてこの座敷であの御方にお眼にかかり、あの御方が帰られましたあと……」

「いつの間にか、もし嫁ぐならあの御方と……どうしてか、……自分の心にも、よく判りませぬ」

「うむ」

「いつのまにか、心に決めたというか」

「はい」

そのままに聞くと、おかしな言葉だったが、主馬は笑えなかった。それをいう信乃の表情には、言葉を越えて、主馬の心に訴えかけているものがあった。

娘のこんな表情を見たことがないと主馬は思った。青ざめた信乃の顔には、ひどく真剣なものがあり、親の眼にも、はっとするほど美しく見えた。

「その後、あの男に会うたことでもあるのか」

「御留守に二、三度、お訪ねしたことがございます。それに、道でおみかけして、会釈しましたことも」

「それだけか、言葉をかわしたことはないのか」

「ございませぬ」

「それではどうにも、納得のしようがないが、……そなた、あの男の過去の醜聞は知っておろう。どう思うのだ」

「その折のことは」

と信乃はこたえた。

「私にも判りませぬ。でも、いまは……」

ふと顔をあげ、

「誰よりも御立派な御方と、私には思えます」

娘の表情をみていると、相手への妙な同情や一時の感傷で言っているのではないことが、痛いほどによく判った。

「では、そなた、どうあっても、あの男に嫁ぎたいというのだな」

項垂れたまま信乃が深くうなずくのをみると、主馬は何ともいえぬ息苦しい気持ちになった。

「もうよい」これ以上、娘を見るに耐えぬ表情で、

「退《さが》りなさい」といった。

信乃が別間へ退ると主馬は額に皺《しわ》を寄せ、考えこむ姿勢で、半刻《はんとき》あまり居間にいた。

案じ顔の妻が、居間に顔を見せ、主馬の顔色を覗《うかが》いながら席を占めると、

「ゆき」と主馬は妻の名を呼んだ。

「これは、あきらめた方がよいようだ」

「え？」

「考えてみると三人もいる娘、一人ぐらいは親の言うままにならぬ子も出来よう。末娘

のことだ。あきらめることにしよう」

「では」

と眼を瞠るようにして、妻は主馬をみた。

「あの田宮と申す者に、信乃をおやりになるのですか」

「うむ」

苦笑してみせたつもりが、ふと泣き笑いに歪《ゆが》むのを、押さえることの出来ぬ主馬の表情だった。
二、三日の後、須藤主馬は、ふたたび役所の自室に弥太郎を呼んだ。出来上がった先日の書類を携えてきた弥太郎に、主馬は簡潔に事情を語り、娘をもらってくれぬかと、言葉を飾らず切り出してみた。
唐突な主馬の申し出に、弥太郎は驚きのあまり、しばらくは言葉もない表情で黙っていたが、やがて、

「私は……」と固く面を伏せ、主馬にいった。

「わずか二十石足らずの小身、その上、御覧のようなかたわ者です。それをすべて御承知の上で、娘ごは私のもとへ嫁ぎたいと申され、また組頭は、それをお許し下さるとおっしゃるのでしょうか」

「もちろんだ」と主馬はこたえた。

「よくよく考えた上で、おぬしに頼んでおる」

主馬が苛立《いらだ》ちを覚えたほどの長い沈黙ののち、弥太郎は、

「しばらく、御返事を猶予していただけませぬか」

「考えると言うのか」

「いえ、ただ……しばらく御猶予願えませぬか」

「何も猶予することはあるまい」

と主馬はいった。

「もらってくれる気があるかどうか、おぬしの心さえ聞けばよい」

「それも、いまは……何とぞ……」

と弥太郎は、深く頭を下げた。

「しばらくの御猶予をお願い致します」

何一つこたえようとせぬ弥太郎の態度に、気を悪くした表情で主馬は口を閉じた。

五

田宮次郎右衛門の没後、田宮流五代をついだ中村千右衛門の道場は、師の没後七年を経て、いまは藩内でも屈指の繁栄ぶりを唱《うた》われている。千右衛門の剣技は稀世《きせい》の名人で

あった先代にくらべ、若干の見劣りがするのは否めないが、それを補うに足る懇切丁寧な稽古ぶりが好感を呼び、門弟の数では却って先代を凌ぐと噂されていた。

田宮弥太郎が千右衛門の田宮流道場に、めずらしく姿を見せたのは、主馬との話し合いがあって、二、三日の後のことであった。

姉婿にあたる千右衛門への心遣いから弥太郎はこの七年間、一度も、かつてのわが家であった道場に足を運んだことがない。昼どきのことで、道場は若い門弟たちに満たされているとみえ、木太刀の音、床を踏み鳴らす足音が、門外にまで姦《かしま》しく響いていた。

道場とは別に、当主の家族の住居が裏手にあり、私用の訪客を迎える小門があったが、弥太郎は小門へは行かず、正面玄関に訪《おとな》いを入れた。

取り次ぎの者から訪客の名を聞き、半信半疑で自ら迎えに出た千右衛門は、玄関先に立っている弥太郎を見て、ひどく驚いた表情になった。無骨な顔に好意の笑みを湛《たた》え、

「これは、めずらしい人が来てくれたものじゃ。波江がさぞ喜ぶじゃろう。さ、上がって下され」

千右衛門は弥太郎が道場の正門から訪れたことを、別に訝しむようすもなく、先に立って弥太郎を離れの家族の住居に案内した。いまでは女児二人の母になっている波江が、これも、めずらしい弥太郎の来訪に驚いたようで、いそいそと客間へ招じ、茶菓などもてなし、千右衛門は稽古を中座したまま、弥太郎に対した。

最も近い親族でありながら、こうして三人がひとつ座敷に顔を合わせるのは初めてである。波江はその後、子供の世話に追われ、めったに弥太郎の住居を訪れることもない。千右衛門は、先代の嫡男で不遇の地位にある弥太郎には、心苦しいものを感じるのか、時に路上で会釈するていどの親しさにすぎなかった。それだけに、弥太郎の方からこうして訪ねてくれると、何かともてなして好意を見せたいようすである。

座敷に入ってきた姉の子供二人を膝元に寄せ、弥太郎は姉夫婦とさりげない話を交わしているうち、

「じつは……」

頃合いをみて、あらたまった表情になった。

「義兄上《あにうえ》にお願いがあって参ったのですが」

「ほう、何事ですか」

笑顔を向ける千右衛門に、

「義兄上に一度、お手合わせ願いたいのですが」

思わず声をあげて弥太郎をみたのは、側の波江だった。

「もっとも、御門弟の御一人とまず立ち合わせていただき……」

落ち着いた声で、弥太郎はいった。

「その上で、よろしければ、義兄上にも、一度お手合わせいただきたいと考えて参った

のですが」

千右衛門は無言のまま、信じかねるように弥太郎を見守っていた。

「弥太郎、そなた……」弟の正気を疑いながら波江は弥太郎の左の拳へ眼を走らせた。

「何をいうのです。まさか、その体で……」

「いかがでしょう。一度、お試し願えませぬか」

波江の言葉を無視して、弥太郎は真っ直《まっす》ぐに千右衛門を見た。

沈黙して弥太郎の表情を読んでいた千右衛門が、やがて、表情をあらため、

「お相手しよう。ちょうど師範代も来ておること、お望みなら、すぐに道場へ案内するが」

「お願い申します」

席を立つ千右衛門に従い弥太郎は、波江の心配そうな表情を背にして道場へ向かった。

広い道場は思い思いの稽古に興ずる若い門弟で、雑然としていたが、千右衛門が弥太郎を伴って姿を見せ、ひと声かけると、木太刀の音、床を踏み鳴らす騒音が鳴りを静めた。
二、三十人の若者が稽古をやめ、千右衛門と、その背後に従う弥太郎に視線を集めた。
「大田垣」門弟たちのなかに師範代の姿を探し、千右衛門は呼んだ。

「は……」と進み出てくる二十七、八の逞《たくま》しい若者に、弥太郎を引き合わせ、

「立ち合いを望んでおられる。御相手するように」

と千右衛門は命じた。亡師の嫡男であることや、義弟に当たることなど、一切の説明をさけている。しかし、大田垣と呼ばれた師範代は、もちろん弥太郎と知り、過去の評判も心得ているようで、いかにも訝しい表情になり、千右衛門を見た。

「さ……」

千右衛門は道場の刀架へ歩み寄り、自ら二振りの木刀を携えて戻ると、軽く素振りをくれ、両名に手渡した。

けげんな表情のまま大田垣はその一本を手に取ったが、師の真面目な表情を見て、ともかく心を決めたらしい。激しい素振りをくれ、つつと道場の中央にすすみ出た。

右の片手に木太刀を下げたまま、弥太郎はその大田垣を追って中央に進む。

二、三十名の門弟は、立ち合いとみて、それぞれ道場の片隅に席を占めた。

中央に進み出た二人は、二、三間の間合いを置いて立ち、双方、軽く一礼する。

大田垣は黒の木綿袴、白の稽古着、頭髪の乱れを白鉢巻で押さえている。

弥太郎は小倉袴に茶色無地の小袖、別に袖くくりもせず、羽織を脱いだだけの無造作な支度であった。

千右衛門が双方の中央に進み、気合いの満ちた勝負の声をかける。

同時に一歩、左足を前に踏み出し、

「いざ」と大田垣は木太刀を右の肩に引き寄せ、切尖を天に向ける田宮流右上段の構えを取った。

弥太郎は半歩後退し、相手の構えを注視しつつ、右足を前に、体を大きく左へ開く。同時に右の片手の弥太郎の木太刀が、足元から徐々に上にあがり、肩と水平の高さに、相手の喉元を指して、ぴたりと静止した。

見守っていた一同が、その異様な構えに眼を瞠った。

弥太郎の体は正面の大田垣に対し、切尖から一本の直線になったのである。

一杯に伸ばした右手の切尖から左の肩まで、一本の矢のように相手に向かい、左右の足の踵《かかと》は、床の上の直線上に置かれている。

とうぜん弥太郎の胸は左正面に控える門弟たちに向かい、相手の眼には、右肩に隠れて見えぬ。田宮流は無論のこと、諸流のいずれにもない、異様な構えであった。

道場の師範席正面に立つ千右衛門も、濃い眉を寄せ、鋭い眼差しで弥太郎をみつめている。

弥太郎の構えに眼を奪われていた道場の一同は、つぎに大田垣のほうへ眼をうつした。

大田垣は右上段に構えたまま、喉元の切尖をみつめ、立ちつくしている。

微動だもせぬのは、相手の変化を待つのではなく、動けないのだということが、大田垣の異様に緊張した表情からうかがわれた。

眼が弥太郎の切尖に奪われるらしく、それを振り払おうとして、精魂をつくしている。

怒脹《どちょう》した大田垣の顔から、しだいに血の気が失せてゆくのを一同は見た。

右上段の構えのまま、みるみる蒼白《そうはく》に変じた大田垣は、どうしたことか、ふと両眼を閉じた。同時に弥太郎の切尖が、静かに大田垣の喉元に吸われ、皮膚と間髪の差を置いて、静止した。

道場の一同が、思わず息をのんだ一瞬、

「それまでっ」と千右衛門が進み出る。まるで呪縛がとけたように大田垣は、右上段の構えをとき、そのまま片膝を折った。真っ青な顔で床をみつめ、大きく息をつく額のあたりにびっしりと小粒の汗が滲《にじ》み出ていた。

弥太郎は静かに木刀をおさめて立ち、何事もない表情である。一同が声もなく弥太郎を見守るうち、

「わしがお相手しよう」

厳しい表情の千右衛門が、弥太郎の正面に立った。

「お願い致します」

一礼すると弥太郎は、静かに間合いを取って千右衛門に対した。

再び異様な構えにうつる弥太郎に対し、千右衛門が下段に切尖を落としたのは、気力をもって上半身を防ぐ覚悟である。

大田垣の敗北を一種の気負けと見て、千右衛門は上半身を武器に頼らず、満身の気合

いで相手に向かったのだが、自ら立ち合ってみると、その気力さえ萎えるほどの相手の構えだった。わずかな空間を占めるにすぎぬ弥太郎の木太刀の尖端《せんたん》は、細部を正確に貫き通す鋭利な錐《きり》を思わせながら、同時に恐ろしい拡《ひろ》がりで、視野を蔽いつくすほどに見えるのである。眼をそむけようとすれば、切尖は際限なく膨脹して視野を蔽い、眼を凝らすと、針の鋭さを感じさせる。

勝負の最中、ふと眼を閉じた大田垣の振る舞いを、剣士にあるまじき敗北とみたのだが、向かい合ってみると、いかにも納得できる思いであった。

千右衛門は驚歎《きようたん》の声を胸中にのみ、依然、木太刀を下段につけたまま、弥太郎を睨んで立ちつくした。二、三十名の門弟は手に汗を握り、膝を乗り出すようにして、師と弥太郎の立ち合いを見守っている。

そのまま息苦しい静寂の時が過ぎ、やがて足下三尺先を指した千右衛門の木太刀が、切尖から徐々に上へ移り、青眼の位置で、わずかに弥太郎の切尖と触れ合うかに見えたとき、

「これまで……」

弥太郎の次の動きを制する千右衛門の声を一同は聞いた。

微動だもせず、同じ構えをつづけていた弥太郎が、静かに木太刀を引く。

同じく木刀をおさめ、まじまじと弥太郎を見て、しばらくは言葉もない千右衛門の額

のあたり、かすかに白味を帯び、汗を滲ませているのを一同は見た。道場の入口に膝をつき、ひそかに終始を見守っていた波江の表情が、押さえ切れぬ慟哭《どうこく》に歪んだのを、ただ弥太郎に見惚《みと》れている場内の一同は知らなかった。

この試合の噂は、旬日をへず、紀州藩中に広まることになった。試合を眼にした門弟たちが口々に伝えたのはもちろんだが、中村千右衛門自身、会う人ごとに、この話をした。

「まだかつて、見たことのない異様な剣でござる。いかなる工夫をしたものか、いかに問い訊《ただ》しても、本人がこたえませぬで、何とも判断はつきかね申すが、よほどの鍛練の結果、身につけた独自の技でござろう。あの不自由な体で、あれまでに到達した努力、ただ見上げたものと、感じ入り申した」

千右衛門の言葉の裏づけを得て、噂は藩中知らぬ者もないほど急速に広まったが、半信半疑の者も多く、なかにはまるで信じない者もあった。弥太郎の出仕する表御用部屋の者たちである。特に日頃、席を並べている日記方の者たちは、頭から噂を否定した。

「聞いたところでは」と書役の一人はいった。

「試合と申しても、ただ立ち合ったというだけではないか。大田垣が、あの男に胴を取られたとか、中村殿が小手を打たれたとか、詳しい噂は一度も耳にせぬ。妙な構えをしたとかしないとか、いずれにしても眉唾な話ばかりじゃ。両手が自由に使える折でさえ実の父に愛想をつかされ、指を斬り落とされたほどの鈍物じゃ。いまは右手一本の不具ではないか」

そんな話が姦しくかわされている役所内に、弥太郎は平日通りに出仕していた。別に変わったようすもなく、日頃の丁重な態度で同役に接し、書物の山積した机に向かい、落ち着いて事務を捌《さば》いている。噂を知らぬはずはないが、それを気に留めるようすもない顔色だった。

そんな弥太郎に、じかに真偽を問い訊すものがなかったのは、この数年、弥太郎をいじめ抜いてきた者たちの心に、噂を真実にしたくない一種の狼狽《ろうばい》の気持ちがあったからである。しかし、この日記方の武士たちも、噂がちょうど在国中の藩主徳川中納言宗直の耳に入り、近く弥太郎の武技の上覧を望まれるらしいと聞いた時は、さすがに声をのんだ。

こうなっては真っ向うから否定する者もなく、しだいに弥太郎を見る書役たちの眼が違ってきた。いぜん、何の変わりもなく勤めている弥太郎が、ふと得体の知れぬ不気味な人物のように思われ、弥太郎に接する態度が、しぜんと丁重なものになってゆくのを、どうしようもない書役たちの表情であった。

寛保元年七月の初旬、紀伊中納言宗直の命により、藩内諸流のなかから撰ばれた二名の剣士と、田宮弥太郎との上覧試合が、和歌山城西の丸の庭先で行なわれた。

藩主宗直は、先代吉宗の将軍家襲職のため、伊予松平家から紀州藩主に招かれた人物ですでに高齢だが、かくしゃくたる尚武の大名だった。

田宮弥太郎が、鈍根のため、その父次郎右衛門に指を斬り落とされ、小普請末席に落とされたことを覚えていて、こんどの噂にはひどく興味を覚えたようである。侍臣を促して上覧試合の運びになった。

陪観を許されたのは藩内の重臣二十名ばかりと、日常武術に携わる諸師範十名ばかりである。

庭に面して障子を開け放った座敷の中央に六十歳の中納言が着座し、小姓、御側御用人が背後に控え、他の諸臣は、すべて緋毛氈《ひもうせん》を敷いた庭先の一角に着座した。

その三十名の陪観者の末席に、表御右筆組頭須藤主馬の顔が見えたのは、主馬が上司に当たる重臣の一人に事情を打ち明け、特別の配慮を願って許されたためである。

重臣たちから一間ほど離れた末席に、主馬が固唾を飲んでまつうち、やがて、熨斗目《のしめ》の小袖に細縞《ほそじま》の小倉袴、白襷《しろだすき》を綾にかけた田宮弥太郎が、麻裃《あさかみしも》の中村千右衛門に導かれ、伏眼がちに藩主宗直の前に歩み出て来た。

つづいて、弥太郎の相手に撰ばれた逞しい骨格の剣士二名が庭上に姿を見せる。

藩主への辞儀がすむと、この日の審判を承わった中村千右衛門が、白足袋の足を庭の中央へ進め、凛《りん》とした声で、剣士の名を呼んだ。

「金田流、山岡新次郎」

左正面の砂上に片膝ついて待つ二名の剣士のうち、三十歳前後の一人が腰をあげ、三尺余の木太刀を携えて、中央に進み出た。六尺近い大兵である。

「御用部屋書役、田宮弥太郎」

千右衛門の声に右正面に控えた弥太郎が、これは二尺六寸の木太刀を右手にして進み出る。

「勝負！」あたりの空気をふるわせる気合いの声をかけ、千右衛門は背後へ後退する。同時に金田流の山岡新次郎が右足を一歩踏み出し、切尖を青眼から徐々に上へ、左上段、弥太郎の真っ向うを打つ姿勢で、木刀を静止した。

金田流は金田一伝流とも呼ばれ、その昔の浅山一伝斎より出たものである。金田源兵衛正利がこれを学び、のちに林崎流、東軍流、新当流、念流の各要所を汲《く》み入れて別派をひらいた。臨機応変の変わり身を得意とし、上段につけたかと思えばすぐに青眼、下段と縦横に構えを変えて、相手を眩惑《げんわく》する。

金田流の相手に対し、つつと半間ほど後退しながら弥太郎のつけた構えは、千右衛門の道場の場合と同じく、右手を一杯に伸ばして相手の喉を指し、全身一本の矢になって向かう異様な構えだ。

末席に控えた須藤主馬、さらに陪観の一同は、噂に聞いた弥太郎の構えを見て、いまさらのように眼を瞠った。藩主宗直も、膝を乗り出し、この不具の剣士の奇怪《きっかい》な姿をみる。

双方が互いに相手を凝視して、しばらくのち、山岡新次郎の左上段の切尖がかすかにふるえた。

山岡は六尺に近い大兵、左上段に構えた姿は、見守っている者の眼に、一撃必殺の威嚇を感じさせる。弥太郎は右手の切尖を相手に向け、切尖ごしに鋭く相手の瞳を凝視している。全身が一本の鋭い錐となって、そのまま化石したように微動だもしない。

ふたたび、左上段の山岡の切尖が痙攣《けいれん》した。陪観の席にある諸流の武芸者の眉が曇った。変わり身を得意とする山岡が、左上段の不利を知り、青眼へ切尖を運ぼうとして、それを果たせないでいると読めたのである。金田流は、応変の構えに移ることを、身上とする刀法である。それが果たせないとあればこの試合は、すでに敗北を意味している。

そう思って、陪観の武芸者が眉をひそめたとき、

「ええいっ」

凄《すさ》まじい声を発し、まるで迷夢を払うに似て、山岡の木太刀は、上段から弥太郎の切尖を斜めに薙《な》いだ。

が、見守っていた一同はわずかに木太刀をかすめる音を聞いただけである。一瞬早く、

弥太郎の体は山岡の胸元に吸われ、同時に山岡の体は、突風に煽《あお》られたように反転した。背後へ吹っ飛んだといってよい。

砂上に後頭部を打つ鈍い響きが、一同の耳にはっきりと聞こえたほど、凄まじい転倒だった。

「それまでっ」

千右衛門さえ息をのみ、制止の声をためらったほどであった。山岡は地上に仰臥《ぎようが》したまま、半ば気を失ったようすである。

見守っていた末席の主馬の、思わず握りしめた拳が、びっしりと汗にぬれていた。

つづいて弥太郎に対した西脇流の剣士は、先日の大田垣の場合と同様、立ち合ったまま血の気を失い、木太刀を交じえぬままに自ら潰《つい》えた。

藩主宗直には、あまり鮮やかな弥太郎の勝利が、ふしぎでならなかった。

千右衛門を呼び、その旨を訊すと、

「要するに切尖に満身の精気をこめ、相手の動きを封じる独自の剣でござります。山岡はその呪縛を逃れようと、ただ夢のように木太刀を振り下ろしたに過ぎず、その一瞬の崩れで喉元を突かれ、転倒しましたもの。私の見ましたところ、その折の田宮の切尖には、真の力は籠っておりませぬ。切尖はわずかに喉元に触れたにすぎず、もし力をこめておりますれば、木太刀といえど、おそらく山岡の喉を貫いていたでござりましょう」

その言葉に、宗直は興を覚えたらしく、

「あの不自由な体で、いかなる工夫をこらしたものか、鍛練の模様を問いただしてみよ」

御側取り次ぎの者が庭上へ下り、庭の隅に平伏している弥太郎のもとへ赴いたが、

「ただ、愚か者の一念と申すよりほか、別に申し上げるほどの工夫とてござりませぬ」

静かな声で弥太郎はこたえた。


この試合が藩中に伝えられ、弥太郎に対する人々の眼が、従来の侮蔑から、極端な敬意に変わったのは自然である。なかでも日記方の同輩の豹変《ひょうへん》ぶりは滑稽なほどで、蔭《かげ》で指なしと呼んでいた者たちが、

「田宮殿、貴殿がいまの御身分におわるはずもない。いまに何らか昇進のお沙汰がござろうぞ」

弥太郎に向かって、ぬけぬけとおもねるような言葉を口にした。

果たして旬日のうちに、執務中の弥太郎のもとへ、城内の重臣の詰所から呼び出しがあった。側で使いの口上を聞いた書役たちが、

「田宮どの、いよいよ御昇進でござるぞ」

「まず、お祝いを申さねばなるまいて」

口々に言葉をかけるのを背に、弥太郎は城内本丸の詰所に赴いたが、間もなく戻った。

「如何《いかが》でござった。御加増でござろうな」

膝を寄せてくる書役たちに、

「いえ、別にそのような御用では……」

と弥太郎はこたえ机上の書物に眼を落とした。平常通りの執務を終え、夕刻、帰宅した弥太郎を、めずらしく姉の波江と、夫の中村千右衛門が、待ち受けていた。笑みを浮かべて座敷に入ってくる弥太郎に、

「どうして、殿の御沙汰を拒まれたのだ」

待ちかまえていたように千右衛門がいった。

「貴方は、もともと武芸で聞こえた田宮家の嫡男、殿は貴方のため、わざわざ田宮流別派を興すことをお許し下されたのだ。わしも事前にその御沙汰を聞いて、今後は貴方と二人、御流儀を共に盛り立ててゆけると喜んでいた。今日、御重臣の呼び出しで赴いてみると、貴方は、折角の御沙汰を拒まれたそうではないか」

弥太郎は、困った表情になった。

千右衛門の言葉は事実である。御重臣の呼び出しは、弥太郎に父祖の業に従い、武芸師範を命ずるというものだった。もっとも、田宮流五代はすでに千右衛門に譲られているので、新たに流儀の別派を許すという御沙汰である。

「どうして、お受けしなかったのです」

波江も弟をなじった。

「田宮家にとって、名誉なことではありませぬか。亡くなられた父上も、どのようにお喜びになることか……」

黙って二人の言葉を聞いていた弥太郎は、

「私は、その器ではありませぬ」

とこたえた。

「私の剣技は、ただあれだけのひとつわざ、人に教え伝えるほどのものとは思えませぬ」

これは、今日、詰所で重臣たちにもこたえた言葉である。千右衛門がその返答に満足せず、色々と問いつめた末、

「今からでも遅くはない。私が貴方に代わって、御重臣に御受けの言葉を申し上げて来てもよい」

そういったとき、はじめて弥太郎の表情があらたまった。

「私は、近く嫁を迎えたいと思っております」

と思いがけぬことを弥太郎はいった。

「え？」

と眼を瞠る二人に、

「嫁を迎えるからには、いずれは私も子を持つことになりましょう。自分が剣の道で父に愛想をつかされる鈍物であったことを考えると、私の子にも、同じような鈍物が出来るかもしれませぬ」

何を言い出すのかと、けげんな表情を向ける千右衛門と波江を、静かに見て、

「私は……」

表情をひきしめて、弥太郎はいった。

「武芸師範など拝命し、わが子の指を斬るようなことだけは、生涯、致したくないと思っております」

六

賑《にぎ》やかな宴のあと、座敷はひっそりと忘れられたような静けさにつつまれていた。

客の去った表座敷に、麻裃を脱いだ弥太郎と白無垢《しろむく》の衣裳を、紅の小袖に着換えた信乃の二人が、対座している。

すでに深更に近い時刻だった。

寛保元年、十一月の夜である。両家の近親数名ずつを招いたにすぎぬ極めてささやか

な婚礼が、この夜、弥太郎の住居で行なわれ、客の去ったあと、ほっとした落ち着きに、それぞれ無量の感慨をこめて若い夫婦は、対座していた。

すでに寝静まったらしい武家屋敷の、夜の気配に耳をすませるうち、

「そなたに見てもらいたいものがある」

弥太郎は、信乃にいった。

「え？」

つぶらな眼をむける信乃の手もとに、懐から守り袋のようなものを取り出して渡し、

「開けてみなさい」

と弥太郎はいった。

信乃が薄化粧の顔をかしげ、絹の守り袋を開くようすを、弥太郎は静かな表情で見守っていた。信乃が袋から取り出したのは、厚さ二分、幅二寸角ほどの色変わりした木片であった。三尺ほどの麻紐《あさひも》が、それに巻きつけてある。木片の一端に小さな穴が穿《うが》たれ、麻紐が、その穴に通されてあった。

「これは生涯、人に見せぬときめたもの。しかし、そなただけには、見てもらいたい」

けげんな表情を向ける信乃の手から、その木片を取ると、弥太郎は席を立ち片隅から机を引き寄せ、その上に足をかけ、天井の中央の桟に打ちつけた古釘《ふるくぎ》の一つに麻紐をかけた。木片は天井から三尺の下に麻紐で吊《つ》られ、ちょうど弥太郎の喉元の高さで宙に浮

いた。なにごとかと信乃は眼を瞠り、夫の訝しい動作をみつめていた。

「誰にも打ち明ける気のなかったわしの工夫、そなた一人に見てもらおう」

床の間の刀架の側へ歩みより、亡父にゆずられた堀川国広の長刀を、弥太郎は取った。腰に手挟み、右の片手で鯉口を切る。

二尺六寸の刀身が燭台の灯に、冴《さ》えたきらめきを放った。麻紐一本で宙に浮いた木片の前に立つと弥太郎は、右足を前に出して、大きく体を左に開く。同時に右手の刀身が静かにあがり、木片を指して静止した。信乃は父の主馬から、耳に痛いほどに聞かされた異様な弥太郎の構えを、眼《ま》のあたりに見た。そのまま、静かに呼吸を整えていた弥太郎の体が、

「ええいっ」

押し殺した短い裂帛《れっぱく》の気合いと共に、前に進む。ぴたりと刀身を吸った木片が、宙づりのまま微動だもしないのを、信乃は見た。訝しさに釣られて腰をあげた信乃は、木片をみつめて声をのんだ。

信乃の眼は、木片の裏へ抜けた刀身のわずかな切尖を捕らえたのである。

ふたたび低い気合いを発し、すっと刀身を手元に寄せ、なお微動だもせず宙に浮いている木片をみつめ、弥太郎は刀身を鞘へおさめると、

「見なさい」

おだやかな笑顔で信乃をふり返った。

信乃はおそるおそる歩み寄り、木片を手にとって見た。

「そこに、いまの刀傷ではなく、古い傷痕が見えるはずじゃ。この木片は、私の一途《いちず》の努力を最初にかなえてくれたもの。すでに四年の昔のことになるが、こうして宝のように肌身につけている」

弥太郎の言葉が、信乃の耳を驚かせた。

「四年も昔……？」

弥太郎はうなずいてみせた。

「生涯だれにも見せず、誇りもせず、自分一人の心に秘めておくつもりだった。これは、私のひそかな宝だったといってもよい」

信乃は、無言で弥太郎をみつめる。

「父に左手の指を斬り落とされた当座、私は一人で何度死を思ったかしれぬ。しかし、恥辱のなかに死ぬに堪えぬ私の若さが、こうした努力を生んだ。馬鹿気た努力だったかもしれぬが、根気と一心が、三年目のある夜、切尖をこの木片に貫かせてくれた。望みがかなってみるとふしぎなものだ。あれほど憎いと思った役所の上役や周囲の者たちが、さほど心にはかからぬようになった。いつか見返してやりたいと思いつめた気持ちも、なぜか消えた。すべて馬鹿らしいことに思えたのだ。このまま自分ひとりの心の宝にして、一生、人に誇るまいと決めた私の心を、ふと変わらせたのがそなただった。人から、まともには相手にもされぬ不具の私に、自ら嫁いでくれるそなただけに、私と同じみじめな思いはさせたくなかった。さらに、大事な娘を私のような者へ嫁がせ、藩内の嘲笑を買うに違いないそなたの父御の立場も、考えてみた」

弥太郎はふっと言葉を切り、視線を足もとへ落とした。

「つまり、初めて人並みの幸せが訪れたとき、私の心は変わったのだ。悟ったようでいても、矢張り私は苦労に負け、素直な心を失っていたのかもしれぬと考えるようになった。人に見せぬと誓った剣技を、あのように藩内に披露したのも、そのためだ。そして私はいま、生まれてはじめて、心から幸せだと感じている」

無言のまま、眼をみひらいて弥太郎をみつめていた信乃の胸に、この夫の長い孤独がしみじみと迫り、そのつぶらな瞳に、やがて、一杯の光るものがあふれ出てきた。

瞳孔が涙に閉され、みるみる視界がかすむのを感じながら、信乃は暖かく手を伸ばし、静かに弥太郎の胸に歩み寄った。

# 「愛を語れば」の危険球について

山田裕樹

「短編伝説」第2弾「愛を語れば」をお届けする。

この8月に刊行された第1弾「めぐりあい」では、「ボーイ・ミーツ・ガール」の恋愛を直球として、そこにいろいろな変化球を混ぜ、並び順に苦闘しながら編んだ。

だが、今回はさらに球種を増やしてしまった。語る「愛」が異性に抱く愛なら直球、異性以外のもろもろへ語る「愛」を変化球とするならば、なんとそこに「危険球」を混ぜてしまったのである。危険球はもとより反則なのであるが、反則にも幅があり、退場から業界追放になる一方で、カウント5まではOKなどという業界もあるのである。

ではその「危険球」とは何か？

エッセイである。

小説家の書くエッセイも、反則の定義の如《ごと》く実に幅が広く、私小説よりもはるかに小説的ではないかという虚構的エッセイもあり、論文よりももっと論文的ではないかというエッセイもあるのである。もちろん、私の選んだ2編の「危険球エッセイ」は前者である。

まあ、これはあくまで「短編伝説」であって「短編小説伝説」とは、ひと言も書いてないではないか、というのはやっぱり詭弁《きべん》だろうなあ。どれとどれが、危険球に該当するかは、ここでは書きません。

さて、「愛を語れば」という今回の「お題」についても、あまりストレートに受け取らないでほしい。ひたすら愛を語り続けている作品を、19編もたて続けに読まされてあきてしまう読者の立場を考えた、ということにさせてください。

だから、「愛を語れば（よかったのに）」とか、「愛を語る（かわりに行動で愛を見せる）」とか、「愛を語る（には遅すぎたかなあ）」とかいうものも準直球として混ざっている。どれがどれだかは、もちろん書かないけれど。

その結果、直球、準直球、変化球、危険球という何を意図したんだか自分でもわからなくなってしまった妙なアンソロジーが、またしてもできてしまったのでありました。

ひとつだけ、反則ついでに、私の現役編集者時代の思い出を語りたい。「そんな少ない枚数では書けませんよ」と若手作家が私に言った。もしくは言っていました、と担当編集者から伝聞した。そういうことがよくあった。私が「小説すばる」という小説雑誌の編集長だった時代のことである。そういう時、私は白石一郎氏の「秘剣」を渡して、当該の作家や担当編集者に読んでもらうことにしていた。

500枚にも700枚にもなる題材を、100枚で過不足なくまとめている。省略するべきは省略し、書きこむべきは選び抜いた短い言葉で書きこみ、そうした作業を十全にしたあとに、ここしかないというラストに落としこんでいく。100枚短編はかくあるべし、という見本のごとき作品であった。

昨年末に完結した『冒険の森へ』という20巻のアンソロジーにも、この作品を私は収録させていただいたのだが、二重売りではない。

それなりの理由があるのである。

（やまだ・ひろき　編集者）

# 解　説

池上冬樹

『短編伝説　めぐりあい』に続く、第二弾『短編伝説　愛を語れば』である。

アンソロジーはまず、収録作家の華麗さが命だが、本書でも三島由紀夫、吉行淳之介、小川洋子などの純文学作家から、恋愛小説の名手の小池真理子や唯川恵、異能の中島らも、ジュブナイルの氷室冴子、さらに時代小説の白石一郎まで選ばれていて、まことに多彩。また、愛といっても、単に未婚の恋愛ではなく、夫婦愛も、不倫も、すでに終った愛もある。姉妹愛もあれば、手紙だけの愛もあるし、行きずりの擬似的な愛の関係もあり、こちらも愛の多様性を捉えていて、たっぷり読ませる。

では、さっそく個々の短篇をみていこう。

まず、江國香織の「ごはん」は、妻が夫にいわれた一言でいかに傷つくかを優しく語っている。女性ならそこでそんな一言をいうのかと思うかもしれないが、男性なら無邪気にその一言をいうだろうし、自分で食事を作れない者ならなおさら。夫婦の関係を、男女の考え方と生き方の差異を、ひとつの言葉（ごはん）で照射していて面白い。

森絵都の「いとしのローラ」は、真冬の雪山登山で遭難した男が、故郷にいる恋人ローラによびかける愛の歌である。といっても、終盤ドタバタとした喜劇に転調するのが読み所で、読者は大いに笑うことだろう。

吉行淳之介の「あいびき」は、いかにも吉行淳之介らしい皮肉でエロティックな戯画。エスカレートしていく愛の行為の果てに、下世話なオチがまっているのがおかしい。

景山民夫の「日系二世へのサム・クェスチョン」は一転して、第二次世界大戦における日系二世たちの苦難の歴史をたどったルポルタージュ。愛すべきは国籍のあるアメリカなのか、両親の生まれ育った祖国日本なのか。「マッチ擦るつかのま海に霧ふかし身捨つるほどの祖国はありや」と歌ったのは寺山修司だが、我が身を投げ捨てることを強いる戦争への反戦を強く唱えた作品である。

坂東眞砂子の「理想の妻」も海外を舞台にした社会派の小説で、イスラム教徒の戒律を謳歌《おうか》する男が痛い目にあう話で、女性の読者は少なからず快哉《かいさい》を叫ぶだろう。海外に居を移した坂東眞砂子が、日本人の女性が夫のことを〝主人〟と呼ぶことを徹底的に批判していたことを思い出す。

小川洋子の「飛行機で眠るのは難しい」は、ウィーンに向かう飛行機での出来事である。隣り合わせた男が語る奇妙な話がメインで、それは誰でもその人固有の眠りの世界へと導いてくれる物語を持っているという内容だ。細部が作り過ぎているところもあるが、語りの見事さと、人生を象徴する細々としたガラクタが印象深い。眠りに入るには、死者の物語が必要という皮肉も、どこか心地よく響く。

氷室冴子の「おねえちゃんの電話」は、昭和三〇年代なかばの話だろう。個人の家に電話がひかれるようになり、その電話番に熱心な妹の視点から成長していく姉を見つめる。いつの時代も、姉を思う妹の心は純粋で、ときに複雑なのがよく出ている。

群ようこの「エンドレス・リング」は、高校時代から仲よくしているグループ（女四人、男三人）の変遷がテーマで、二十九歳になるまでのグループの友情と恋愛模様が生き生きと楽しく語られる。リズミカルな文体と会話に感情移入して、誰もがみな我が身を振り返るのではないか。

舟橋聖一の「華燭」と乃南アサの「祝辞」は、ともに結婚式のスピーチがメインとなる。前者は最初から最後まで一人語りでいささか好色で露悪的、後者は終盤まで女性の不可思議な病気を語り、最後に一気に真相をうちあける。前者はやや喜劇的でテンポが緩いけれど、後者は劇的で鋭く、結末は残酷である。悪意にみちた語りも抜群だ。

小池真理子の「食卓」は、妻子のある男を愛した女性の視点から同棲生活が回想される。振り返られるのは男と囲んだ食卓の風景。女の料理をおいしいおいしいといって食べてくれた男との思い出をゆっくりと慈しむのである。そして静かにせりあがってくるのは孤独で、それが移ろい行く風景とともに色づく。切なくて、やるせなくて、それでいてそれが一人の人間の自然の姿であることを教えてくれる。実にいい短篇だ。

三島由紀夫の「雛の宿」は、雛祭りの三月三日に起きた幻想譚《げんそうたん》。大学生の僕がパチンコ屋で一人の少女と出会い、彼女に誘われるまま、彼女の郊外の自宅へと向かい、そこで奇妙な体験をする。三島もゴーストストーリーとなると（細部はとてもしっかりと描かれてあるが）いささか平凡になるのが、逆に微笑《ほほえ》ましい。

唯川恵の「玻璃の雨降る」は、若きガラス工芸作家が安定した収入を得るためにパトロンと肉体関係を結び、意外な事実を知る話である。その意外な事実に、読者は先に気づくかもしれないが、揺れ動く女心の正確な描写の数々が予定調和の印象をまったく抱かせない。大げさに思える題名も読めば納得だし、実に美しく整った秀作である。

藤堂志津子の「やさしい言葉」も、揺れ動く女心が主題である。今回が最後の逢瀬《おうせ》であることを決意する女の話で、出される料理、男の仕種《しぐさ》、表情のひとつひとつを心に刻むように捉えていく。温かみが差すラストシーンは実に鮮やかで、あらためて、男と女の心の不思議さと愛おしさに思い至る。静かな感動が押し寄せる手練の傑作だ。

中島らもの「微笑と唇のように結ばれて」は、ある種のバンパイアものの一つだろう。愛の残酷さよりも、むしろ（変な言い方になるが）可憐さを伝えていて興味深い。

山本文緒の「貞淑」は、貞淑な妻の、決して明らかにしない心情に翻弄される夫の話だ。女遊びをやめないのに、妻には貞淑を求める自分勝手な男の寂しい現実にニヤリとするだろう。そこに女の強《したた》かさと狡《ずる》さを見る男性読者もいるかもしれない。いずれにしろ、夫婦という関係、絆《きずな》という不可思議で複雑な一端を垣間見《かいまみ》せて面白い。

嵐山光三郎の「湯豆腐がしみる夜」は、湯豆腐を通して別れた夫婦の歴史を語る話である。性的な行為の比喩として豆腐が機能しているのがミソで、なかなか色っぽい。さらりとしたオチの切れ味も良い。

原田宗典の「ポール・ニザンを残して」は、男が女に頼まれて空港まで送っていく話である。洒落《しやれ》た男女の会話があり、遊戯的な恋愛の駆け引きがあり、それぞれの思いが吐露される。最後の最後に真相が明らかになるプロットも素晴らしい。優れた一幕劇のような小説である。

白石一郎の「秘剣」は、左手の指四本を失った武士の再生を、一人の女性との出会いを通して描きあげている。屈辱にたえながら、技のみならず己《おの》が心も磨き上げ、やがて大きな試合にのぞむ。優れた士道小説であり、事実、迫力にみちた剣戟《けんげき》場面がいくつもあるけれど、昂奮《こうふん》しつつも読者が胸打たれるのは、ひそやかな愛の成就ではないか。妻となる女性の前で本懐を明らかにする終盤は感涙必至だろう。

冒頭で、本書「愛を語れば」の愛の多様性に言及したけれど、多様さはジャンルにもいえる。恋愛小説ばかりではなく、社会派が好きなら「日系二世へのサム・クェスチョン」「理想の妻」、イヤミスを好まれるなら「祝辞」、ホラー小説なら「あいびき」「微笑と唇のように結ばれて」、ドタバタ劇なら「いとしのローラ」「華燭」、幻想小説なら「雛の宿」、青春小説なら「エンドレス・リング」、サスペンスなら「ポール・ニザンを残して」、そして時代小説なら「秘剣」をまず読まれるといいだろう。

といっても、収録されているのは、全部で十九本。アンソロジーは好きなところから読んでもいいが、いちおう個人的なベストテンを選ぶなら、1「秘剣」、2「やさしい言葉」、3「玻璃の雨降る」、4「食卓」、5「飛行機で眠るのは難しい」、6「ポール・ニザンを残して」、7「貞淑」、8「祝辞」、9「ごはん」、10「あいびき」となるだろうか。

一読された読者なら、「え？　そんな順序なの？　私と全然違う」と思われる向きもあるかもしれないが、それはそれでいい。それぞれお気に入りを探すと楽しいだろう。おそらくはじめて出会った作家、あまり読んでなかった作家の佳作にふれて、その作家への興味が増すこともあるに違いない。

僕自身、三島由紀夫や吉行淳之介などは高校時代から熱心に読んでいる作家であり、特に吉行淳之介に至っては全作読破しているけれど、懐かしくなり、もういちど読み返したくなった。一篇はとても短いけれど、作家の個性と魅力が詰まった作品集でもある。

これを作家への入り口として手にとるのもいいだろう。

（いけがみ・ふゆき　文芸評論家）

本書は、集英社文庫のために編まれたオリジナル文庫です。

初出／底本一覧

「ごはん」江國香織
「Ｍｉｓｓ家庭画報」一九九六年九月号／『いくつもの週末』二〇〇一年五月　集英社文庫
「いとしのローラ」森絵都
「毎日中学生新聞」一九九九年四月一八日号／『ショート・トリップ』二〇〇七年六月　集英社文庫
「あいびき」吉行淳之介
「小説現代」一九七六年一月号／『菓子祭　夢の車輪』一九九三年一二月　講談社文芸文庫
「日系二世へのサム・クェスチョン」景山民夫
「ＢＲＵＴＵＳ」一九八三年九月一日号／『普通の生活』一九八八年一一月　角川文庫

「理想の妻」坂東眞砂子
「RURUBU」一九九二年一二月号／『異国の迷路』二〇〇九年五月
新潮文庫
「飛行機で眠るのは難しい」小川洋子
「一冊の本」一九九六年一二月号／『まぶた』二〇〇四年一一月　新潮文
庫
「おねえちゃんの電話」氷室冴子
「03」一九九〇年五月号／『いもうと物語』一九九四年二月　新潮文庫
「エンドレス・リング」群ようこ
「小説すばる」一九九三年一一月号／『でも女』一九九七年九月　集英社
文庫
「華燭」舟橋聖一
「新潮」一九五一年一月号／『新潮日本文学29舟橋聖一集』一九七一年一
月　新潮社
「祝辞」乃南アサ
「週刊小説」一九九二年九月二五日号／『夜離れ』二〇〇五年四月　新潮
文庫

「食卓」小池真理子
「小説新潮」二〇〇五年一月号／『玉虫と十一の掌篇小説』二〇〇九年五月　新潮文庫
「雛の宿」三島由紀夫
「オール讀物」一九五三年四月号／『三島由紀夫集　雛の宿―文豪怪談傑作選』二〇〇七年九月　ちくま文庫
「玻璃の雨降る」唯川恵
「小説すばる」一九九五年三月号／『病む月』二〇〇三年六月　集英社文庫
「やさしい言葉」藤堂志津子
『贅沢な失恋』書き下ろし　一九九三年四月　角川書店／『せつない時間』一九九七年一〇月　講談社文庫
「微笑と唇のように結ばれて」中島らも
「青春と読書」一九九一年三月号／『白いメリーさん』一九九七年八月　講談社文庫
「貞淑」山本文緒
「小説工房」一九九五年九月一〇日号／『紙婚式』二〇〇一年二月　角川

文庫
「湯豆腐がしみる夜」嵐山光三郎
「鳩よ!」一九九七年四月号/『頬っぺた落とし　う、うまい!』二〇〇一年一一月　ちくま文庫
「ポール・ニザンを残して」原田宗典
「すばる」一九八四年一二月号/『優しくって少しばか』一九九〇年一月　集英社文庫
「秘剣」白石一郎
「講談倶楽部」一九六〇年七月号/『秘剣』一九八五年九月　新潮文庫

集英社文庫

短編伝説《たんぺんでんせつ》 愛《あい》を語《かた》れば

2017年10月25日 第1刷
2023年12月17日 第2刷

定価はカバーに表示してあります。

編 者 集英社文庫編集部《しゅうえいしゃぶんこへんしゅうぶ》

著 者 嵐山光三郎《あらしやまこうざぶろう》 江國香織《えくにかおり》 小川洋子《おがわようこ》 景山民夫《かげやまたみお》
小池真理子《こいけまりこ》 白石一郎《しらいしいちろう》 藤堂志津子《とうどうしづこ》 中島《なかじま》らも
乃南《のなみ》アサ 原田宗典《はらだむねのり》 坂東眞砂子《ばんどうまさこ》 氷室冴子《ひむろさえこ》
舟橋聖一《ふなはしせいいち》 三島由紀夫《みしまゆきお》 群《むれ》 ようこ 森《もり》 絵都《えと》
山本文緒《やまもとふみお》 唯川《ゆいかわ》 恵《けい》 吉行淳之介《よしゆきじゅんのすけ》

発行者 樋口尚也

発行所 株式会社 集英社
東京都千代田区一ツ橋2-5-10 〒101-8050
電話 【編集部】03-3230-6095
【読者係】03-3230-6080
【販売部】03-3230-6393(書店専用)

印 刷 中央精版印刷株式会社 株式会社美松堂

製 本 中央精版印刷株式会社

フォーマットデザイン アリヤマデザインストア　　マークデザイン 居山浩二


ISBN978-4-08-745653-0 C0193